테하차피의 달

조갑상 소설집

테하차피의 달

산지니

_ 차례

누군들 잊히지 못하는 곳이 없으랴 • 007

아내를 두고 • 031

통문당 • 055

겨울 五魚寺 • 081

어느 불편한 제사에 대한 대화록 • 105

섣달그믐날 • 133

테하차피의 달 • 167

어렵고도 쉬운 일 • 217

해설_김경수 막연하면서도 구체적인 일상 • 247

작가의 말 • 258

누군들 잊히지
못하는 곳이 없으랴

비가 들자 주인아주머니가 서둘렀다.

나는 땀에 젖은 기모노를 벗고 원피스로 갈아입었다. 깨끗한 기모노도 몇 벌 있었지만 내지(內地) 사람 차림으로 사진을 찍기는 싫었다. 점심을 먹고 나서 주인아주머니가 "너도 사진 한 장 찍어두지."라고 했을 때 나는 당황하지 않을 수 없었다. 아무리 널뛰듯 하는 감정이래도 사진 이야기는 뜻밖이었다. 그제만 해도 아주머니는 자기가 아끼는 화장품인 당고도랑에 손을 댔다며 트집을 잡더니 기어이 욕조 바닥의 물기 때문에 미끄러질 뻔했다고 내 뺨까지 때렸다.

아주머니는 현관 밖에 먼저 서서 채근했다. "비가 또 오기 전에 다녀와야지."

머리도 제대로 손보지 못할 만큼 급한 가운데서도 나는 우산 두 개를 챙겨들고 뒤따라 나섰다. 길에 나서자 지나가는 사람들이 우리를 흘끔거렸다. 화려하면서도 세련된 옷매의 아주머니는 어디서나 시선을 끌었다. 한 걸음 떨어져 걷던 내 발걸음이 조금 느려졌다. 그들의 눈에 우리 두 사람은 아름답고 여유 있는 내지 부인과 대우받는 조선인 오모니로 보일 게 틀림없었다. 철도병원 앞의 공원길을 따라 초량 전차정거장으로 갔다. 부산중학으로 올라가는 삼거리에서 아주머니는 멈추었다. 사진관은 중학교 올라가는 길가에도 있고 극장인 다이세이자(大生座) 옆에도 있었다. 전차까지 타고 혼마찌(本町)로 갈 리는 없겠지만 종잡을 수 없는 게 아주머니의 심사였다.

"가까운 데로 가지 뭐, 초량정에서야 그 집이 그 집일 테니."

아주머니는 왼편의 오복점(五服店)에 눈길을 잠시 두더니 게다를 떼어놓았다. 볼 만한 옷이 있을 리 없었다. 그녀의 눈에 차는 상점은 혼마찌에서도 몇 안 될 것이었다. 올 봄에 있었던 인사이동 때 관사 내에서는 새로 부임하는 소장 부인이 미인인 데다 멋쟁이라는 소문이 미리 돌았다. 주인 부부가 오기 전에 먼저 영선계 직원이 부평정의 기술자들을 데리고 와 다다미와 욕조를 바꾸었다. 10조와 8조 방의 다다미를 바꿀 동안 짚 냄새에 머리가 아픈 데다, 도배 일을 거들고 청소를 하느라 매일같이 파김치가 되었다. 그러나 용산으로 전근 가는 마쓰무라 댁을 따라 가지 않은 것만 해도 다행이었다. 오모니들은 주인을 따라 다른 철도국이 있는 곳으로 따라가기도 했는데, 인사명령이 난 뒤 마쓰무라 부인이 그런 뜻을 비쳤던 것이다. 마쓰무라 소장 집에는 아이가 셋인 데다 노모까지 있어 일이 고된 편이었다. 일 고생보다 부모와 동생들 곁을 떠나는 게 나는 더 무서웠다. 전화로 의논이 되었는지 주인아저씨가 "넌 여기 그대로 있어도 좋아."라고 말했을 때 나는 정말 기뻤다. 돌아가신 할머니에게 물려받은 재조인지 눈썰미가 있는 데다 기억력도 좋아 나를 데리고 있으려는 주인아주머니들이 많았다. 고등관인 운수사무소장 관사에는 3년째 머물고 있었다.

위로 휴가를 마치고 다카하시 부부가 왔다. 키가 작고 콧수염을 기른 아저씨는 목소리가 우렁우렁했고 부인은 신문이나 잡지 광고에서 보던 여자들처럼 미인이었다. 아이를 가져본 적이 없어 그런지 서른여섯 살 몸매로 보이지 않을 만큼 날씬했다. 미리 보내온 짐의 대부분이 아주머니의 것이었던 만큼 그녀의 치장 뒷바라지가 여섯 식구 집안일보다 더 바빴다. 음식 장만도 소로시 내 몫이 되었다. 부인은 처음 며칠 동안 간 맞추는 것만 일러둔 뒤로 부엌 출입을 하지 않았다. 내 요리 솜씨가 문제가 되지 않았던 것은 부부가 바깥에서 먹는 일이 잦은 데다 주인아저씨의 출장도 잦았기 때문이다. 아저씨는 어제도 진주(晋州) 방면으로 출장을 갔다.

아주머니가 목조 이층 앞에서 걸음을 멈추었다. 사진관은 이층이었다. 나무 계단이 깨끗했고 문을 열고 들어선 실내는 호화

롭게 꾸며져 있었다. 앞머리가 벗겨진 주인이 달려나와 깍듯이 인사했다. 옷이 날개라는 말은 어디서나 통하는 모양이었다. 아주머니가 견본사진들을 슬쩍 훑으며 자기 것은 중간 크기 두 장, 내 것은 작은 크기 두 장으로 하겠다고 말하자 사진관 주인은 연신 머리를 조아리며 "네, 좋습니다."라고 거들었다. 지나치다 싶은 친절은 동경(東京) 상류층이 쓴다는 아주머니의 야마노테 말씨 때문이기도 할 것이다. "게이조우(京城)에서야 그리 어렵지 않았지만 가마야마(釜山)에 온 뒤론 맨 규우슈우 사투리 아니면 오오사까 사투리만 들으니 귀가 따가워." 언젠가 아주머니는 아저씨에게 그렇게 투덜거리기도 했다.

아주머니는 조수 아이가 깨끗한 새 수건을 두 번이나 바꾸어 가며 닦은 뒤에야 서양풍의 의자에 앉았다. 함석 갓을 씌운 엄청 밝은 전등불 두 개가 쏘아지는데도 아주머니는 정물처럼 앉아 눈 하나 깜박이지 않고 미소를 지었다. 사진상자 뒤에 선 사진사가 "네 좋습니다. 오른쪽 팔꿈치를 살짝 팔걸이에 얹어 더욱 자연스럽습니다."라고 말한 뒤 검정 보자기 속으로 들어가 동그란 고무주머니를 눌렀다. 퍽, 섬광과 같이 매운 연기가 피어올랐다. 주인은 사진상자에서 까만 판을 빼서 옆방에 가져다 놓고 돌아와 턱짓으로 내게 의자를 가리켰다. 나는 아주머니를 눈여겨 봐두고 있었다. 팔걸이에 팔을 걸치는 대신 두 손을 가지런히 아랫배 짬에 모아 쥐고는 턱을 조금 목 쪽으로 당기고 눈을 자연스럽게 크게 떴다. 나는 사진상자 가운데 박힌 집광부의 그 가늠할 수 없는 새카만 구멍을 향해 나만이 지을 수 있는 미소를 가만히 지었다. 지금의 이 모습, 그리움으로 달아오른 내 마음까지 그대로 사진에 옮겨 건네줄 사람을 나는 생각하고 있었다.

"저녁에는 양복점 사람이 오기로 했는데 너도 치수를 재볼래?"

사진관을 나와 아주머니가 한 말은 또 뜻밖이었다.

"제가 무슨 그런 옷을……."

"왜? 모던걸 조선인 오모니가 한번 되어보는 것도 좋을 텐데. 신문에라도 날지 누가 아니."

아주머니는 부채질을 계속하면서 웃어댔다. 옷 이야기야 아무래도 상관없었다. 삼거리 쪽으로 다시 걸음을 옮기면서 나는 골똘히 생각을 모았다. 사사건건 신경질을 부리는 것보다 어르는 쪽으로 마음이 기울었을까. 아저씨가 출장을 간 이 기회에 자신의 속마음이 확실히 정해졌다는 걸 내게 전하고 있는 것일까. 나는 편한 쪽으로만 기우는 내 심사가 미덥지는 않았지만 어쨌거나 이번 일이 그만하게 마무리가 되었으면 하는 바람만은 어쩔 수가 없었다.

"정축년 봄에 굶주림이 들었을 때 논 서 마지기하고 떡을 바꿔 먹은 초량사람이 있었다. 가실이 되몬 쌀이 다문 몇 가마이라도 나올 거라는 걸 와 모르겠노마는 사흘 굶은 눈에 떡이 먼저 안 보이겠나. 이번 보릿고개 넘기면서 그때같이 배곯는 일이 우리

한테 안 닥친다고 누가 장담하겠노. 니 입하고 동생 하나 입만 덜어라."

치맛자락으로 내 눈물과 당신 눈물을 닦으며 할머니가 말했다. 그때 나는 열 살이었다. 매축공사라고 부르는 바다 메우는 돌일을 하다 아버지는 병들었고, 내 밑으로는 동생이 넷이었다. 올 정월 초이레 할머니 초상날, 소학교 졸업반인 둘째 동생은 상업학교에 꼭 가서 누나 고생 덜겠다고 내 손을 붙잡고 울었다. 할머니를 보아서도 그 소원은 꼭 들어주어야 했다.

삼거리가 가까워지면서 내 눈은 자꾸만 오른편을 향했다. 장(醬)공장과 두부공장이 있는 저 길을 따라가면 며칠 후에 내 사진을 쥐어줄 사람이 있다. 지금 비가 쏟아진다 해도 내 손에는 미나까이 상점에서만 판다는 고급 우산이 있다. 아주머니가 이대로 혼마찌나 장수통으로 갈 수도 있다는 생각이 언뜻 들었다. 그렇게 달려든 생각에 매달리자 오른편 길들이 더 넓고 환하게 들어왔다. 그의 얼굴을 잠시만 보아도, 열흘 넘게 해댄 공이질로 구멍 난 내 가슴은 씻은 듯 나을 것 같았다. 그리고 관사를 떠나는 일이 생길지도 모르니 조선방직 일자리를 알아봐 달라고 그에게 미리 말해두고 싶었다. 그에게 가는 길이 눈에 들어오자 마음 한구석에 막연하게 자라나고 있던 생각의 싹이 뚜렷한 모습을 보였다. 주인아주머니가 어느 쪽으로 갈피를 잡든 나대로의 길을 찾아야 했다. 승덕을 만난 뒤 나는 내지인의 하녀로 일하는 내가 부끄럽다는 생각을 자주 하고 있었다.

"넌 바로 가거라."

그때 아주머니의 목소리가 아련하게 귓전을 파고들었다. 나는 걸음을 멈추고 우산을 건넸다. 내 손에 힘이 다 빠져나가는 것 같았다. 그녀는 그대로 서 있었다. 기어코 내가 전찻길 건너는 걸 보고 걸음을 떼겠다는 기세였다.

"그럼 먼저 가겠습니다." 나는 인사하고 전찻길을 건넜다. 고관 쪽에서 전차가 전깃줄에 불꽃을 튀기며 내려오고 있었다. 나는 뒤돌아보지 않았다. 그날 이후 아주머니의 신경이란 신경은 모조리 내 입과 행동거지에 쏠려 있었다. 나는 역 담장을 지나 철도구역 길을 따라 천천히 걸었다. 허리만큼에서 전지된 사철나무 담 안으로 꽃을 달지 않아 멀겋게 보이는 코스모스가 줄지어 선 길은 호젓했다. 무엇을 본다는 것이 잘못일 리는 없다. 내가 아는 것 모두도 보고 들은 것이다. 승덕을 본 것이 어찌 잘못이겠는가. 나는 만났다는 말 대신 보았다는 말을 쓰고 있다. 그런데 본다는 게 누가 무엇을 목격했느냐에 따라 잘못일 수도 있다.

보름 전 그날, 비 때문에 며칠 밀린 빨래를 급하게 하고 저녁 설거지까지 마쳤을 때 이노우에가 왔다. 오후 늦게 날이 들어 구름장은 걷혔지만 7시가 지난 시간이었다. 나는 맥주와 수박을 내놓고 바람이 조금이라도 통하는 부엌 뒤 마당에 앉아 있었다. 응접실에서 유성기를 틀어놓고 무슨 장난을 치는지 두 사람의 웃음소리가 간간이 들려왔다.

"형님 내외분 떠난 뒤로 일할 맛이 나야지요. 용산 올 놈들은 줄을 섰으니 쉽게 되었습니다."

경성서부터 잘 아는 사이라는 이노우에는 주인 내외가 내려온 한 달 뒤쯤 공제조합 초량배급소로 전근을 왔다. 나쁜 기운은 단번에 느끼는 것인지 그에게는 기분 나쁠 정도의 축축한 음기가 맴돌고 있었다. 남자치고는 곱상하게 생겼지만 배코 친 머리에 깊게 주름 잡힌 목이 눈길을 피하게 했다.

"마작 때문이겠지. 고급술도 공짜로 마시는 데다." 아저씨가 마음씨 좋게 칼칼 웃어댔다. 인사 온 첫날 술상을 보고 나오는데 이노우에가 "홋까이도우 암말같이 튼튼하군요."라고 말했다. 처음 몇 걸음은 반드시 뒷걸음쳐 나와야 하니 숙인 내 얼굴에다 내뱉는 소리였다.

"내지까지 갈 게 뭐 있나. 저 건너 마끼노시마(牧島) 정도면 되지. 예전에 거기가 말 목장이었대." 주인아저씨가 거들었다. 절영도를 내지 사람들은 마끼노시마라고 부르고 있었다.

"얼굴도 반반한 게 냄새가 좀 나도 한동안 굶주린 형편이라면 동하겠는데요."

나는 그의 시선이 싫어 재빨리 미닫이를 닫았다.

"오모니 생활 십 년이라는데 기무치 냄새가 날 리 있나. 목욕도 자주 시키지 아마."

"우리 말도 잘 알아듣고 온돌에서 안 잔 지 오래되어 그런지 머리도 잘 돌아가요."

아저씨와 아주머니가 잇달아 말했다. 조선 사람들이 온돌방에서 자서 모두 바보가 되었다는 말을 나는 자주 들었다. 아무리 심한 소리를 들어도 듣지 않은 걸로 지내야 한다는 게 몸에 배었지만 이번에는 너무 수치스러워 얼굴이 달아올랐고 어금니도 소리 나게 꽉 다물렸다.

아저씨가 출장을 가도 이노우에의 출입은 자유로웠다. 철도 사람들이 대부분인 마작패들과 어울리기도 했지만 혼자 찾아올 때가 더 많았다. 유성기를 틀어놓고 화투를 치면서 내가 잘 알아들을 수 없는 야한 농담을 나누며 두어 시간 머물다 돌아가곤 했다.

그날 내가 방으로 돌아와 헌 잡지를 뒤적이다 깜박 잠이 들었던 것만은 틀림없었다. 벽에 기대어 자불다 깜작 놀라 일어나는 일은 늘 있었다. 방 안은 어느새 어두워져 있었다. 아주머니가 찾았을 수도 있다 싶어 나는 바른 총으로 복도로 나갔다. 내 방은 목욕실과 변소, 부엌이 모여 있는 뒤켠에 면해 있어 소리에 어두운 편이었다. 현관에 서니 오랜만에 푸르무레한 하늘이 보이면서 달빛도 흐르고 있었다. 8시가 지나면 켜지는 대문 앞의 외등과 길가의 보안등에도 전깃불이 들어와 있어 마당과 정원이 제법 훤했다. 응접실은 물론 집 어디에도 불은 켜져 있지 않았다. 이노우에는 벌써 돌아가고 아주머니는 잠든 모양이었다. 먹다 남은 수박을 그대로 두면 파리가 달려들겠다 싶어, 나는 발소리를 조심하며 응접실로 갔다. 아저씨가 출장 중일 때 아주머니는 자기 방이 덥다고 마당으로 난 응접실에서 자기도 했지만 거기도 비어 있었다. 불을 켜고 뒷정리를 할 수 있겠다 싶어 전구 끈을 잡았을 때 이상한 신음소리가 들렸다. 절로 내 눈이 가 닿은 10조 방 장지문으로 맨몸으로 엉킨 그림자가 보였다. 나는 깜짝 놀라 숨을 크게 들이마셨다. 갑자기 신음 소리와 움직임이 멈추더니 그림자가 둘로 나누어지면서 남자의 맨 머리통이 크게 흔들렸다. "뭐야?" 중얼대는 남자 소리에 이어 "누구야?" 하는 아주머니의 조심스러우면서도 짜증 묻은 목소리가 들렸다. 나는 땀에 젖은 손으로 쥐고 있던 전구 끈을 겨우 놓았다. 엉겁결에 줄이라도 당겨진다면 나는 그 자리에서 바로 죽을 것 같았다. 나도 모르게 침이 꼴깍 목을 타고 넘어갔다. "누구냐니까?" 옷을 찾는지 남자의 그림자가 흔들렸다. 나는 대답하지 않을 수 없었다.

"수박 그릇 치우려고……."

"저리 가. 당장!"

나는 정신없이 내 방으로 돌아왔다. 방에 돌아왔을 때 내 몸은 땀에 흠뻑 젖었으면서도 한기 든 듯 마구 떨렸다. 나는 세운 두 다리에 고개를 묻었다. 당장 이노우에나 아주머니가 뛰어들어 내 머리채를 휘어잡을 것 같아 무서웠지만 다다미 석 장짜리 내 방에는 걸어 잠글 문고리도 하나 없었다. 그러면서 나는 속으로 되뇌었다. 조금 전에 난 아무것도 보지 않았다. 아주머니의 목소리도 듣지 않았다.

다음 날 아주머니는 늦게 일어났다. 세수를 마친 아주머니에게 내가 아침상에 어떤 찬을 올릴까를 묻자, "간단히 먹지 뭐. 미소시루에 계란말이면 돼."라고 부드럽게 말했다. 내 얼굴에 닿는 시선도 예사로웠다. 그녀는 응접실에서 화단을 바라보며 한동안 서 있었다.

"오늘 하루는 비가 들려나. 어머, 아사가오가 많이도 떨어졌네!"

아주머니는 일본사람들이 아침 얼굴이라 부르는 나팔꽃잎같이 파리하면서도 엷은 미소까지 지었다. 그러고는 정원으로 나가 꽃나무에 맺힌 물방울에 옷을 적셔가며 흙 위에 떨어진 꽃을 살폈다. 깨끗한 두 송이를 줍더니 "낙화만으론 좀 싱겁지."라면서 허리를 펴고는 줄기에 매달린 성한 꽃 한 송이를 땄다. 튀는 물방울 때문이었는지 나는 움칠하면서 수반을 가져와야지 하고 생각했다. 응접실 탁자에 준비한 수반에 꽃을 띄우며 아주머니는 "얼마나 예뻐, 안 그래?"라면서 나를 은근한 눈으로 바라보았다. 그 순간 나는 어젯밤에 무엇인가를 착각하고 있었다는 생각이 들었다. 간밤에는 아무 일도 없었다. 주인아주머니의 예사로운 태도가 그걸 말해주고 있지 않느냐.

오후에 아주머니는 외출을 했다. 좀처럼 입지 않는 원피스 차림이었다. 내가 건네는 우산을 받아들고는 현관에서 마당으로 내려서며 "어제 밤에는 왜 그리 일찍 잤지?"라고 말을 꺼냈다. "이노우에 상이 돌아갈 때 내가 산책을 나갔었잖아. 돌아와 보니 내가 오는 줄도 모르고 아주 깊은 잠에 빠졌던데?"

아주머니는 도바이시라고 부르는 정원에 깔아놓은 돌 위에 서서 나를 빤히 바라보았다. 이게 무슨 소린가. 잠시 혼란스러웠지만 나는 곧 아주머니의 말뜻을 헤아렸다. "네, 깜박 자불다 그대로 잤나 봅니다." 아주머니의 시선은 내 얼굴에 드러나는 표정 하나도 놓치지 않겠다는 듯이 날카로웠다. 나는 덧붙였다. "수박을 준비해 놓고 그대로 잤나 봅니다. 산책 나가시는 것조차 몰랐습니다. 죄송합니다."

"혹시나 몽유병이 있는 건 아니야?" 아주머니의 목소리는 차가워져 있었다.

"네?"

"한밤중에 자기도 모르게 어딜 쏘다니는 거 말이야. 자고 나면 까맣게 모르지. 그렇다면 정말 곤란한데."

나는 깜짝 놀랐다. 산을 헤매다 새벽이슬 맞고 돌아와 자는 사람을 말하는구나. 내가 살던 동네에 어떤 아주머니가 그 병에 걸려 푸닥거리를 했다는 말이 떠올랐다.

"아닙니다. 전 그냥 잤습니다."

"그랬겠지."

아주머니의 시선이, 아저씨가 한 번씩 내려서 닦을 때 보았던 이층 서재에 걸어둔 시퍼런 날 같은 시선이, 숙인 내 뒷덜미에 닿고 있음을 나는 느낄 수 있었다.

"그냥 잔 거구나."

아주머니가 매조짐을 놓았다.

어제 이노우에가 찾아왔을 때 나는 술과 수박을 내고는 초저녁잠에 빠져 내처 잤다. 그러므로 언제 이노우에가 돌아갔는지도 모르고 아주머니가 공원에 다녀 온 줄도 모르고 그대로 잤다. 나는 아주머니의 말을 머리에 깊이 새겼다. 어젯밤 불도 켜지 못한 내 방에서 무턱대고 아무것도 보지도 듣지도 않았다고 되뇐 것보다 훨씬 앞뒤가 맞았다.

각본은 그렇게 만들어졌지만 꼭두각시인 나에 대한 믿음에는 자신이 서지 않는 모양이었다. 아주머니는 수시로 짜증을 부리더니 아저씨가 돌아오기 하루 전날에는 나를 도둑으로까지 몰았다. 느닷없이 부엌에 들어와 쌀과 설탕이 갑자기 줄었다며 나를 다그쳤다. 그러더니 저녁에는 가족 형편을 물으며 월급을 조금 올려줄 듯한 말을 비치는 것이었다. 어느 장단에 춤을 춰야 할지 나는 어지러웠다.

오늘 일도 단지 그런 식의 널뛰기일 뿐일까. 흐리고 후터분한 날씨처럼 내 마음은 다시 우중충해지고 있었다.

관사구역으로 들어서자 주인집 아이를 업거나 어린 애들을 데리고 나온 나이 든 오모니 몇이 잡담을 나누고 있었다. 초량역으로 들어오는 3시 20분 기차의 기적소리가 들려왔다. 나는 15호 나무 명패가 달린 문 앞에 선 채 조금 전에 내가 그렇게 조바심을 쳤던 전찻길 쪽을 바라보았다. 나는 승덕을 보고 싶었다.

"덕으로 세상사를 이기내라고 할아버지가 지어주셨답니더."

대청정 야마시다 세탁점에서 옷을 찾아 전차에 올랐을 때 빗방울이 듣기 시작했다. 비가 오리라고는 생각지도 못한 날씨였다. 잠깐 지나가는 소낙비라면 영주정 못 미쳐서 그칠 수도 있었다. 갑자기 비가 내려서인지 거리는 부산스레 부풀어 올라 보였고 내 마음도 덩달아 바빴다. 초량정까지 가는 동안 멈추지 않는다면 고관으로 오르는 언덕에서는 그쳐주지 않을까. 고관에 있는 기관차 조차장으로 해서 관사로 갈 수도 있었다. 연락선 잔교(棧橋)와 부산역이 있는 새마당에서 여러 사람이 올랐다. 빗물이 흘러내리는 우산을 들고 타는 그들이 부럽기 짝이 없었다. 운전대 앞 유리창에 달린 비딱이가 쉼 없이 빗물을 지워내고 있었다.

땡땡거리며 전차가 초량정거장으로 들어섰다. 나는 자리에서 일어나 입구 쪽으로 나갔다. 여기서 그치지 않는 비가 고관에서 멈출 리는 없었다. 나는 당초무늬가 놓인 옷 보자기를 가슴에 끌어안았다. 전차가 덜컹 멈추었다. 나는 빗속에 섰다. 이제는 뛰는 수밖에 없었다. 그때 하늘이 가려졌다. 누군가의 우산이 내 머리 위에 올라 있었다. 나는 고개를 들었다. 비를 맞으면서도 얼굴에 미소가 환한 남자가 내 앞을 막고 서 있었다.

"보자기에 든 옷도 중요하지만 물건 든 사람이 비 맞으몬 되겠습니꺼. 가시는 데까지 갑시더. 철도관사라고 짐작됩니더만."

단발을 하고 내지 옷을 입어도 조선인 오모니는 표가 난다. 나를 깔보고 하는 말이 아닌 줄은 알면서도 부끄러운 생각이 든 것은 그가 훤칠하게 잘생긴 총각이기 때문이었다. 내가 머뭇대자 그가 먼저 걸음을 떼놓았다.

"새마당에서 전차에 오르자마자 내가 우산을 잘 들고 나왔구나 하고 생각했십니더. 고관이나 부산진 가서 내린다 해도 따라 내렸을 깁니더."

"고관까지 가몬 비가 그칠까 하는 생각도 했어예."

말문이 쉽게 열렸다. 언젠가 이 사람과 기름 먹인 지우산을 같이 쓰고 걸었던 적이 있는 것처럼 생각되기도 했다. 정말 알 수 없는 일이었다.

"올 여름에는 비가 자주 올 것 같습니더. 느닷없는 봄비가 이리 오는 거 보니. 열흘마다 꼭 비가 오거던예."

뒤의 말은 무슨 뜻인지 알 수가 없었다. 그보다, 가슴에 끌어안은 옷 보자기에 신경 쓰면서 이야기를 하느라 몰랐지만 그는 우산 살대 끄트머리에 서서 비를 그냥 맞고 있었다.

"우짭니꺼, 이리 들어 오이소."

나는 우산 속에 그가 들어올 자리를 만들며 조금 비켜섰다.

"괜찮습니더, 한 사람이라도 멀쩡한 기 낫지예."

그는 내가 비켜선 쪽으로 우산 머리를 돌렸다.

"그라고 비 오는 날 말 많이 하몬 귀신 나온다 카지만 오늘만은 상관 안 할랍니더. 저는 남선창고에서 일합니더. 명태고방이라고, 새로 지은 벽제병원 안길에 있습니더."

저만치 관사구역이 보이자 내가 바빠졌다.

"명태고방을 와 몰라예, 떡논에 지은 고방 아입니꺼. 떡하고 바꾼 논이라고 그리 부른다데예."

"열흘에 한 번씩 배가 들어오는데 배 들어올 때마다 꼭 비가 와서 오늘은 아예 우산을 챙겨 나왔다 아입니꺼. 이 우산 덕에 지가 복을 만났네예."

그는 자신의 이름을 소개했다. 나는 조금도 부끄럽지 않게 내 이름을 말했다.

"제 이름은 떡논 얘길 해주신 할머니가 지었어예. 오두점, 호적에는 이점이라고 올라 있어예."

목 밑 어깨짬에 점 두 개가 있어 그렇게 지었다 말해도 하나도 창피하지 않을 것만 같았다.

승덕이 일하는 곳으로 눈을 둘 때마다 언제나 두어 뼘 떨어져 솟은 구봉산이 보였다. 엎드린 거북을 닮은 그 산을 볼 적마다 단단하면서도 넉넉한 승덕의 등이 떠올랐다.

사진을 찍은 그날부터 사흘 내리 잠을 제대로 자지 못했다. 아주머니는 6시쯤 들른 양복점 사람에게 옷 치수를 쟀다. 사진관 앞에서 했던 내 양장 이야기는 꺼내지도 않았다. 아주머니는 양복점 사람이 돌아간 뒤 영화를 보고 오겠다고 나가서는 12시가 지나서야 돌아왔다. 다음날에는 오랜만에 마작패들을 불러 새벽 한 시까지 놀더니 어제도 영화 관람이 끝난 자정 뒤에 돌아와 목욕물을 데우게 했다. 그동안 이노우에는 코빼기도 보이지 않았다. 쏟아져 내리는 잠을 참지 못하고 깜박깜박 자불 때 승덕을 만나야 한다는 생각만 하다 깨곤 했다.

오후엔 음식을 재워둘 얼음덩이와 수박을 사러 나갔지만 승덕을 찾아갈 시간을 낼 수는 없었다. 저녁식사 뒤 산책을 나갔던 아주머니가 10시쯤 돌아와 자도 좋다고 말했다.

"사진 찾는 날이 내일이지? 오늘은 다른 일 없으니 일찍 자도 좋아." 아주머니는 잠시 뒤 "내일은 청소부가 오지 않는 날이니 좀 늦게 일어나도 되겠군." 하고 덧붙였다.

세수를 하고 내 방에 들어왔을 때 이대로 자도 될까 하는 생각이 들었지만, 내 손은 이미 오시이레(붙박이장)에서 요와 베개를 꺼내고 있었다. 눈꺼풀이 무너져 내리고 잠이 쏟아졌다.

나는 사진상자의 집광부 속으로 빨려들고 있었다. 그 뒤에는 검은 보자기 속의 캄캄한 어둠이 아가리를 벌리고 있었다. 승덕에게 건네줄 사진을 찍기 위해 뜨거운 전깃불 촉광 아래서 사진상자를 바라보고 있을 뿐인데 내가 왜 이러지. 나는 승덕을 만나러 가야 한다. 내지 사람의 하녀로 일하는 게 부끄러운 일은 아니지만 기술을 배우면 두고두고 쓸모가 있을 거라고 승덕이 말하고 있다. 조선방직에 나가는 누이에게 자리를 알아보겠다는 말도 했다. 임금은 적고 일은 고되어도 동생들 공부는 마칠 수 있다. 나는 승덕에게 꼭 부탁해야 한다. 풋풋한 살내가 나는 그의 땀내를 맡으면서 나는 내게서 나는 냄새가 부끄럽고 싫었다. 내 몸은 언제나 조림 냄새와 튀김기름 냄새에 절어 있었다. 사진사가 촉광을 더 높였는지 내 얼굴과 목에서는 끈적한 땀이 흘러내렸다. 어둠으로 끌려들어가고 있는 것은 내 목이었다. 내 목은 기도가 막힌 채 내가 한 번도 만난 적이 없는 어두운 세계로 빨려들고 있었다. 이 차갑고도 빳빳한 하오리 허리띠가 왜 내 목을 감고 있는가. 비단 끈에 수놓아진 그 사꾸라 꽃잎이 뱀이 되고 쇠줄이 되어 내 목을 조이고 있다니. 얼굴로 피가 모여들고 부릅뜬 내 눈도 핏빛이 되고 있다. 띠를 풀기 위해 기분 나쁜 땀으로 미끌대는 팔뚝에 열 손톱을 깊이 박고 또 다른 손아귀에 붙잡힌 두 발을 발버둥치는 동안 목뼈와 내 가슴뼈는 다 무너져 내리고, 무엇보다 고통의 시간조차 점점 줄어들고 있다는 게 못 견디도록 안타까웠다. 이 고통이 언제까지 계속되더라도 나는 내 목을 조이는 이 끈을 풀어야 한다. 처음 오모니로 일할 때 보는 것마다 놀랍고 이상하지 않은 게 없었지만 특히 내지 사람들의 옷에 그렇게 많은 띠가 필요하다는 게 신기했다. 조선치마에는 그 옷에 맞는 허리띠 한두 개면 되지만 그들은 남자나 여자나 옷마다 띠가 다르고 옷 하나에도 너비와 길이가 다른 띠가 몇 가지나 되었다. 지금 나는 십 년 동안 내가 빨고 다린 그 띠에 옭혀 있다.

핏물 속에 뜬 눈으로 흔들리는 전깃불 너머 할머니와 동생들을 본다. 오모니로 불리던 첫날, 밤이 새도록 울고 있는 나도 그림자로 보인다. 그리고 그림자가 걷히고, 비 내린 오후의 여름

저녁노을 속으로 새떼들이 날아간다. 그 순간 실같이 가느다란 구멍으로 바람이 들어온다. 그 공기에는 구봉산에서 불어오는 아침 바람과 갯내가 스며든 비안개의 냄새가 난다. 솥에서 밥물이 넘는 냄새, 청어 굽는 냄새, 승덕을 만나러 나갔을 때 내 머리에 남아 있던 희미한 사분 내음과 그의 살 냄새. 조금씩 다르게 부닥치길 반복하는 파도같이 철따라 물빛과 흐름만 조금 달리하는 강처럼 우리의 시간은 그렇게 이어질 수 있을 텐데.

나는 울었다. 소리를 내지도 눈물도 없이 나는 운다. 빛이 보인다. 그림자를 만들지 않으면서 따스한 빛을 따라 나는 걷는다. 내가 다른 세상에 닿았음을 나는 알았다.

나는 할머니가 누워 계시는 동네 뒷산, 수정정 산 44번지에 묻히지 못했다. 낙동강이 멀리 내려다보이는 곡정이란 동네에 새로 세워진 화장장에서 불태워졌다. "죽어서는 호사하는 거야." 조선인 순사가 말했을 때, 자리에서 일어나지 못하는 아버지가 왔다 해도 마찬가지였겠지만 어머니는 그저 벌벌 떨고만 있었다. 오모니로 살았으니 내지인처럼 끝장을 보는 것도 괜찮은 일이라고 다른 순사가 거들었다. "산에 뿌려야 돼!" 화장장까지 따라온 순사가 지시했다. 혼절한 어머니 대신 바로 밑의 동생이 나를 바람이 되고 흙이 되게 해주었다.

쇼우와 5년, 1931년 7월 마지막 날 밤 나는 그렇게 사라졌지만 내 죽음은 세상에 회자되었다. 철도국 고등관 관사에서 일어난 스무 살 조선인 오모니 살인 사건은 겉포장일 뿐 세간의 이

목은 다카하시 부인과 이노우에 사이의 불륜관계에 모아졌다. 다카하시 소장과 내 관계를 질투한 부인의 소행이라는 말이 먼저 돌았던 것은 물론이다.

3년을 끈 재판 결과는 판결문에 주범과 종범으로 명시된 다카하시 부인과 이노우에 모두 무죄였다. 1심 검사는 서둘러 이노우에 부인을 기소해 무죄를 받게 하더니 2심에서는 일사부재리 원칙을 내세우며 기소조차 하지 않았다. 그는 다카하시 소장과 대학동창이었다.

몇 년 뒤 다카하시 부부와 1심을 맡았던 담당검사, 예심판사, 재판장까지 모두 함경북도 청진에 근무한 것을 두고 내가 불러들인 거라고 말하는 이도 있었지만 그건 아니다. 그냥 우연이거나 동향과 학연을 따라 움직이는 그네들의 관습 때문일 것이다. 다카하시 부인이 게이샤 출신이라는 뒷말도 있었지만 그게 뭐 그리 중요하겠는가. 내가 죽어 손각시가 되지 않았다는 것만은 분명하게 말할 수 있다. 나는 내 죽음과 관련된 누구에게도 해코지를 하지 않았다. 그런데 오늘 내가 이렇게 입을 연 것은 사라져가는 그 무엇에 대한 안타까움 때문이다.

승덕과 내가 주로 만난 곳은 명태고방 부근이었다. 심부름이 잦은 내가 시간 내기가 수월했기 때문이다. 다카하시 부부가 경성에서 내려온 상사 부부를 접대하기 위해 해운대 온천에서 일박을 하던 날 밤, 나는 못 견디게 그가 보고 싶어 밤중에 관사를 빠져나왔다. 승덕은 회사에서 침식을 하고 있었다. 환한 달빛 아래 드러난 붉은 벽돌담에 기대어 선 내가 하나도 부끄럽지 않았다. 뜨거운 그의 손이 내 손을 끌어 나는 고방 안의 담에 섰다. 그의 이마에 땀이 맺히고 내 가슴은 적벽돌보다 더 붉게 뛰었다. 손이 내 허리를 감으면서 그의 입술이 내 입술을 덮었다. 승덕의 혀는 달고도 뜨거웠다. 접문례(接吻禮)를 나누는 동안 내 몸은 살포시 땅을 떠나 청명한 초여름 대기 속으로 떠올랐다. 파도 소리도 들려왔다. 아버지가 바다를 메워 전찻길을 내기 전까지 창고 바로 앞에는 배가 닿았다. 나는 부드러운 파도 소리를 들으며 승덕에게 안겨 밤바다 앞에 서 있었다.

그 단 한 번이 스무 살 내 육체가 정신과 하나 되어 누린 희열의 모두였다. 사람들이 그 무엇인가를 이 세상과 바꾸었다고 말할 때, 내 경우에는 그와 나눈 그 한 번의 접문례를 이승과 바꾸었다고 할 수 있다.

그리고 단 한 번만이라는 말은 내가 속한 세계에서도 통한다. 우리는 누구나 단 한 번만 떠나온 세계를 향해 입을 열 수 있다. "불쌍한 내 강새이(강아지)야, 그걸 알았시몬 기다리라." 내가 손각시가 되지 않게 해준 할머니 말씀처럼 나는 기다리고 기다렸다. 승덕을 잊지는 않았지만 그를 위해 머물지는 않았다. 바다를 보고 앉아 언제나 아침 해가 일찍 들던 내가 나고 자랐던 초가집, 승덕을 처음 만났던 비 내리는 초량 전차정거장, 야트막한 고관 언덕길의 백양나무 가로수, 철도병원 옆의 가파른 돌계단, 관사로 가는 철길 가에 피어난 코스모스, 그와 같이 할 강

같은 시간으로 웃음 지었던, 내가 불태워진 사진관도 나는 본다. 내게 잊히지 못하는 곳은 새로 지은 백제병원과 등을 대고 있는 명태고방의 그 긴 담, 환한 달빛 아래 입술을 나누던 승덕과 나를 숨죽여 지켜보던 기와까지 붉었던 창고다. 그 담과 건물이 그 자리에서 비바람을 맞고 뜨거운 햇볕을 받으며 그대로 있음으로 나는 승덕과 보낸 순간을 영원으로 바꿀 수 있었다.

당신이 속한 이승의 시간으로 지난 가을에 창고가 헐리기 시작했다.

백제병원에 불이 나서 안이 홀랑 다 탔을 때, 중앙극장으로 남은 다이세이자, 마쓰무라네 아이들과 가보았던 이층 관람석을 받친 열 개의 쇠파이프가 타원형을 이룬 그곳이 헐렸을 때도, 나는 가슴을 졸이며 지켜보았다. 명태고방 때문이었다. 걱정은 언젠가 우리 앞에 실재가 되어 무참한 절망이 된다.

내 부끄러운 속까지 다 보여주면서 단 한 번밖에 할 수 없는 말을 당신들에게 하는 나를 생각해주기 바란다. 누군들 멈추어 두고 싶은 시간과 같이 하는 잊히지 못하는 곳이 없겠는가.

이제 내 이야기는 끝났다. 나처럼 입을 열게 될 때 당신은 무슨 얘길 하려는가.

아내를 두고

"당신을 위해 기도해도 되겠지."

아내가 그 말을 꺼냈을 때 내가 언성을 높였다면 아내의 신심이 내가 처음 생각했던 쪽과는 다른 방향으로 가고 있다는 우려를 벌써부터 하고 있었기 때문이다. 그날은 다른 때와는 분명 다른 식으로 이야기를 이끌고도 있었다.

"짝믿음이 힘들다고 목사님이 하신 말씀은 여러 사정으로 혼자 시간 내기가 어려워 소홀해질 수 있다는 뜻도 있지만, 믿음이 자기 혼자만의 것으로 끝나서는 안 된다는 뜻도 담겨 있어. 개인의 경건 외에 복음전도가 신앙의 두 기둥이라고 하는데 다른 기둥 하나가 없다는 데서 오는 어려움을 말하는 거야."

아내가 나를 위해 기도하겠다는 것은 결국 나를 교회로 이끌겠다는 뜻이었다. 가끔 자기도 나랑 같이 나가면 좋을 텐데, 라던 예전의 감정적인 태도와는 달랐다. 거기에다 짝믿음을 두고 내가 목사님에게 했던 아주 의례적인 대답까지 엉뚱하게 해석하려 들고 있었다.

"내 믿음을 도와주겠다고 대답했을 때 당신은 이미 신심의 강가에 나앉은 거야. 그러니 내가 당신을 위해 기도하는 건 당연하지 않겠어."

"목사님께 했던 말은 짝믿음에서 오는 당신의 불편함을 없애주겠다는 뜻에서였는데 왜 그리 지나치게 생각할까."

우선 그렇게 운을 뗐지만 어차피 얘기는 길어질 수밖에 없었다.

아내가 심방을 알리면서 나더러 집에 있어주었으면 하는 뜻을 전했을 때 내가 응한 것은 어차피 한 번쯤은 인사를 나누어야 한다는 생각을 하고 있었기 때문이다. 중년을 넘긴 목사는 편안해 보였고 나는 아내의 교회 출입을 도운 단비엄마를 따뜻하게 대했다. 그녀는 아내의 고등학교 친구였다. 목사가 아내의 교회 인도와 우리 집을 축복하는 기도를 드린 후, 세 사람은 찬송가 두 곡을 함께 불렀다. 차를 마시고 자리에서 일어나면서 그는 내 손을 힘주어 잡았다.

"짝믿음은 배로 힘이 듭니다. 많이 도와주십시오."

짝믿음이 부부 중 하나만 교회에 나가는 걸 두고 하는 말이라는 것 정도는 짐작할 수 있었던 데다 갑작스레 믿음을 갖게 된

데 따르는 여러 가지 불편한 문제도 아내에게 있겠다 싶어 나는 알겠습니다, 라고 답했을 뿐이었다.

"요즘 들어 자기가 교회 일에 너무 열심이다 싶어 나로서는 걱정이랄까 서운한 마음도 들어. 물론 그쪽 세계를 잘 모르고 하는 소리겠지만, 당신은 당신 자신의 마음을 다스리고 평안을 찾기 위해서 신앙을 가진 거잖아. 교회에 나가고자 했을 때 우리가 나누었던 말들을 생각해 봐."

그동안 아내가 집을 자주 비움으로써 오는 생활의 불편함을 두고 몇 차례 잔소리 같은 걸 늘어놓기는 했지만 나로서는 처음으로 아내의 신앙생활에 대해 긴 말을 늘어놓고 있었다. 진작에 나눠야 했을 이야기를 미루어두다 아내가 먼저 꺼냈다고도 할 수 있었다.

"내 믿음이 어디서 시작되었는지 당신이 잘 아는데 내가 왜 당신이 하고자 하는 말뜻을 모르겠어."

아내가 말했다.

"그런데 계기가 전부는 아니잖아. 시작은 시작일 뿐이지 거기에 머무른다면 무슨 의미가 있겠어. 내 시작은 그야말로 우리 모두가 나약한 존재라는 것, 우리 삶이 허점투성이라는 사실의 증거에 불과한 거야. 그렇게 시작한 믿음이기에 내 안에 충만한 기쁨과 축복을 나만의 것으로 가두어 둔다면 그야말로 나는 이기적인 존재이고 내 신앙은 기복적인 것에 지나지 않게 되는 거지. 여보, 우리가 같이 걸어왔던 것처럼 앞으로도 걸어갈 길이 하나면 그보다 더 좋은 게 어디 있겠어."

아내가 너무나 차분하게 앞뒤를 헤아리고 있었기에 당황한 쪽은 나였다. 이야기를 풀어가기 위해 나는 나대로 지난날을 돌아볼 수밖에 없었지만, 그에 앞서 따져둘 일은 신앙 문제가 우리 사이에 심각한 문제가 되리라고는 두 사람 다 생각해 보지 않았다는 것이다. 결혼 전에 우리는 둘 다 종교를 갖고 있지 않았으며 살면서도 그런 고민에 부닥쳐 본 적은 없었다. 그러기에 나로서는 아내의 입교가 여전히 서먹할 수밖에 없는 데다, 짝믿음을 끌어 와서는 같이 신앙생활을 하자고 서두는 게 못마땅할 수밖에 없었던 것이다.

내가 정년을 맞았을 때 우리에게 남은 큰 걱정거리는 없었다. 경제적으로도 건강 면에서도 문제가 될 건 없었다. 딸아이가 더 서둔 해외여행을 다녀온 뒤 나는 나대로 미리 준비해 둔 취미생활을 시작했고 아내는 아내대로 평범한 일상사로 돌아갔다. 내 퇴직이 별스러운 변화를 가져올 이유가 없었던 것이다. 헬스클럽에 같이 등록을 하고는 한 달도 채우지 못하는 아내를 보면서 지금까지 살아오던 테두리 내에서 크게 벗어나지 않으면서, 그리고 벗어날 것도 없이 살아가게 되어 있구나 라는 생각까지 하고 있었다.

그런 우리 부부에게 뜻하지 않은 문제가 생긴 것은 딸아이 때문이었다.

딸이 시집가면 엄마가 바빠진다지만 아내에게는 그럴 일이 없었다. 서울서 사는 데다 손자가 아직 없었던 것이다. 딸애가 직장을 나가고 있어서인지 서두르지도 않는 눈치였다.

6월 2일 토요일, 아내는 날짜도 잊지 않고 있었다.

"엄마 어떡해. 우리 미국 가게 되었어."

정리를 하자면 딸아이의 시숙부가 사업을 사위에게 물려주기 위해 들어오기를 원하는데, 숙부에게는 자식이 없어 법적으로는 아니지만 어렸을 때부터 이미 가족 간에 양자로 합의되어 있었다는 것이다. 아이들이 이야기를 늦추다 꺼냈을 뿐이지 모든 것은 결정되어 있었다.

"재준 씨랑 엄마 걱정 많이 했어. 재준 씨는 사남매지만 난 혼자잖아."

얘기는 같이 들었지만 딸아이는 제 엄마만 걱정이었다. 아내는 상당한 충격을 받았는지 울음까지 터뜨려 딸 내외를 당황하게 만들었다.

"다른 걱정 다 떨쳤다 했는데 이게 무슨 날벼락이냐. 이게 무슨."

하나뿐인 자식의 이민이 우리 부부의 남은 삶에 어떤 형태로든 구멍을 낸 일이라는 것까지는 알았지만 그게 서운하고 외롭다는 심적 고통 이상의 것은 아닐 터였다. 아내는 물론 나까지도 그때는 그런 심정으로 딸을 내보냈을 것이었다. 그랬기에 아내도 활달함을 되찾고 딸아이가 만들어 놓고 간 빈자리를 재빨리 채워나갔다. 아내는 마침 집 근처에 새로 들어선 목욕탕에 달 목욕을 다니기 시작했고, 거기서 만난 사람들과 소문난 음식점을 찾아 점심을 먹고 오기도 했다. 그러는 동안 처음 한동안 매일같이 오고가던 딸과의 전화도 뜸해지고 컴퓨터 화상통화마저 시들해져 갔다.

아무리 시간이 약이라 해도 탈이 날 것은 결국 나게 되어 있는 모양이었다.

"여보, 내가 왜 정아 낳은 뒤에 병원 다니면서 좀 더 알아보지 않았을까. 삼 년 터울로 쳐도 내가 서른하나밖에 안 되었는데. 요즘 애들로 치면 초산이잖아."

그게 시작이었다. 아내는 지난 일을 들춰내며 하나밖에 없는 자식이 눈 하나 깜작 않고 이민 가는 걸 보면 자기가 외롭게 살 팔자인가 보다, 라는 소리까지 하고 있었다. 결국은 외로움이었다. 남편이나 친동기도 채워 줄 수 없는 외로움이 따로 남아 있었다. 아무리 즐겁고 바쁘게 시간을 보내도 제 몸에서 내보낸 혈육이 남긴 빈자리는 남아 있었던 것이다.

신경성 위염에다 불면증으로 시작된 증상은 결국 정신과까지 찾게 만들었다. 나는 틀림없이 가벼운 우울증일 거라면서 주저하는 아내를 병원으로 이끌었는데, 의사가 알아듣기 어려운 전문용어 몇 마디를 보태기는 했지만 내 말이 틀린 것은 아니었다. 의사의 매조짐이 특히 그랬다.

"아시죠. 어떤 병이든 환자 본인이 반은 의사라고."

그러나 아내는 자신이 의사가 되지는 못했다. 자신이 제일 잘 알고 나까지도 알고 있는 원인에 대해 처방을 내리지는 못했다. 달 복욕도 그만두고 계모임도 빼먹기 시작했다.

"내가 어찌 그리 모진 애를 낳았을까. 고게 자랄 때 보면 마음 먹은 걸 제 고집대로 안 한 게 없어."

아내는 딸을 원망하고 있었다. 나는 딸에게 네 엄마가 우울증을 앓고 있다고 솔직하게 전하면서 잠시 다녀갔으면 좋겠다고 했지만 딸의 형편은 그러지를 못했다. 아이는 정착이라는 말을 함부로 써가며 당장은 시간 내기가 어렵다고 했다. 아내는 괜한 말을 해서 아이를 걱정시킨다고 나를 가볍게 나무라고는 딸애와 자주 이야기를 나누었다. 그리고 우리가 미국에 다녀오기로 결론이 났다.

여행사에 서류를 제출한 며칠 뒤였다. 저녁 설거지를 마친 아내가 티브이 앞에 앉은 내게 말했다.

"여보, 여행사 일은 중단시켜요. 내가 의논할 게 있어요."

나는 리모컨을 찾아 누르면서 아내를 바라보았다. 갑자기 비자 발급 받는 일을 중단하라니. 거기다 말의 순서도 어긋나 있었다. 미국 가는 일을 다시 생각해 보자는 것 자체가 의논일 텐데 아내는 여행사 일부터 중지한 다음에 또 할 말이 있다는 것이었다. 나는 긴장하지 않을 수 없었다. 미국엘 가더라도 그 전까지 치료는 계속해야 한다고 의사가 말했는데도 아내는 병원 가기를 중단하고 있기도 했다.

"생각해 보니 모두가 내 마음 탓이야. 정아도 그냥 핑계고 당신이 내 마음을 채워주지 못해서도 아니고. 그런 것과는 다른 뭔가를 내가 놓치고 있었던 거야. 남아도는 시간을 어찌 건강이나 챙기면서 살아야 해. 내가 다른 세계, 좀 더 단단하고 궁극적인 세계를 몰랐던 거야. 정아 떠나고 내가 얼마나 허약한 존재였는지 당신도 지켜보며 알았잖아."

그쯤에서 나는 아내가 무슨 말을 하려고 하는지를 알아차렸다.

아내가 딸애 일에 충격을 받은 데다 마침내는 제 혈육, 분신까지 원망하기에 이르고 병원까지 가게 된 과정을 지켜보면서 내가 종교를 염두에 두어보지 않은 것은 아니었다. 나이 들어가면서 새로이 신앙생활을 하는 이들도 주위에서 심심찮게 보아온 데다 종교와 하나로 여겨지는 봉사활동에 열심인 이들도 알고 있었다. 아내 또한 범사한 일상 외에 무언가 보람 있는 활동을 더할 수도 있었다.

결국 아내의 말을 듣고 내가 쉬 수긍한 것도 한 걸음만 밖으로 옮겨보면 그런 세계 속에 사는 평범한 이웃들이 많이 있었기 때문이다. 계기가 된다면 얼마든지 건너갈 수 있는 길이었고 아내에게는 지금이 그때라는 판단도 섰던 것이다. 그 길로 가서 아내의 빈 마음이 채워진다면 다른 토를 달아 주저하게 하고 싶지는 않았다.

거기다 아내는 이미 자신이 나갈 교회까지 염두에 두고 있었다. 아내가 처음 꺼낸 말의 순서가 틀렸다는 것도 그런 연유에서였다. 아내는 마음을 정해놓고 내게 의논을 해왔던 것이다. 문제는 아내가 신앙을 갖겠다는 것과 딸애를 만나러 가는 일의 순서였다. 나는 기왕 시작한 일이니 다녀와서 당신 뜻대로 해도 되지 않겠느냐고 말했지만 아내는 아니었다. 딸을 보러 가는 것은 언제든지 할 수 있지만 자신이 하고자 하는 일은 지금이어야 한다는 것이었다. 절제된 아내의 답변이 나를 쉽게 물러서게 했는지 신앙으로 마음을 다스리겠다는 아내의 결심에 이미 동의를 하고 난 뒤라서 그랬는지 나는 내 주장을 거두었다.

"대신 나까지 주님의 양으로 만들지는 말기야."

나는 그렇게 마무리 지었다.

내가 한 뒷말은 농담조이기는 해도 진심이었다. 혹시라도 아내가 자신의 갑작스런 선택에 대해 내게 지고 있을 수도 있는 짐을 덜어주고 싶었을 뿐더러 나로서도 아내의 선택을 심각하게 받아들이고 싶지는 않았기 때문이다. 아내의 신앙으로 끝낼 일이지 그 이상도 그 이하도 아닐 것이었다. 아무리 내가 신앙의 본질이나 교리에 대해 문외한이라 하더라도 개인의 자유의지가 우선일 터였다. 나는 처음부터 소박한 수준이라면 소박한 대로, 평범하다면 평범한 대로 종교를 대할 수밖에 없는 입장이었다. 그런 점은 아내조차 마찬가지였다.

"그야 말해 뭐해. 누구에게도 교회 나간다는 소리 하지 않을 텐데. 당신도 가족들이나 친구들에게 이야기하지 마."

그렇게 시작된 아내의 신앙생활이었다.

"여보, 난 참 복이 많은 사람인가 봐. 전혀 모르던 세계, 평화로우면서도 감사가 넘치는 세계를 만날 수 있었다는 게 얼마나 기쁜지 모르겠어. 아이들 유학 보내거나 이민 보내고 부부끼리 사는 이들이 숱하게 많아. 그저 우리가 사는 과정 가운데 일어나는 일인데 그걸 힘들어했다니 참 어리석었지."

믿음에 감사하는 만큼 아내는 교회에 열심이었다. 시일이 지나면서 일요일 낮 예배뿐 아니라 평일기도나 특별기도에도 참석을 했고 봉사활동에도 적극적이었다. 내가 운전을 해서 데려다 주는 일도 절로 중단될 수밖에 없었다. 그런 아내를 지켜보다 당신에게 그토록 몰두하는 면이 있었는지 몰랐다고 넌지시 걱정을 내비치자, 아내는 새로운 만남의 기쁨과 감사를 내가 무엇으로 표하겠어. 그저 내 몸을 아끼지 않는 수단밖에, 라고 답했다. 그리고 조금 더 시간이 지나자 이 거듭남의 즐거움을 당신도 체험하면 좋을 텐데, 라는 말을 하는 데까지 나아가고 있었다.

내가 시시콜콜히 지난 일을 헤아린 것은 그런 아내의 변화를 가볍게 받아들일 수 없는 데다 한두 번으로 끝나지 않을 아내의 권유를 뿌리칠 수 있는 이유를 나대로 다시금 확인해 두어야 했기 때문이다. 그동안 아내가 교회엘 같이 나가주었으면 하는 말을 꺼낼 때마다 나는 달아나기만 했었다. 주님의 양으로 만들지 않기로 한 처음 약속을 지켜야지, 주님도 우리 약속을 아시고

꾸중하실 걸. 그런 소리나 한 것은 아내의 바람을 심각한 문제로 드러내고 싶지 않아서였다. 나로서는 처음부터 그런 식으로 선을 그어두고 있었다고 해도 틀린 말은 아니었다.

그런데 아내는 자신의 믿음을 그냥 마음이나 다스리는 차원으로 끝낼 수 없다는 전제를 달면서, 전도가 신앙의 두 기둥 중의 하나라는 말까지 해가며 자기 뜻을 전하고 있었다.

"어떤 경우를 두고 무슨 얘기를 하더라도 우리가 노후를 건강하고 즐겁게 보내야 한다는 것은 틀림없는 사실이잖아. 당신이 교회 나가는 것도 그런 과정 속에 있다는 걸 당신도 알고 나도 안다면 그 정도 선에서 끝내야 좋지 않을까. 종교는 본인이 원해서 갖게 되는 거잖아. 육십 년간 다른 세계에 살던 사람을 꼭 끌어갈 필요까지 있을까. 자기가 좀 다르게 생각해 줬으면 좋겠네."

나는 목소리를 가다듬고 그렇게 말했다.

"당신 입장을 내가 이해하지 못하는 바는 아니야. 그렇지만 아까 말했듯이 내 믿음을 계속해서 정아의 빈자리를 채우는 정도로만 여긴다면 신앙을 너무 범속한 차원으로만 보는 거라고. 그런 것도 생각해 줘야지."

"나더러 당신 신앙을 잘 이해하지 못한다고 그러는데 내가 그럴 수밖에 없다는 건 당신이 더 잘 알잖아. 그걸 받아들이고 넘어가야지 지금 어떻게 하겠다는 것은 서로를 불편하게 할 뿐이지."

"당신은 미리 선을 그어놓고 내 말을 듣고 있는 것 같아. 그리고 자꾸 노후 이야기를 하는데 남은 시간이 얼마인데 새로운 생활이나 만남을 아예 생각조차 하지 않으려고 해."

"내가 미리 선을 그었다면 우리가 살아온 게 크게 잘못되지 않았기 때문이겠지. 그게 이제 나한테만 해당된다 할지라도 내 생각과 방식이 아주 틀리지 않았다면 그냥 둬도 되잖아."

"잘못되지 않았다는 것하고 더 나은 세계를 찾는 것은 다르지 않겠어요. 자기는 다른 세계에 살던 사람을 억지로 끌어간다 하는데, 수십 년을 같이 사는 내가 하는 말이잖아요."

아내는 좀처럼 물러날 기색을 보이지 않는 데다 차분함으로 따지면 나를 훨씬 앞서가고 있었다. 거기에다 내가 하는 말은 처음 아내의 교회출입을 두고 했던 대화나 생각에서 크게 벗어난 것도 아니었다. 나는 그런 점에도 신경이 쓰이면서 마음이 조급해져 갔다.

"당신은 당신의 믿음으로 무장했다고 볼 수도 있는데, 말로 따져 가면 내가 질 수도 있겠지. 그렇다고 해서 내가 당신 의사를 따를까? 그럴 수는 없을 것 같아. 나는 나대로, 당신이 보기에 고집이라 해도 내 생각을 내세울 수밖에 없을 거야."

그쯤에서 끝나지 않고 나는 더 나가고 말았다.

"생각해 봐. 당신은 전도가 당신 신앙의 두 기둥 중의 하나라는 물러설 수 없는 전제를 내걸고 나섰으니 무슨 대화가 되겠어. 아프가니스탄 사건이며 전철 같은 데서 해대는 마구잡이 선

교가 왜 아무렇지 않게 행해지는지 이제는 알겠군. 부부라서 서로 숙이고 따라야 할 것도 있지만 오히려 부부라서 서로 지켜줄 것은 지켜주었으면 해."

"당신 말을 두고 따지지는 않을게. 내가 내 기쁨에 좇겨 서툴렀을 수도 있고."

내 표정이 굳어 있었는지 아내는 웃으며 이야기를 중단했다.

"이런 대화를 나누었다는 사실만으로도 나로선 행복해. 가족 전도가 제일 어렵다고들 하니까, 나도 급하게 조르지 않을게. 하지만 당신을 위해 기도한다는 사실만은 알아둬."

아내가 뒤에 한 말은 참으로 내게 불편한 말이었다. 그렇지만 그 문제로 무릎을 맞대고 몇 시간을 앉아 있다고 해서 끝장이 날 것은 아니었다. 나로서는 그냥 시간의 흐름에 맡겨둘 수밖에 없는 노릇이었다.

변화가 있었다면 아내가 교회에 머무는 시간이 더 늘어난 데 비해 나는 일 없이도 바깥에 나가는 일이 잦아졌고, 야구장이나 경마장을 찾는 친구들도 알게 되었다는 정도였다. 내가 정도라고 말하는 것은 그래도 시간이 서로 맞으면 아내와 손을 잡고 뒷산에도 오르고 교외로 나가 외식도 했기 때문이다. 처음 우리가 생각했던—점점 나 혼자만의 것이 되어가고 있었지만—노후의 시간에서는 많이 빗겨가고 있었지만, 주어진 형편 내에서 그런대로 지내고 있었던 것이다.

그렇지만 아내와 나 사이에 불거진 문제가 완전히 마무리된 것은 물론 아니었다. 나 자신이 그걸 모르고 있지도 않았다. 그 문제가 우리 인간이 육체를 가진 존재라는 사실을 통해서 왔다는 점만은 다소 놀라웠다.

우리는 살아오면서 특별히 성생활에 대해 깊이 생각하거나 불편해하지 않았다. 나이가 들어가면서 멀어지는 게 이상스럽지도 않았다. 그날은 술을 몇 잔 맛나게 마신 데다 채널을 이리저리 돌리다 마주친 영화장면에 자극을 받았는지 모처럼 내 몸에 불이 당겨졌다. 아내는 내키지 않는다는 기색을 보였지만 나는 더 애달아했다. 내 손에 잡혀 침실까지 온 아내의 굳어 있는 몸을 깨우기 위해 나는 애를 썼다. 그런데 아내가 나를 밀쳐내더니 옷을 여미고 앉으며 기어이 다음 말까지 하고 말았다.

"여보, 미안해. 몸보다 마음이 말을 안 들어. 당신과 영혼이 하나 되지 않는데 어찌 내 몸이 열리겠어."

내가 먼저 거실로 나오고 아내는 작은방으로 들어갔다. 벽에 십자가 하나만 걸어놓고 아내가 자주 머무는 방이었다.

이번에는 아내가 딸에게 먼저 전화를 한 모양이었다. 아내는 그 일이 있은 며칠 뒤 웃으면서, 왜 자기를 쑥스럽게 몰아갔느냐고 나를 가볍게 나무랐지만 짝믿음에 대한 자신의 고민만은 딸에게 털어놓고 있었던 것이다. 딸은 내게 짜증을 부렸다.

"그냥 생활이야. 같이 가서 엄마 옆에 앉아 있어줘. 교회까지 데려다 준다면서 그게 뭐 어려워? 엄마 또 병나면 아빠가 어쩔 거야."

나는 제대로 설명하지 못했다. 옆에 앉아 이야기를 나눈다 해도 속속들이 다 말할 수 없을 것이었다. 네 엄마의 신앙만으로 끝날 수도 있잖아, 라는 말이 내가 할 수 있는 최선이었는데 그 말은 이미 접혀져 있었다. 딸아이는 이 문제가 아내와 나, 둘 사이에서만 해결할 수 있다는 사실을 다시 확인시켜 주고 있었다. 그러므로 나는 누구에게 의논하지도 못한 채 혼자 속앓이를 할 수밖에 없었다.

어째서 아내의 믿음이 침실까지 간섭하고 결정하게 되었는지 나는 가슴이 답답할 지경이었다. 더구나 언젠가 한번 있었던 잠자리 일까지 떠올랐는데 그때와는 성격이 다르기에 화도 나고 심각해지지 않을 수 없었다. 40대 중반이었던가 아내가 큰 액수는 아니지만 돈을 빌려주고는 받지 못해 고민했던 적이 있었다. 뒤늦게 그 사실을 알게 된 내가 앞으로는 생활비만 주겠다고 나섰다. 직장 사람들과 친지 중에 재산관리를 안사람에게 맡기지 않는 경우만 떠올리고 서둘렀던 탓인지, 아내가 며칠간 말도 건네지 않고 딴 방까지 썼던 것이다. 그때와는 정말 다른 경우였다.

나는 술도 자주 마시고 혼자 산에도 가면서 고민했다. 아내가 언젠가는 또 꺼낼 문제라는 것, 그리고 내가 계속 비켜가거나 단호하게 내 태도만을 밝힐 일은 아니라는 생각까지는 할 수 있었다. 그래서 먼저 이야기를 꺼냈다.

"우리가 같이 보내는 시간이 많이 줄어든 것 같지. 서로 바쁘게 보내는 거야 좋지만 좀 섭섭하기도 해. 어느 쪽 탓이라기보다 한 사람이 집을 비우면 다른 쪽도 자연 그렇게 되는가 봐. 나도 자꾸 나가 돌면서 술만 마시고……. 우리 둘 다 집에 있는 시간을 늘려보자. 자기도 교회 일에 너무 열심이다 보니 건강도 걱정되고."

"맞아요. 같이 있는 시간이 많이 줄었지. 내가 당신한테 소홀한 것 같아 미안해요."

"혼자 밥 챙겨먹고 하는 거야 불편한 것도 아니지. 그보다 우리가 생각했던 노후생활에서 너무 멀리 온 것 같아 그게 걱정이야."

"자기는 언제나 그 테두리에서 못 벗어나지."

아내는 웃으면서 고개를 끄덕였다.

"여보, 우리 정아한테 가자. 애가 들어오기는 쉽지 않을 것 같으니 우리가 한번 다녀오자. 벌써 2년이 다 돼 가잖아. 사실 나도 좀 지치고, 정아가 보고 싶어."

그것은 솔직한 내 심정이었다. 아내가 비운 시간만큼 내 외로움은 커져갔고 퇴직 후에 한 번쯤은 몰려오기 마련이라는 공허감에도 빠져 있었다. 내색만 않았을 뿐이지 자식에 대한 그리움이 마음에서 사라질 리도 없었다. 그리고 무엇보다 달라진 환경에서 우리를 돌아 보고도 싶었다.

"그럽시다. 나도 정아가 보고 싶어."

아내는 쉽게 동의했다.

"저번에 다녀온 사돈댁 말로는 걱정할 거 하나 없이 잘 지낸다 하지만 그래도 가봐야지. 정아가 바쁘니 어쩌니 하면서 자꾸 애 가지는 걸 늦추고만 있으니 그것도 보통 걱정이 아니야. 내 운전교습도 끝나가니 날짜 잡는 것도 어려움이 없겠네."

아내는 한꺼번에 여러 이야기를 섞어 하면서 떠날 날짜까지 헤아렸다. 그러고는 나를 똑바로 바라보았다.

"여보, 정아네 가기 전에 교회에 한번 나가지 않을래요."

내가 고개를 끄덕였는지는 모르겠다. 적어도 크게 놀라지 않았던 것만큼은 확실했다. 한사코 짝믿음을 지우려는 아내의 태도가 언짢기는 했지만 그걸 대놓고 따지고 싶지는 않았다. 아내에게 말했듯이 나는 외로움에 지쳐가고도 있었다. 눈을 돌려 바다를 보았다. 분위기도 바꾸어 볼 겸 찾은 호텔 커피숍 앞으로는 가을햇빛에 푸르른 바다가 빛나고 있었지만 가슴은 트여오지 않았다. 어쨌거나 딸애에게 가기로 한 이 지점에서 결정적으로 틈이 갈 말을 해서는 안 될 것이었다.

"천천히 생각해 보는 걸로, 오늘은 이 정도로 하자."

지난번과 다른 여행사를 찾아 비자신청을 했던 주일에 아내는 면허증을 교부받았다. 교회에 머무는 시간이 많아지면서 아내가 운전을 배워야 한다는 것은 이미 정해진 일이었다. 집의 차가 10년이나 된 중형인 데다 나도 탈 일이 있으니까 경차를 새로 구입하는 것도 미리 생각해두고 있었다.

교회를 오가는 길만 고집스레 연수코스로 삼더니, 아내가 처음으로 나를 옆에 태운 날이었다.

"초보운전 하는 거 지켜보다 부부싸움 한다며. 당신은 안전벨트 꼭 매고 눈도 감고 있어."

너무 오른쪽으로 붙었어. 차선을 급하게 바꾸면 안 된다니까, 선을 물고 들어가야지. 어쩔 수 없이 몇 마디 하는 동안 아내는 교회 주차장에 차를 세웠다. 시간을 넉넉하게 잡고 출발해서인지 주차도 수월하게 했다.

"잘하네. 차선 바꾸는 거랑 주차할 때만 우선 신경 쓰면 돼. 차차 익숙해져."

나는 그렇게 격려했다. 아내는 신경을 써서인지 그대로 한참 앉아 있었다. 내가 먼저 내리려고 손잡이를 잡는데 아내가 내 왼손을 꼭 붙잡았다.

"오늘 가요. 진심으로 내가 바라는 바야."

나는 손잡이를 놓고 반듯하게 앉았다.

"저 계단만 오르면 되는데, 뭘 그렇게 재고 망설여. 처음엔 어색해도 절로 익숙해져."

거리는 다소 떨어져 있었지만 주차장 왼편으로 교회건물이 있었고 계단은 물론 계단을 타원형으로 둘러싼 통로도 보였다. 처음 한동안 아내를 데려다 주면서 보아온 모습이었다.

"자기 예배 보는 동안 살짝 올라가 보기도 했어. 예배시간이며 행사가 많다 싶어 자기가 자주 집 비우는 것도 이해하고 용서까지 하고 있잖아."

"농담으로 비켜 가지 마요. 내가 진정인데 왜 그렇게 받아주기 어려워요. 시작만 하고 우리 미국 가자. 내가 차 안에서 이렇게까지 말하는 건 신앙은 그 시작이 계획해서가 아니라 결단으로 해야 하기 때문이야."

시동을 끄지 않아 계기판의 시계는 아직도 예배시간이 상당히 남아 있음을 보여주었다. 운전이 서툴러 시간을 넉넉하게 잡은 것도 있겠지만 아내는 나를 이끌 시간까지 쟀는지도 모른다.

"여보, 당신 말도 맞겠지. 그렇지만 나로서는 시간이 걸리지 않겠어. 이해해 줘. 오늘은 당신이 처음 운전한 날로만 기억하자."

이번에는 내가 아내의 손을 힘주어 잡았다.

나는 교회 밖으로 멀리 나가지 않고 주위를 서성이며 아내를 기다렸다. 바닷가 찻집에서 했던 말을 아내는 새겨두고 있었을 테고 나 역시 그 생각을 아주 허수로이 할 마음은 없었다. 천천히라는 수식어는 하는 쪽과 듣는 쪽에 따라 해석이 다를 수 있을 것이었다. 그 차이가 신앙의 문제이기에 심연처럼 깊을 수는 있겠지만 우리는 부부였다. 나는 여전히 어느 한쪽이 이기거나 지지 않고 해결점을 찾았으면 하는 기대를 버리지 못하고 있었다. 물론 그런 생각의 밑바닥에는 눈앞의 변화는 인정하면서도 지금껏 내 식대로 살아왔다는 고집이 완강하게 버티고 있었다.

그것이 아내의 믿음을 여전히 내 식대로 잘못 받아들이고 있다는 증거가 될지라도 아내의 권유를 쉽게 받아들일 수는 없다는 내 심지만큼은 나 자신도 어쩔 수 없는 것이었다.

나는 아내의 밤 운전에도 몇 번 동행했다.

딸아이에게 갈 날짜는 다가오는데 아내는 그다지 즐거운 표정이 아니었다. 마음을 다른 곳에 두고 있는지 여행 이야기는 꺼내지도 않았다. 그날은 축제일이라 정체가 아주 심했다. 아내의 그런 심사에 신경이 쓰이는 데다 서로 입을 닫은 채 차 안에 갇혀 있는 것도 답답했다.

"요즘 당신 안색이 안 좋아 보여. 다른 일은 아닐 테고, 나 때문인가 해서 걱정이 돼."

"그렇게 보여요?"

아내는 그렇게 말해 놓고는 잠시 침묵했다. 오디오를 켜놓지 않은 차 안은 딱딱하고 건조했다.

"당신이 내 고민을 헤아리고는 있으니까 그나마 다행이네요."

아내는 앞 차와의 간격이며 끼어드는 차들에 신경이 쓰이는지 내 얼굴을 바라보지 않았다. 흘러다니는 불빛으로 바라본 아내의 얼굴이 굳어 있는 데다 조금은 쓸쓸하게 보였던 것은 막연한 내 느낌일 뿐이었을까.

미 대사관 인터뷰를 하러 가기 전날 밤에 아내는 죽었다. 터널을 빠져나오면 고가도로로 오르는 차선과 두 개의 갈림길이 나오는데, 그 거리는 200미터 정도에 불과했지만 내리막길이었다. 아내는 고가도로 바로 옆의 도로로 빠져야 하는데 그러질 못했다. 아내도 언제나 거기가 헷갈린다고, 조심해야 된다고 말하던 곳이었다. 담당경찰관과 보험회사 직원은 운전 미숙에다 과속이 원인이었다고 했다. 고가도로 입구의 완충블록만 받았더라면 목숨만은 건졌을 거라는 말까지도 똑같았다.

다음 날 아침 첫차를 타야 한다는 것 때문에 늦은 귀가를 서둘렀던 걸까. 마음에 걸리는 것은 아내가 그 순간에도 내 신앙 문제를 골똘히 생각하다 급하게 차선을 바꾸었을지도 모른다는 점이었다. 그렇지만 막상 아내의 죽음 앞에 서자 우리 둘을 불편하게 했던 문제보다는 하찮은 일상의 기억들만이 떠올랐다. 세수하고 젖은 수건을 세탁물 바구니에 담으면 질색을 하며 덮개 위에 널어 말리던 모습, 언제나 십만 원씩 담은 봉투를 하나씩 헐어 쓰던 모습, 그리고 밤에 운전할 때 반사된 불빛으로 흐릿하던 차선 색깔, 그런 것들이 떠올랐다. 나름대로 단단하게 쌓았다고 믿는 삶의 제방을 언제든 무너뜨릴 수도 있는 크고 작은 빈틈을 눈여겨보지 않고, 그간 살아오며 체득한 지혜와 습관대로 살 수 있으리라고 생각한 나는 어리석은 사람이었다. 어쩌면 아내조차, 그렇게 서두르며 맞이한 믿음의 세계에 자신을 무방비로 노출시켰던 것은 아닐까.

생전에 미리 의논할 기회는 없었지만 나는 기독교식으로 장례를 치렀다. 아내가 원할 바라고 생각해서였다. 딸아이가 서둘러 왔지만 어쩔 수 없이 장례가 끝난 뒤였다. 어젯밤에 딸은 내 손을 붙들고 또 오래 울었다.

딸을 공항까지 데려다 주고서 나는 아내의 무덤을 찾았다. 딸애가 다시 미국으로 떠났다는 게 하나의 매듭으로 보였다. 떼가 자라지 못한 무덤은 겨울 햇살이 가득해도 쓸쓸하기만 했다. 하늘이 너무 시리도록 푸르러 눈물이 났다. 몇 번이나 이제 일어나자고 하면서도 나는 아내 곁을 떠나지 못하고 있었다. 물기가 마른 눈가를 비비는데 다시 눈물이 솟았다.

묘역 사이로 난 비탈길을 내려오다 멈추어 서서 다시 한 번 아내를 돌아보았다. 나는 아내를 찾고 싶었다. 아내가 자신의 믿음을 그렇게 서둘렀다는 것이 다시금 내 마음을 찢어지게 했다. 어차피 인생의 뒷자락에 닥친 일이라면, 게으름을 잔뜩 부리고 아내의 약도 올려가면서 천천히 아내를 따라 같이 늙어갈 수도 있지 않았을까. 그게 산 사람의 사치스런 후회일지라도 그런 회한에 발걸음이 떨어지지 않았다.

원망은 이제 내게로만 돌아와 자라게 되어 있는 모양이었다.

통문당

지난밤 늦게 안개에 묻혀 슬그머니 내리기 시작한 비가 오후까지 계속되고 있었다. 아침부터는 빗발도 야물어진 데다 꽃샘바람까지 타고 내려 수선스럽기조차 했다. 안개가 많이 걷히기는 했지만 잿빛 하늘이 낮게 내려앉아 거리는 저녁나절처럼 어둑했다. 김우곤이 가게 출입문 앞에 붙어 섰을 때는 한차례 몰아친 바람이 가로수 벚꽃들을 흔들어대던 참이었다. 꽃잎들은 허공을 날다 비바람을 타고 이내 흩어져 내렸다. 길바닥은 이미 젖은 꽃잎들로 어지러웠다. 날린 꽃잎은 출입문과 가게 앞 유리에도 달라붙어 있었다. 사람들 말대로 벚꽃이란 게 참으로 한순간이었다. 도로를 넓히면서 심었다는 벚나무들이 제법 구경거리가 되고 있었지만, 한 며칠 보기 좋다 싶자 이렇게 비바람이 붙고 있는 것이다.

김우곤은 오전부터 물건들을 쌓아두고 손질하는 창고 겸 공방을 들락거리고 있었지만 무엇 하나 진득하게 붙잡고 있지를 못했다. 손님이 뜸한 오전에는 가게 뒤에 붙은 공방에서 수리작업에 매달리는 게 정해진 일과였다. 중간상들을 통해 넘어오는 물건의 상당수는 구입했던 상태 그대로였기에 이래저래 손길이 가야 했다. 요즘 그는 느티나무로 짠 이층장을 손보고 있었다. 넓은 서랍을 두 개 넣고 아랫면을 네 짝으로 처리해서 시원한 느낌을 주면서 주석 장식도 최대한 적게 쓴 것이었는데 다리 두 쪽이 부러지고 천판과 옆널이 심하게 찢어져 있었다. 어제는 찢어진 옆널의 모서리 부분을 뜯어낸 뒤 나뭇결이 비슷한 느티나무 판목을 찾아서 톱으로 얇게 썰어 닦음질을 했다. 다른 날보다 더디기는 했지만 그 정도라도 진도를 낸 것은 스스로 마음이 쓰이는 무언가가 정리되었다고 생각했기 때문이었다.

그런데 그게 아니었다. 아침에 일어났을 때 비가 오고 있다는 걸 확인하고는 아직도 오는구나, 라는 생각부터 들었던 것은 불편한 자신의 심기를 그대로 드러낸 것일지도 몰랐다. 비가 계속 내리고 있다는 걸 안 뒤에는 샤워를 아주 오랫동안 했다. 머리를 감고 비눗물을 충분히 헹구어낸 뒤에도 그는 물줄기 아래에 머리를 디밀고 내내 서 있었다. 맨몸에 쏟아지는 따뜻한 물로 피로를 푸는 것도, 그렇다고 무슨 골똘한 생각에 빠진 것도 아니면서 그냥 멍하니 물을 맞고 서 있었던 것이다.

김우곤은 아주 하찮을 수도 있는 그런 기억에 밀려 한숨까지 내쉬었다. 빗물을 함부로 튀기며 지나가는 차들과 종종걸음을 치고 있는 행인들을 물끄러미 바라보고 서 있는 그는 지금, 마음은 뭔가 어수선하게 쫓기는데 막상 할 수 있는 거라곤 아무것도 없는 그런 상태에 빠져 있었다.

사흘 전 저녁 무렵, 그는 친구 모친상에 문상을 갔었다. 가게에서 병원 장례식장까지는 상당히 먼 거리였다. 갈아타는 게 번거롭기는 했지만 버스와 새로 개통된 지하철과 택시를 연계해서 가는 것이 가장 빨랐다. 별관인 장례식장에 도착해서 요금을 지불하고 내리는데 택시 쪽으로 다가오는 여자와 눈길이 마주쳤다. 여자가 먼저 그를 유심히 보았던 것 같기도 한데, 두 사람은 서로 잠시 멈칫거리다 승강장 바깥의 길가에 어정쩡하게 서게 되었다.

"저어, P대학…… B 친구예요."

P대학은 그가 다닌 학교였고 B는 그때 사귀던 여자 이름이었다. 말을 하는 상대방의 표정은 조금 복잡해 보였다. 갑자기 맞닥뜨린 데서 오는 당황스러움과 자기가 누구라는 걸 소개하는 데서 오는 어색함, 그러고도 딱 집어낼 수 없는 무엇이 뒤섞인 그런 얼굴이었다.

"예, 오랜만에 뵙는군요."

B의 친구라는 건 기억났지만 정확한 이름까지는 아니었다. 이렇게 정면으로 마주쳤기에 본 적이 있다는 정도지 과거에도

무얼 제대로 안다고 말하기가 애매한 사이였다.

"어떻게?"

할 수 있는 말만을 하고 어서 돌아서야 한다는 입장이 같아서인지 거의 동시에 그 말이 나왔다.

"친구가 모친상을 당해서……."

그가 먼저 말했다. 그러자 여자는 복잡했던 표정을 거두었다. 그녀의 얼굴은 순식간에 무미건조하고 평범하게 변했다.

"그러셨군요. 난 혹시나 알고 오셨나 해서."

"네?"

"B가, 그렇게 되었네요."

여자는 설명을 덧붙이기 싫은지 왼팔을 살짝 들어 시계를 보는 시늉을 하더니 다가오는 택시 쪽으로 시선을 돌렸다.

"그럼, 실례합니다."

여자가 탄 택시가 떠난 뒤에야 김우곤은 복잡하게 보였던 그녀의 얼굴에서 헤아려 내지 못했던 기색이 B가 죽은 걸 알고 왔느냐, 혹시 그동안 서로 연락이 있었느냐는 호기심 어린 궁금증이었다는 걸 알 수 있었다. 거기까지 따지면서도 김우곤은 조금은 멍하고 마뜩잖은 기분이었다. 생뚱맞다 할 정도로 갑작스레 B의 친구를 만나 그녀의 부고까지 전해 들어버린 일이 혼란스럽기도 했지만, 문상을 마치고 나오는 길임에도 감추지 못한 그 여자의 가벼운 호기심이나 집어낼 게 아니라 뭔가 정리해 둬야 할 게 있지는 않은지 하는 생각에서 오는 찜찜함이었다. 그로서는 지금 이 순간에 무언가를 명확히 해두고 넘어가야 할 것 같았다. B가 죽었다는 얘기를 들었다, 친구 녀석의 문상을 왔다가 그야말로 우연히 그녀의 불행을 알게 되었다. 바로 이 사실을 확실히 해둬야 한다는 것이었다. 김우곤이 열 곳도 더 되는 조문실의, 고인과 상주의 명단이 나열된 안내판에서 B의 이름을 굳이 찾은 것도 그녀의 죽음을 알게 된 우연한 경위를 정확히 정리해둬야 했기 때문이다. 그로서는 아주 오래 전 B와의 사이에 있었던 어떤 사건 때문에 그렇게 하지 않을 수 없었다.

"왔냐. 특 이호실이지?" 친구가 그의 어깨를 가볍게 치면서 한 층 올라가야 하는구나, 라고 중얼댔다.

빈소에서 시간대를 달리해 들락거리는 친구들을 만나는 동안에도 B의 생각이 나기는 했지만 구체적인 것은 아니었다. 그는 평소대로, 상을 당한 고등학교 동기들을 조문 왔을 때처럼 했다. 오고가는 얘기에 끼면서 술도 적당하게 마셨다. 자정이 지나 밤샘을 하겠다는 친구 몇을 남겨두고 그는 자리에서 일어났다. 그가 머문 곳은 B의 조문실과는 층이 달랐기에 두어 차례 화장실을 갈 때도 그녀의 빈소 앞을 지나칠 걱정과 불편함은 없었다. 그녀의 빈소를 찾을 생각은 할 수도 없었다. 하지만 그는 곧바로 택시를 타지 않고 매점에서 담배를 사서는 텅 비다시피 한 주차장 구석의 어둠을 찾았다. 끊은 지 6년이나 되는 담배를 연거푸 세 대나 피웠다. 장례식장을 얼른 떠나지 않고 혼자 어둠 속에 남아 있는 것으로 B를 조문한 것이다, 그런 생각이었다.

그런데 오늘 아침부터 B가 되살아나고 있었다. 아무래도 비 때문일 것이었다. 김우곤은 비 때문에 그녀의 죽음이 더 뚜렷하게 마음을 들쑤신다는 걸 스스로 인정했다. 그렇다면 그냥 비 오는 거리를, 빗물이 흐르는 길바닥에 떨어져 뒹구는 꽃잎들을 바라보기만 하면 될 것이었다. 무얼 어떻게 해볼 수 있는 일도 아니고 누구에게 말할 수 있는 성질의 것도 아니니까 그럴 수밖에 없다고 김우곤은 자신을 달랬다. 그녀를 특별히 가슴속에 묻어두거나 가두어 둔 적도 없다고 여겼기에, 그치고 말 이 비처럼 시간을 따라 잊히고 말 것이었다. 그러리라, 그렇게 지나가리라고 속으로 되뇌며 그는 문에서 몸을 돌렸다. 작업은 이왕 틀렸으니 차라도 한 잔 더 마시면서 제대로 눈에 들어오지 않았던 신문이라도 마저 읽을 생각이었다. 정 아니라면, 그는 책상 위에 놓인 팸플릿을 보며 카드회사 직원이 주고 간 안내서를 읽을 수도 있다고 생각했다.

가까운 단골식당에서 점심을 먹고 돌아와 우두커니 앉아 있는데 세일즈맨이 들어왔다. 깔끔한 정장차림의 젊은이였다. 카드회사에서 나왔다는 그는 입사 나흘째인데 딱 5분만 자기의 설명을 들어달라고 했다. 평소대로라면 고개를 저으며 관심 없어요, 라고 말하고는 외면해야 했다. 그렇지만 김우곤은 우산과 검은 가방을 양손에 든 젊은이와 창밖을 번갈아 보고는 그러라고 했다. 이렇게 비바람 부는 날 새 양복까지 입고 찾아온 젊은이를 문 앞에서 바로 돌려세우는 게 마음에 걸리는 데다 젊은이가 애원조로 매달릴까 싶어서였다. 이제 막 사회에 나온 젊은이가 그렇게 되어서는 안 될 것 같다는, 그런 데까지 마음이 쓰였던 것이다. 젊은이는 반가운 표정을 지으며 다가와 파일을 펼치며 실례가 되지 않는다면 이 중에서 지금 사용하고 계신 카드가 무엇인지 여쭤봐도 되겠습니까, 라고 얘기를 시작했다. 젊은이가 비교 설명한 각 회사별 대출 이자율, 할인 서비스, 보너스 혜택 등은 복잡했다. 김우곤은 지금, 돋보기를 꺼내 쓰고 팸플릿의 내용을 따져 읽어줄 수도 있다, 라는 생각이 들 만큼 무엇인가에 몰두하고 싶은 심정이었다.

그때 문이 열리면서 풍경소리가 울렸다. 입구에서 우산을 털고 돌아서는 사람은 남 선생이었다. 벌써 퇴근시간인가 해서 시계를 보려다 작년에 명예퇴직을 했다는 기억이 떠올랐다. 빗물을 타고 벚꽃 몇 점이 깔개 위에 떨어졌다.

"비도 오랜만에 와보니 좋다는 걸 아는지 그칠 줄을 모르네."

"나오시기 불편하셨을 텐데."

"주차장으로 내려가는데 아파트 화단에 동백꽃이 한 무더기 떨어져 있지 않겠어요. 비를 함초롬히 맞은 게 어떻게나 예쁘던지 수반에 띄워 두려고 몇 송이 티슈에 싸서 핸들 앞에 올려 두었지. 광안대교로 왔는데 글쎄, 비 오는 바다를 건너는 기분도 좋던데요. 날씨도 어차피 생활의 일부분이라고 하면 그만이겠지만 그래도 사람이 그럴 수 있나. 오늘같이 봄비 오는 날에는 이래저래 마음도 좀 설레보고 그래야지."

김우곤은 그녀가 내리는 비처럼 말을 하고 있구나 싶었다. 옹기에 우산을 꽂고는 남 선생이 거리를 잠시 내다보았다. 베이지색 바바리의 어깨와 옷깃이 제법 젖어 있었다. 남 선생이 손수건을 꺼내 손을 훔쳤다.

"봄이 참 더디게 오네요. 며칠은 제법 화창하더니 또 한 이틀은 겨울이고. 사람을 이리 속이고 저리 속이고……. 그래도 이번 비는 한번 믿어볼까."

"봄이니까 봐준다, 그런 말씀 같군요."

"그렇게 들렸나."

남 선생이 바바리를 벗어 옷걸이에 걸고는 "아유, 우산 접어 꽂는 것부터 절차가 복잡해." 하면서 그제야 자리에 앉았다.

"차 한 잔 하세요. 흔한 하동찬데 부드럽고 뒤끝이 제법 오래 가더군요."

김우곤은 숙우에 보온통의 물을 부었다.

"하긴 사람들이 오늘 내일 하면서 속을 끓일 정도니 꽃을 피워 몸으로만 말해야 하는 저로서는 얼마나 힘들겠어요. 며칠 전에는 대관령에 큰 눈까지 왔잖아요."

말을 이으면서 김우곤은 진작부터 남 선생을 편한 손님으로 여겨왔다는 생각이 들었다.

"그렇지, 말 못하는 계절이야 제 몸으로 말할 수밖에. 봄비가 사람들을 시인으로까지 만든다니까." 웃으면서 남 선생은 창밖에 두고 있던 눈길을 가게 안으로 돌렸다. 잘 정돈된 가구들이 밝은 조명 아래에서 기지개라도 켠 듯 살아나 보였다.

"두어 달 되셨죠."

"그렇게 되었나. 저번에 하 선생이랑 와서 밀양 반닫이 구경했지 아마."

"올 일월이었군요."

"설 전이었군. 하 선생도 올해엔 명퇴신청 한다더니 어찌 되었는지 모르겠네."

남 선생은 차를 한 잔 마시고는 "집에 도배를 새로 해서."라고 말을 꺼내며 자리에서 일어났다.

"큰 딸애 혼인 날짜 잡고는 아무래도 집을 그대로 둘 수 없어 큰맘 먹고 도배를 했는데 그게 보통 일이 아닙디다. 그만그만한 가구들 이리저리 옮겨 놓아보는 재미로 겨우 마쳤네."

남 선생은 출입문 왼편의 반닫이와 함 등이 놓인 쪽으로 먼저 갔다. 가까운 교외에다 시골집도 갖고 있는 남 선생은 장이나 반닫이 등을 주로 샀고 가끔은 소반을 찾기도 하는 손님이었다.

"문갑이랑 책장이 몇 점 들어왔을까, 새 물건은 별로 없어요. 참, 마루가 두어 개 들어왔는데 아직 손을 못 보고 있네요."

남 선생의 눈길을 따라가며 그가 말했다.

"아무리 물건이 좋다 해도 신혼살림에 묵은 가구를 바로 사줄 수는 없잖아요. 좀 살아보다 아이들이 원한다면 집에 있는 장이나 뭐 작고 아담한 걸 하나 줄까 하는데……. 이 반닫이가 편안해 보이네. 소나문가?"

"네. 뒷널은 느티나무고요."

남 선생의 눈길이 머문 건 진주에서 넘어온 물건이었다. 말만 던져놓고 남 선생은 걸음을 옮겼다. 그러고는 전부터 눈여겨 보아오던 네 짝짜리 쌍문갑을 한참 보더니 이번에는 쌍으로 된 3층짜리 책장 앞에 멈춰 섰다.

"먹감이." 남 선생은 산 모양으로 둥글게 상감된 까만 먹감에 손바닥을 얹으며 말했다.

"참 신기해. 제 살 속에 어떻게 이런 색깔과 문양을 키우며 살았을까, 볼 적마다 그런 생각이 드네. 빗물이 스며들어 생긴 거라고, 그렇게들 여겨온다고 그랬죠?"

"네……." 그는 입을 다물어 버렸다. 알고 있는 사실도 분위기나 말하기에 따라 달라진다는 느낌을 순간적으로 받았기 때문이다. 입을 연다면 무슨 말을 하게 될지, 자신이 없었다. 그러면서도 그는 속으로 남 선생의 말을 건네받고 있었다.

어디 그게 먹감나무만 그렇겠어요. 사람도 경우에 따라 빗물이 스며들어 만든 그 나름의 색감과 모양의 사연이 있을 수 있지 않겠어요. 그런데.

김우곤은 유리창 밖으로 눈을 돌렸다.

잊고 지냈던 그 먹감 같은 생채기가 갑자기 들여다보이거나 살아날 때 그 사람은 어떻게 해야 되죠. 묻어두면 감추어지거나 사라지기는 하겠지만 그건 제풀에 지친 허줄한 모습일 테니 보기 언짢고. 차라리 들은 이야기나 지어낸 이야기라고, 누군가

딱 한 사람에게만 말하는 게 그때 그 시간을 위한 일이 되지는 않을지. 그 시간과 장소에서 꼭 해야 할 무엇이 있는데, 우리는 그걸 재거나 미루면서 이 세상을 사는 건 아닌지.

"차나 한 잔 더 하면서 좀 천천히 생각해 볼까. 어차피 무어라도 하나 살 거라는 속내를 비쳤으니 내가 더 이상 손해 보아서는 안 되겠지."

남 선생은 웃으며 그렇게 말하면서도 끌리는 게 있는지 문방기물이 모여 있는 곳으로 다시 몸을 돌렸다. 김우곤은 남 선생으로부터 떨어져 진열창 쪽으로 갔다. 먹감나무처럼 자기 가슴에도 진작부터 빗물이 스며들고 있다는 걸 인정해야 했기 때문이다. B가 죽었다는 것을 어떻게든 알았기 때문에 어쩔 수 없이 그는 비를 맞아야 했다. 비는 계속 내리고 있었다. 쇼윈도 너머로 비 오는 거리를 보고 있는 그의 내면은 이제 무엇으로 가득 차올라 넘칠 지경이었다. 비가 그치지 않고 언제까지나 저렇게 끝없이 내릴 것 같은 절망스런 착각에 빠져들면서 이 세상의 모든 것을 쓸고 내려가는 급류나 강물 같은 게 눈앞을 휘뜩휘뜩 지나쳐갔다. 가득 차오른 이 빗물을 비워내지 않는다면, 지금 무엇인가 이야기하지 못한다면 B로 시작해서 끝나버린 자신의 청춘도 찢긴 걸레조각처럼 빗물 속에 쓸려가 버릴 것이었다. 그는 점점 더 그녀와 만났던 시간을 젖은 길바닥에 뒹굴며 밟히는 저 꽃잎들처럼 마냥 내버려 둘 수 없게 되었다. 무엇보다 B를 그렇게 보내서는 안 되는 것이었다. 김우곤은 돌아섰다.

“물건 살 마음을 내비쳤다 해서 비싸게 사시면 안 되죠.”

남 선생은 막 소파에 앉으려 하고 있었다.

“시간이 있으시면 이야기나 하나 들어보실래요. 이야기를 하거나 듣는 데 이익 볼 것도 손해 볼 것도 없다면 말입니다.”

김우곤은 다시 차를 준비했다.

“이야기하는 사람과 듣는 사람 사이에 무관한 얘기라면 더욱 그렇지. 나야 요즘 몸 움직이는 시간보다 친구들 만나 수다 떠는 시간이 더 많은 사람이니, 듣는 데는 아주 이골이 났지. 그래, 무슨 얘기예요?”

그러면서 남 선생은 아예 소파에 묻히듯 넉넉하게 몸을 고쳐 앉았다.

“살아오시면서, 사람마다 그 사람이 하는 일에 제각기 무슨 사연이 있을 거라는 생각을 해 보신 적은 없으세요? 제가 하려는 이야기는 그런 거예요. 남자를 K라고 해두죠.”

수학과에 다니던 K가 전과를 한 것은 같은 과 후배인 B 때문이었다. 군대를 마치고 복학한 K는 얼굴도 예쁘고 성격도 좋은 B에게 끌렸다. 아버지가 사업을 하는 부잣집 딸이라는 걸 알았지만 무얼 따져서 덤벼든 게 아니니까 마음에 걸릴 것도 없었다. 학비를 마련하기 위한 과외 일도 소홀히 하면서 한 학기를 열심히 따라다닌 끝에 겨우 단둘이서 커피집도 가고 영화도 볼 수 있었다. 그해 겨울방학 때 B가 호주에 있는 사촌언니에게 놀러 간다고 했다. 형부가 외교관이어서 캔버라에 산다면서 부러운 눈치를 내보였다. 그러면서 수학과 교수가 되기보다는 외무고시에 합격하는 게 더 쉽거나 낫지 않을까 하는 소리를 했다. 데이트랍시고 만나기는 했지만 장래에 대한 구체적인 이야기를 나누지는 못하고 있을 때였다. K로서는 뭔가 그런 쪽으로 말을 꺼내보고 싶은 적도 있었지만 괜히 잘못했다가는 B를 만나는 것조차 어려워질지도 모른다는 불안에 사로잡혀 있었다. 그가 불안했던 이유는 수학이 적성에 맞아 수학과에 진학했다는 것과 중고등학교의 수학교사 외에는 장래에 대해서 생각한 게 없다는 데 있었다. 그가 제일 잘할 수 있고 직업 선택에서도 가장 근사치에 있는 것이 B에게 먹히지 않을 거라는 생각이 들지 않았던 바는 아니었다. 평소에도 그녀는 발령받은 남자선배들의 농담 반 진담 반의 데이트 제안을 우습게 대했으며 실제로 대학병원의 레지던트를 만나고 있다는 소리를 한 적도 있었다. 그러면서 K를 만나는 것은 자기한테 워낙 열성인 데다 머리가 좋기 때문이라는 말까지도 애교를 섞어가며 서슴없이 했다.

B와의 장래에 대한 불안은 K에게는 근원적인 그 무엇이었지만, 결혼상대가 아니라고 딱 잘라 판단해서 돌아설 수 있는 결단력을 갖고 있지 못했을 뿐더러 또 그럴 나이도 아니었다. 순진함이, 무지하기에 힘이 될 수도 있는 그런 나이였다. K로서는 B가 교수며 외교관 소리를 했다는 것 자체가 무조건 반가웠다.

외무고시를 쳐볼까. K는 자신은 없었지만 그런 소리를 하고 말았다. 잘 모르겠지만, 우리 사이에는 그 방법이 가장 빠르고 확실한 것 아닐까. 나도 조건만 된다면 선배와 결혼하고 싶으니까. 자, 힘 내봐요. B가 앞에 놓인 500짜리 호프 잔을 들어 그의 잔에 부딪쳤다.

학년 말에 K는 누구에게도 의논하지 않은 채 덜컥 전과신청을 했다. 동일계열이 아니라 1년을 더 다녀야 했지만 고시에 몇 년은 매달려야 한다는 소리를 들었기에 그 정도는 아무것도 아니라고 생각했다. 그러나 K의 머리는 수학머리였지 뭘 외우고 그걸 정리하는 머리는 아니었는지 그녀가 먼저 졸업을 한 뒤에도 그는 여전히 학교 도서관이나 고시반에 남아 끙끙대야 했고 둘 사이의 거리는 점점 멀어져만 갔다. 시험 결과가 좋지 않을수록 B와의 관계에 대한 불안은 커져갈 수밖에 없었다.

그녀의 집 길목을 지키다 동네 다방에서 길어야 한 삼십분 정도 앉았다 헤어지던 몹시 불안정한 겨울이 지나고, 다음 해 이른 봄에 B가 결혼하게 되었다는 얘길 털어놓았다. 두 사람은 아이들 사이에서 매화가든이라 불리는 도서관 뒤편의 벤치에 앉았다. 찬바람이 흐드러지게 핀 꽃잎들을 함부로 흔들고 있어 그의 마음을 더욱 심란하게 했다. 선뜻 말을 꺼내지 못하고 마음을 다잡을 무엇을 찾기라도 하듯 눈길을 이리저리 두고 있는데 저편 벤치 앞에서 누군가가 서성이고 있는 게 보였다. B가 혼자 나오지 못하고 고등학교 때부터 단짝으로 붙어 다니는 제 친구를 데리고 온 것이었다. 겨우 정숙인지 정휜지 하는 애를 떼어놓고 학교 앞 술집까지 갔지만 처음으로 B 앞에서 소리 내어 우는 것 외에 그가 할 수 있는 일은 없었다. 그날 새벽에 그는 병원 응급실로 실려 갔다. 먼저 일어난 B의 뒤를 쫓다 그랬는지 뒤늦게 혼자 술집 계단을 내려오다 굴렀는지 갈비뼈 세 개와 좌측 팔목이 부러졌던 것이다.

K는 정치외교학과를 졸업하기는 했지만 입시학원의 수학 선생이 되었다. 교육청에 신고는 사회과목으로 해놓고 수학을 담당해야 했으니 실력이 좋았다 해도 큰 학원의 인기 있는 강사가 되기는 어려웠다. 토요일 오후와 일요일에도 따로 독선생을 해가며 그렇게 몇 년을 빠듯하게 보낸 다음, 처음으로 부모님을 아파트로 모시게 되었다. 집이 너무 낡은 데다 나이 찬 여동생도 결혼을 앞두고 있어 크든 작든 아파트가 낫다는 쪽으로 의견이 모였던 것이다. 스물여덟 평부터 열다섯 평까지, 지은 지 오래된 서민아파트였다. 그가 구한 집은 스물여섯 평짜리였다. 그는 점집에서 어머니가 이삿날로 받아온 날 오전 일찍 밥솥을 들고 혼자 아파트로 갔다. 집을 나설 때 부슬비가 시작되고 있었다. 어머니가 받아온 길일이었지만 학원에서 재수생들의 예비반 소집을 그날 오후로 앞당겼기 때문에 이사는 일요일로 미룰 수밖에 없었다. 길일로 받은 날에 꼭 이사를 못하더라도 밥솥과 요강만 갖다 두면 그날 한 요량이 된다는 풍속을 어머니가 믿고 있어 혼자 아파트를 찾은 것이다. 주방에 솥을 놓아두고 놓이며 책상 등 세간 배치할 것을 다시 한 번 머릿속에 그린 뒤 그는 문

을 닫고 나왔다. 제일 위층인 5층에서 계단을 내려오는데 문을 잠그고 막 돌아서는 아래층 여자와 4층 난간에서 딱 마주쳤다. B였다. 당황하기는 둘 다 마찬가지였지만 여자 쪽이 더 심한 편이었다. B의 표정이 금세 딱딱하게 굳어졌다.

여기 사는구나.

새로 이사 온다는 집이 그럼?

눈길을 마주쳤던 시간이래야 길어야 십 초나 되었을까. 그녀가 화난 얼굴로 어떻게 잔인하게 바로 윗집을 구해 올 수 있어! 라고 내뱉고는 후다닥 계단을 뛰어 내려가기 시작했다. 그게 아닌데, 집을 구하다 보니 어쩌다 이렇게 된 것인데 그로서는 억울할 수밖에 없는 노릇이었다. K는 그때서야 사태를 알아차리고 그녀를 뒤따라 내려갔다. 그녀를 마지막 만났던 날 밤, 술집 계단에서 굴러 넘어졌던 기억이 문득 났지만 그래도 그는 바쁘게 입구까지 달려갔다. 그가 택시를 타고 들어왔던 단지 입구로 우산도 펴지 않은 채 뛰어가는 B의 뒷모습이 보였다. 그 순간 그는 우뚝 멈춰서고 말았다. 현관 옆의 작은 정원에 이제 막 꽃이 피기 시작한 매화나무 한 그루가 덜렁 서 있었다. B가 결혼하게 되었다고 일방적으로 선언했던 도서관 뒤뜰에 무더기로 피어 있던 매화꽃이 떠올랐지만 그가 마주친 꽃잎에는 아기 손톱만큼 아주 작은 빗방울이 맺혀 있었다. 오해를 풀어야 한다는 생각과 그냥 내버려두고 싶은 생각이 딱 반반씩이었다. 결국 그는 주차장을 가로질러 B가 사라진 길 반대편 쪽으로 걸어갔다. 찾아보면 후문이든 샛길이 나올 것이었다. 그가 걷고 있는 길이 아파트 뒤쪽이었던지 담과 이어진 풀밭에 폐가구와 녹슨 주방 기구들이 어지러이 버려져 있었고 쓰레기통 부근에는 쥐까지 돌아다니고 있었다. 너저분한 광경을 보는 동안 그의 기분은 더욱 엉망으로 헝클어졌다. 도대체 왜 이런 곳에서 B를 그렇게 마주쳐야 했는지, 그는 비에 젖은 풀길에 희뜩 미끄러질 뻔하다가 겨우 몸을 바로잡았다. 너도 별 수 없구나.

K가 부모에게 거짓말을 하고 금전적으로 크게 손해를 보면서까지 아파트를 되판 것은 순전히 그 순간에 달려들었던 '너도 별 수 없구나' 라는 생각 때문이었다. B가 떠난 뒤 메마른 그의 가슴 밑바닥에 자리했던 그녀에 대한 증오가 얼마나 잘 사나보자는 식의 가장 저열한 맨얼굴로 드러났던 것이다. 그는 참으로 자신이 비참했다.

부슬비이기도 했지만 그는 자기 손에 우산이 쥐어져 있다는 것도 잊은 채 눈에 밟히는 대로 길을 따라 한참 동안 걸었다. 그가 걸음을 멈춘 것은 집 마당 한구석에 놓여 있는 것과 비슷한 돌절구가 어느 허술한 가게 앞에 나와 있었기 때문이다. 절구는 맷돌이나 돌확과 같이 입구에서 비를 맞고 있었다. 아파트를 계약한 뒤부터 살고 있는 집의 세간을 줄이는 게 큰 고민이었다. 조부모를 모시고 살던 살림이라 묵은 세간들이 많을 수밖에 없었는데 방과 마루는 물론 다락과 달아낸 헛간, 심지어는 거미줄이 잔뜩 쳐진 마루 밑에도 이런저런 잡동사니들이 가득했다. 그는 가게 앞에 서서 지저분한 유리 안의 물건들을 살펴보았다. 농이며 장은 물론 찬장까지 집에 있는 그런 물건들이었다. 그는 문을 열고 안으로 들어갔다. 밖에서 보고 짐작했던 대로 가게 안에는 함이며 개다리소반 등 지금도 집에서 쓰고 있거나 눈에 익은 물건들이 어지러이 쌓여 있었다. 좁은 부엌방을 차지하고 있다가 할머니가 돌아가신 뒤 헛간으로 옮겨놓은 뒤주도 보였다. 고화나 도자기 같은 것들만 값나가는 골동품인 줄 알고 있었던 그로서는 새삼스럽지 않을 수 없었다. 물론 그 가게에는 토기나 도자기, 심지어는 아침에 어머니가 솥과 같이 싸주었지만 그가 한사코 들어내 놓았던 요강까지도 있었지만 그의 눈에는 목물들만 안겨 들어왔다. 어딘가 친숙한 곳에 와 있는 기분이 들면서 마음은 더 편해졌다. 적어도 이런 목기들을 만지며 시간을 보낸다면 조금 전 아파트를 걸어 나오며 달려들었던, 막힌 수채 구멍같이 더러운 감정에 사로잡히지는 않을 거라는 확신까지도 제법 들었다.

K는 그날 당장 손에 들고 가기 좋은 물건을 하나 샀다. 그게 무엇인지 사는 그도 묻지 않았고 파는 주인도 말하지 않았다. 직사각형 모양에 앞으로 빼다 넣을 수 있는 문이 달려 있었고, 텅 빈 내부에는 가느다란 칼자국이 몇 군데 나 있기는 했지만 물건 자체는 반듯했다. 뒤에 알았지만 그가 산 것은 책을 넣어 두는 오동나무 책갑이었다.

이야기를 마친 김우곤은 허리를 펴고 소파에 등을 기댔지만, 남 선생은 그런 김우곤을 바라보면서 자세를 허물지 않았다. 그 모습은 자신이 나서야 할 때인지 어쩐지를 헤아린다기보다는 아직 얘기가 다 끝난 게 아니지 않느냐는 말을 하고 있는 듯이 보였다. 남 선생이 바닥을 보이는 그의 잔에다 차를 따랐다. 입을 축인 K가 말했다.

"그리고 사흘 전에 그 남자는 모친상을 당한 친구 문상을 갔다가 고인이 되어버린 여자를 만났답니다. 봄비 오던 날 아파트 계단에서 마주친 그 우연을 받아들이지 못했던 여자가 이번에는 어쨌는지, 자신의 죽음 앞에서 맞닥뜨린 또 한 번의 우연은 받아들였는지, 남자로서는 그게 자꾸 신경이 쓰이는 겁니다."

김우곤은 이제 정말 이야기를 매조졌다는 듯이 입가에 피곤한 기색까지 띠고 있었다. 남 선생이 이번에는 자신의 잔에다 찻물을 채웠다.

"왜 받아들이지 않았겠어요. 너무 빠른 죽음도 억울할 텐데 남은 사람에게 자신의 죽음조차 알리지 못하고 떠난다는 건 더 힘든 일 아니겠어요."

두 사람은 잠시 비 오는 거리를 내다보았다. 행인들은 우산 속에 잔뜩 몸을 묻은 채 힘든 걸음을 옮겼고 벚나무 가지들은 마구 흔들리고 있었다.

"우리 어렸을 때 말이죠."

어수선한 바깥 풍경에 갑자기 놀란 듯 남 선생이 목소리를 조금 높였다.

“이렇게 하루 종일 비가 오는 날에는 이집 저집 할머니들이나 어머니들이 모여서 정구지든 묵은 김치든 그런 걸로 부침개 부쳐 먹으며 궁금한 입을 달랬잖아요. 궁금한 입이 뭐겠어요. 주전부리도 주전부리지만 평소에는 하지 못했던 얘기, 가슴에 막힌 이야길 한다는 거지. 누구 이야기든, 무슨 이야기든, 또 지어낸 얘기처럼 에둘러 한들 어때요. 제 나름으로 하고 싶은 말, 가슴속에 묻어두었던 이야기를 한다는 게 중요한 거지.”

김우곤은 그냥 고개만 끄덕였다.

“사장님 해준 이야기는 그 정도로 하고, 이제 물건이나 다시 살펴볼까.”

남 선생이 그런 말을 하고 있을 때 가게의 전화가 울렸고 김우곤이 먼저 일어났다.

“통문당입니다. 순천, 네, 안녕하셨어요.”

남 선생은 거기까지 듣고는 자리에서 일어났다. 화장실을 가기 위해서는 마당이 보이는 복도를 지나야 했다. 마당이라기보다는 두 건물 사이에 난 좁다란 샛길 같은 모양새였는데 후박나무 한 그루와 배롱나무가 나란히 서 있었다. 오래된 한옥 몇 채를 헐어 상가들을 앉혔는데 마당과 담이 경계를 이룬 땅 중에서 애매한 부분이 자투리로 그렇게 남았다는 얘기를 들은 적이 있었다. 남 선생은 발을 멈추고 창 너머로 비에 젖고 있는 나무를 바라보았다. 건물 사이에 끼인 그곳은 훨씬 어두웠고 안개까지 둘러앉은 듯했다. 물안개에 빠진 듯 눈길을 거두지 못하고 있는데 문득 거기에 통문당 주인의 이야기에 나오는 남자가 나무처럼 서 있는 듯했다. 혹은 나무와 하나가 되어 비를 맞고 서 있는 것처럼 보이기도 했다. 그러고 보니 눈에 잘 보이지 않을 뿐, 우리는 누구나 그 남자처럼 눈에 띄지 않는 저 좁은 터의 나무 한 옆에서 나무와 같이 비를 맞고 있을지도 모른다는 생각도 들었다. 남 선생이 바라보고 있는 창 너머 마당은 이제 너무 어두워서 비도 나무도 구분이 잘 가지 않을 정도였다.

가게 안으로 돌아온 남 선생이 다시 물건들을 둘러보기 시작했다. 장이나 소반 등은 그냥 지나치고 문갑이나 책장, 연갑 등이 모여 있는 곳에 섰다. 그녀의 눈에 서랍이 셋 달린 단문갑 하나가 먹감도 진하지 않고 목리도 좋아보였다. 옆에서 지켜보던 주인이 "내어놓고 한번 보시죠."라면서 남 선생을 비켜서게 하고는 문갑을 겹으로 쌓아놓은 마루판 위에 내려놓았다. 주인은 마른걸레를 찾아 먼지가 묻은 윗면과 뒷면을 꼼꼼하게 닦았다. 남 선생은 뒤로 가서 살펴보고 서랍도 하나하나 빼서 안팎을 살폈다.

"경주서 나온 건데 깨끗하게 써서 거의 손을 대지 않았습니다. 장식도 모두 제 것 그대롭니다."

주인은 그렇게만 설명했을 뿐 왜 문갑으로 마음을 바꾸었느냐고 묻지는 않았다. 남 선생 역시 오늘은 비가 오니까, 빗물이 오래 스며들어 만들어낸 먹감으로 여러 문양의 이야기를 하고 있는 그런 물건을 사고 싶은 마음이 들었다고 말하지 않았다.

"비 오는 날 어려운 걸음한 값도 쳐서 싸게 해줘야 돼요." 남 선생이 웃으며 말했다.

"그리고 김 사장이 해준 이야기 값을 못 치는 건 얘기라는 게 하는 사람도 있어야 하지만 듣는 사람도 있어야 되는 거니까, 그런 줄 아세요."

"그렇겠네요. 전화 드리고 가져가겠습니다."

남 선생과 출입문에 섰을 때도 비는 그만하게 계속 내리고 있었다.

"운전 조심해 가세요."

남 선생을 배웅한 뒤 김우곤은 이내 허전한 기분에 빠져들었다. 그 쓸쓸함은 남 선생이 채웠던 공간이 빈 데서 오는 느낌만은 아닌 듯했다. 그는 우선 문갑부터 제자리에 가져다 놓기로 했다. 옮길 때 서랍이 앞으로 쏟아질 수도 있어 그것들을 먼저 빼어놓고는 문갑을 뒤에서부터 껴안듯이 가슴 쪽으로 바투 끌어당겼다. 남 선생이 보았던 문갑은 함 위에 놓여 있었다. 문갑을 들고 두어 걸음 그쪽으로 걸어가는데 가슴에 안긴 그것이 굉장히 거북하고 무겁게 느껴졌다. 사용된 판목들이 무거운 것도 아니고 물건을 옮기는 자세가 잘못된 것도 아니었다. 그때 가슴 밑바닥 어디에선가 서늘한 비안개 같은 게 퍼져 오르는 듯했다. 무지근하게 가슴을 압박해오는 그것은 통증처럼 몸 어느 부위를 불편하게 하는 것도 아니고 호흡을 곤란하게 하는 것도 아니었지만, 오히려 그래서 견디기 힘들었다. 그때서야 김우곤은 지금 문갑을 옮기면서 느끼고 있는 거북함이나 하중이 문갑의 무게 때문만이 아님을 알았다. 자신의 가슴에 어른거리는 서늘한 물기는 B와 헤어진 뒤부터 자리했을 허허로움의 그림자였다. 그러므로 지금 그가 느끼는 문갑의 무게는 자신이 살아오면서 지금껏 받아온 하중이었고 앞으로도 짊어져야 할 어떤 거북함과 그에 따른 무게일지도 몰랐다.

겨우 문갑을 제자리에 올려놓고 모서리를 반듯하게 맞추면서, 김우곤은 천판과 앞면을 손바닥으로 가만히 쓰다듬어 보았다. 앞판 가운데와 가장자리의 먹감으로 된 상감 부분에 손이 갔을 때 조금 전 가슴에 차오르던 아픔이 물처럼 공기처럼 다시 몸속에서 일렁거렸다. 그것은 이미 들숨과 날숨처럼 그 자신의 일부가 되어버렸는지도 몰랐다. 그는 딱딱하거나 제 손바닥의 체온으로 미적지근할 뿐인 목질을 그렇게 한참 동안 어루만지다가, 잊고 있었다는 듯이 서랍을 하나하나 제자리에 꽂았다. 잠시 뒤 그는 기름걸레로 자신의 손자국이 남은 부분을 꼼꼼하게 문질렀다.

그는 핸드폰을 찾기 위해 책상으로 갔다. 핸드폰을 집을 때 연초록 바탕의 팸플릿이 눈에 들어왔다. 자동차 위에 카드가 세워진 그림 상단에는 젊은 세일즈맨의 명함도 스티커로 붙여져 있었다. 젊은이가 매었던 빨간 넥타이가 선명하게 떠올랐다. 상품 설명을 다 듣고는 김우곤이 지금 바로 결정할 수는 없지 않느냐니까 젊은 세일즈맨은 "그렇습니다. 저도 잘 압니다. 시간 나실 때 살펴보시고 전화 주십시오. 그리고 얘길 들어주셔서 감사합니다."라면서 싹싹하게 물러났다. 젊은이는 무엇보다 우선 말을 하고 싶었을 것이었다.

김우곤은 출입문 옆에 달린 홈 오토기를 처음 만져보듯이 아주 천천히 조작하고는 가구들 사이를 지나 공방 쪽으로 걸어갔다.

겨울 五魚寺

언덕은 가팔랐다. 천둥치듯 물 떨어지는 소리는 멀어지고 바람이 귀를 울렸다. 쏟아붓는 맞바람을 안고 언덕을 다 오르자 이번에는 물 천지였다. 저수지라기보다 큰 호수였다. 서민후는 그제야 자신이 선 언덕이 그대로 자연제방임을 알았다. 이 엄청난 수량을 제방 한편의 좁은 수로로 흘려보내다 보니 소리가 그렇게 컸던 것이다. 산등성이 굽이를 감아 돌고 있는 저수지는 끝이 보이지 않았다. 가쁜 숨결로 바라보는 물은 햇빛에 반사되어 그의 눈을 찔러댔다. 물빛은 시리도록 푸르렀고 시선이 닿는 어디에서고 너울이 펄럭이고 있었다. 귀가 멍멍하고 코끝이 얼얼했다. 몸이 으스스 떨려오면서 한기는 물론 요의까지 느껴졌다.

이런 산골에서 물바다를 만나다니. 민후는 재채기를 터뜨렸다. 그가 입고 있는 양복은 허술해 보였다. 운제산 오어사(雲梯山 五魚寺)라고만 적힌 안내판을 흘깃 눈에 넣고 그는 산등성이를 따라 난 길로 몸을 돌렸다. 그런데 조금 떨어진 산등성이에 누가 앉아 담배를 피우고 있었다. 민후는 잠시 놀랐다. 같은 버스를 탔던 사내였다.

"이리 와요."

사내가 소리쳤다. 민후는 애매하게 아는 체하며 걸음을 뗐다.

"시간도 많을 텐데 담배나 한 대 하고 쉬었다 가요."

다음 버스는 3시에 도착해서 10분에 나간다는 걸 기사에게 미리 확인해 두었기에 그에게는 적어도 세 시간의 여유가 있었다.

"안내판을 보고도 종잡을 수가 없네요."

사내에게 다가가며 그가 말했다.

"바로 저긴데 뭐."

사내가 손으로 길을 가리켰지만 길은 물에 빠졌거나 산모퉁이에 막혀 있었다.

민후는 기왕 사내를 다시 만난 이상 담배나 한 대 피우고 일어서리라 마음먹고 조금 떨어져 앉았다. 바람에 성냥은 잘 켜지지 않았다. 어째서 호주머니에 라이터가 아닌 성냥이 들어 있었을까. 외투를 입지 않은 것 하며 나오고 보니 모두가 허술했다.

"라이타를 드릴까."

"……됐네요."

라이터를 빌리지 않고 겨우 불은 붙였지만 마음은 편치 않았다.

읍에서 버스를 타고 종점까지 온 사람은 모두 넷이었다. 둘은 촌로(村老)였고 나머지 둘이 민후 자신과 사내였다. 차에서 내렸을 때 언덕에서 지프차 한 대가 굴러내려 왔다. 거기에는 스님 셋이 타고 있었다. 포장도 안 된 경사 급한 언덕길을 내려온 지프에서 스님들이 내렸다는 것도 의아했지만, 정작 그를 더 놀라게 한 것은 천둥치듯 쏟아지는 물소리였다. 몇십 미터나 족히 될 높이에서 쏟아지는 물이 그대로 싸늘하게 그의 가슴을 쓸어내었다. 물 떨어지는 소리가 좁은 산골을 흔들어 놓고 있었다. 그렇게 잠시 혼이 빠져 있는 그에게 사내가 다가왔다.

"읍에서 부친다는 걸 깜빡 잊어버려 그러니 나가실 때 좀 부쳐주시오."

사내가 내민 건 우표가 붙은 편지봉투 석 장이었다. 민후는 바지 호주머니에 찌른 손을 쉽게 뺄 수가 없었다. 입성으로 봐 사내는 이 동네 사람 같아 보이지는 않았다. 그러면서도 행동거지는 차 안에서나 내린 뒤에나 이곳에 아주 익숙해 보였다. 사내는 주홍색 파카에 청바지 차림이었는데 오십 줄이 넘어 보이는 나이에 어울리는 옷차림은 아니었다. 흰 운동화가 그런 느낌을 강조하고 있는지도 몰랐다.

"그냥 넣기만 하면 되는데."

사내가 다시 말했다. 그제야 민후도 할 말을 찾아냈다.

"나도 잊어버릴 수 있잖아요."

그러면서 그는 조금 웃어 보였는데 그쯤에서 사내가 '허허 그렇군요.' 정도로 물러서 주길 바라는 마음에서였다. 사내는 아주 난감한 표정이 되었다. 마른 피부에 골격이 뚜렷한 얼굴이었다.

"그럼 어쩐담. 저 양반들한테 부탁한다?"

사내는 기색과는 달리 수월하게 몸을 돌려 스님들께로 걸어갔다. 바람 때문인지 큰 키 때문인지 걸음이 좀 허우적거려 보였다. 민후는 다시 시선을 돌렸다. 그래봐야 볼 것은 앞으로 흐르는 개천이거나 그 개천의 끝 지점 위로 쏟아지는 물뿐이었다. 그는 마음이 바빴다. 절은 어디 있는가. 아무런 안내판도 없었다. 결국 스님들을 태운 지프차가 내려온 저 언덕 너머일 것이었다. 그는 버스가 어서 떠나주기를 바랐다. 마음이 바쁜 건 얼른 떠나지 않는 버스 때문이었다. 어쨌든 저 차만 가버리면 3시까지는 이곳에 잡혀 있어야 했다. 지금 다시 시내로 나간다는 건 말이 안 된다. 이게 옳아, 스스로 다짐하고 걸음을 옮기려던 참이었다.

"절은 저 위요."

편지를 부탁했던 사내가 그의 곁을 지나치며 말했다. 민후는 또다시 놀란 상태로 "네에……." 하고 고개를 끄덕였다. 그러나 사내가 먼저 자기가 갈 방향으로 가고 있었기에 그는 그대로 멈춰 서 있을 수밖에 없었다. 저 사람은 절에 온 사람일까. 편지를 부쳐달라는 걸로 봐서는 그렇지 않을 것 같았다. 언덕 위에 마을이 있을 수도 있었다. 어쨌거나 그는 곧장 그 사내 뒤를 따라갈 마음은 없었다. 가게가 딸린 집이 두 채 정도 눈에 들어왔다. 그는 가까운 곳으로 걸어갔다. 식욕은 없었지만 3시까지는 너무 긴 시간이었다. 먼지 낀 유리창 너머로 보니 과자부스러기만이 보였다. 가게 안에는 탁자며 의자도 놓여 있었지만 사람은 보이지 않았다. 그는 소주나 한 병 살까 하다 그마저 내키지 않았다. 이런 산골에 오느니 바다로 트인 구룡포 정도에서 술이나 마시는 게 낫지 않았을까. 읍으로 오는 버스에서도 했던 생각이었다. 그는 가게 문을 열지 않았다. 그리고 제법 거리를 두고 언덕을 올랐다 싶었는데 여기서 사내와 다시 마주친 것이다.

"겨울 절 구경 온 사람치고는 차림이 허술하네요. 이곳이 본래 추운 데요."

사내의 말에 민후는 자신이 추워 보이는구나 싶었다. 하기야 벌써 한데서 반시간 넘게 서 있었으니 그럴 만도 할 것이었다.

"내가 절 구경 온 사람이라고 어디 써 두었던가요?"

절은 저 위라고 일러준 말이 생각나서 그는 그렇게 말했다. 나란히 앉아 그냥 담배연기만 날릴 수도 없었다.

"읍에서 버스 탈 때 물어보는 소릴 들었지요."

그러니까 사내는 그가 오천읍에서, 노선표시도 써 붙여 놓지 않은 낡아빠진 미니버스에 오르면서 승객들 중 하나에게 절로 가는 차냐고 물어본 걸 새겨두고 있었다는 소리였다. 민후는 남의 행선지는 기억하는 사람이 자기 편지 부치는 건 잊어먹느냐고 핀잔이라도 던지고 싶었다. 그보다 이 사내가 자기를 여기서 기다리고 있지나 않았나 하는 의혹이 슬며시 달려들었다. 자기같이 초행인 사람이야 규모가 엄청난 저수지를 보며 잠시 멈출 수 있지만, 거리상으로 쉬어갈 만한 목은 아니었다.

"어디 절 근방에 마을이 있습니까?"

"마을이라곤 할 수 없어도 독립가옥은 몇 채 있소. 자장암으로 빠져 올라가도 있고 원효암 뒤에도 있고. 나는 자장암 쪽이오."

사내는 이 동네 사람이었다.

"저수지가 굉장하지요?"

"난 댐인가 했어요."

"그럴 만도 하죠. 마을도 몇 개 있었다는데."

"물 채운 지 오래되었나요?"

"그건 모르겠군요."

"오래 사시지 않았나 보군요."

"2년이 채 못 되었어요. 악산(惡山)이라 그냥 밭농사는 안 되고 꿀도 치고 약초도 재배하죠. 혼자니까 그냥저냥 살 수는 있어요. 내 걸음으로 한 40분 걸리는데 찬은 없어도 점심이나 같이 하실까요."

뜻밖의 제의였다.

"세 시 차로 나가야죠. 그게 막차라는데."

"하긴 구두 신고는 좀 무리겠네요. 어떻게 알고 찾아 오셨나요? 봄가을로 제법 벅적대긴 합디다만 포항사람들이 대부분인데."

"그냥 어디 책에서 본 것 같아요."

민후는 일어서리라 마음먹었다. '어떻게' 라는 말에 신경이 쓰이기도 했다.

"어디서 오셨소?"

"부산서요."

"그래요? 난 거기가 안태고향인데, 보수동이라고."

"네에, 그럼 가족은 거기에 살겠군요."

"아들이 하나 있는데 내가 바람처럼 된 게 한 몇 년 됐소."

그 말을 듣고 난 민후는 다음 말을 잇기가 거북했다. 남의 고달픈 사연이나 들으려고 여기까지 온 것은 아니었다. 자기가 먼저 일어서면 결국 헤어지는 게 될 것이었다.

"슬슬 절 구경을 시작해야겠네요."

사내는 그때까지도 다 탄 담배꽁초를 손에 들고 있었다.

"뭐 볼 게 있어야지. 같이 가봅시다. 원효가 쓰던 삿갓이 있다는데 보지는 못했소. 스님들이 원래 풍이 세지."

동행을 자청하는 사내의 언행은 너무나 자연스럽고 천연덕스러워서 상대방의 의사나 기색이 끼어들 여지가 없었다. 여기에 퍼질러 앉아버린 게 잘못이라면 잘못이었다. 절까지는 어쩔 수 없이 동행하는 수밖에 없다고 민후는 생각했다.

"원효 없는 절이 없군요."

그 말을 해놓고 그는 오줌부터 누어야 했으므로 잠시 걸음을 멈추었다.

"원효가, 그때는 개천이었을 테니까."

바람을 타고 사내의 목소리가 들려왔다.

"여기서 물고기랑 가재를 잡아먹고는 바위 위에다 방변을 했는데, 같이 있던 혜공이 자네가 눈 똥은 내가 잡은 물고기일 거라고 했지."

민후는 다음 이야길 기다렸다. 그러나 사내는 뚜벅 걸음만 떼어놓을 뿐이었다. 해독하기 어려운 원문만 있고 주석을 빼먹은 책의 한 페이지를 만난 듯했지만 그게 사내의 말버릇인가 싶기도 했다. 산자락을 깎은 길은 물가와 맞닿아 있었는데 갈수록 폭이 넓어졌다.

"아내가 죽었지요."

사내가 이번에는 다른 이야기를 꺼내고 있었다.

"그게 뭐 그리 대단하게 이상한 일이겠소. 있을 수도 있는 일이지. 근데 나로선 도저히 이해가 안 됩디다. 난 그때 사업한다고 돌아다녔는데 하루아침에 모두가 부질없고 허망해 보입디다. 같이 살던 사람이 먼저, 그것도 제 명대로 다 못 살고 죽었다는 것뿐인데, 그게 아닙디다. 평소 죽음이라는 걸 생각해보지 않은 탓일 수 있겠지만 어쨌든 세상이 달라 보입디다. 일수사견(一水四見)이라고, 저 물도 고기가 볼 때는 집이고 인간이 볼 때만 물이고 하늘이 보면 보석이고 귀신이 보면 불이라. 귀신은 거꾸로 본다니까. 마음 하나 어떻게 먹느냐가 사는 것 그 자체가 아니냐, 그런 생각에서 빠져나올 수가 없었소."

사내는 목소리도 걸음도 하나 흩뜨리지 않은 채 어느새 말을 끝내고 있었다. 물이나 산을 스쳐 지나가는 바람 소리만이 힘들거나 불규칙적이었다.

"어떻게 들릴지 모르지만, 난 선시라는 걸 쓰고 있어요. 쓰고 있다기보다 그냥 빠져 있는데, 밤중에 이런 바람 소릴 들으면 그냥 살도 뼈도 없이 내가 존재하는 것 같아요."

민후는 아무 말도 않았다. 할 말이 없었다. '아내가 죽었지요'라는 첫마디만이 생생했다. 그는 잠시 발아래 찰랑이는 물을 보았다. 물살이 조금씩 모래흙을 적셔내고 있었다. 내가 여기는 왜 왔는고. 사내 말에 전염된 듯 그는 그렇게 자신에게 물었다.

"이리 올라가면 자장암이요. 저기가 절이고."

사내가 가리키는 곳으로 오솔길이 나 있었다. 사내는 큰길을 따라 계속 앞서 걸었다.

"이따 절 보고 내려가서 소주나 한잔 하시죠. 바쁘시지 않으면."

민후는 자신의 입에서 그런 소리가 나오리라고는 상상도 못했다.

"바쁠 거야 뭐 있겠소."

사내의 그런 답을 듣고 나니 사람이 그리웠던 건 자신이었는지도 모른다는 생각이 들었다. 모퉁이를 돌자 바로 일주문이었다. 대웅전이고 뭐고 할 것도 없이 아담하고 자그마한 건물 세 채가 절의 전부였다. 좁은 절 마당에는 미니버스가 번듯하게 세워져 있었다. 경내에서 그들은 아무 말도 주고받지 않았다. 사내는 원효의 삿갓 이야기를 한 적도 없는 양 입을 다물고 있었다. 하긴 말을 건넬 시간도 거리도 없을 만큼 절이 좁기도 했다. 그들은 다시 일주문 앞에 섰다. 문 앞이 길이고 길 아래가 물이었다.

"물을 보러 왔군요."

"그거로서 됐지 뭐."

등을 떠밀리듯 두 사람은 절 밖으로 나와 되돌아 걷기 시작했다.

"절보다 차가 더 큰데요."

"그런 느낌이 들지요. 그래도 시멘트 바른 건물 안 올리는 것만 해도 다행이지요. 이판사판이란 게 이판승 사판승이란 말 아니오. 중더러 물어보면 모두 이판인데 하는 짓은 사판이야. 그게 분명해지지 않고는 이 나라 불교는 발전 못한다고 법회에서 자주 이야기하지요."

"법회라뇨?"

"시내의 학생불교연합이지. 용돈은 되니까 술 마실 겸 나가 보지요."

그럴 수도 있겠거니 여길 수밖에 없었다.

"주봉이 어느 것인가요?"

민후는 걸음을 멈추고 돌아섰다. 사내는 악산이라고 했는데 가파른 봉우리들이 여러 개였다.

"절 뒤의 저 봉우리지."

사내는 손으로 가리키지는 않았다. 가까이 붙어선 봉우리들은 높이가 비슷했다. 그는 저수지를 둘러싸고 있는 산등성이로 눈길을 돌렸다. 저수지 중간쯤에 홀로 솟은 봉우리가 있었다. 시간이 그래서인지 산 그림자도 없었다.

"아들이 군복무를 여기서 했소. 오다 보면 군부대가 많지 않습디까. 면회 왔다가 등산 삼아 두어 번 이곳을 올랐죠."

"아무런 연고가 없군요."

사내는 고개를 두어 번 주억거렸다. 그럴 수도 있을까. 그보다, 군부대라는 말에서 짚이는 게 있었다. 시내서 읍으로, 읍에서 다시 이곳까지 오는 동안 보았던 군부대들이 두서없이 그의 머리를 스쳤고, 자신이 왜 지금 가고 있는 공터에서 사내의 편지를 거절했는지 하는 데까지 생각이 이어졌다. 그것은 남의 편지를 부쳐주는 데서 올 수 있는 억압적인 상상 때문이었다. 당신 절 밑에서 어떤 남자로부터 편지 부탁받았지. 그런 목소리를 그는 만들어냈다. 그러고 보니 시내 들어오는 검문소에서의 일이 떠올랐다. 그는 괜히 가슴이 두근거리고 얼굴이 달아올랐다. 키가 엄청나게 큰 군인이 다가와 이곳엔 무슨 일로 오느냐고 물어볼 것 같은 터무니없는 조바심에 사로잡히기도 했다. 문상하러 왔다는 말은 죽어도 못할 것 같았다.

"여자가 있었습니다." 무엇에 쫓기듯 민후가 입을 열었다.

사내는 잠자코 걷기만 했다. 올 때는 보지 못했던, 차바퀴가 깊이 박힌 웅덩이에 물이 고여 있었다.

"대학 때 사귀었는데 뒤에 다른 사람과 결혼했어요. 난 그때 선생질하기 싫어 문과인데도 교직과목을 이수하지 않았습니다. 여자는 남편과 성격이 맞지 않아 고생하다 별거 중이었답니다. 시내서 교편을 잡고 있었는데 이틀 전에 죽었어요. 원 고향은 울릉도였죠."

앞뒤가 전혀 없는 말이었다. 바람 때문이라고 민후는 생각했다. 산을 흔드는 바람 소리를 들으며 그는 자신이 내뱉은 말이 바람 속의 흙먼지이거나 가랑잎이거나 물결로 스러져가는 기분이었다. 사내는 아무 말도 하지 않고 걸음만 떼어놓았다. 그때 사내의 흰 운동화가 그의 눈에 들어왔다. 그러고 보니 사내는 신발을 끌고 있었다. 그의 귀에 타닥타닥 신발 끄는 소리가 크게 울려왔다. 짜증이 치밀었다. 그는 신발 끄는 소리를 참으로 싫어했다.

"그랬군요. 문상하고 온 그 기분 알 만해요. 그렇지 않고서야 누가 이런 날 여기까지 찾겠소."

사내가 고개까지 끄덕이며 말했다. 민후는 문상이라는 말에 윗주머니에 넣어둔 검정 넥타이에 손이 갔다.

여자의 친구, 대학 후배이기는 해도 얼굴도 잘 기억나지 않는

K로부터 전화를 받고 그는 포항까지는 왔다. 시외버스 터미널에서 택시만 타면 되었다. "00병원." 한마디만 하면 되는 것이다. 그러나 그는 터미널을 한참 맴돌다 택시 대신 버스를 탔다. 늘어선 창구마다 행선지가 붙어 있었고, 시내지도는 물론 그 인근까지, 그리고 경상북도 전체의 관광안내판도 있었다. 그는 운행시간표와 요금표도 몇 번이나 훑었다. 영안실을 찾지는 않되 여자가 잠들어 있는 이 도시도 쉬 떠나지 않는 것. 그는 그런 선택을 했다. 그가 탄 버스는 오천읍으로 가는 거였다. 버스는 느리게 시내를 빙빙 돌았다. 종점은 같지만 노선이 다른 직행이 있다는 걸 승객들이 나누는 얘길 듣고 알았지만 그는 자신의 잘못된 선택을 끝까지 밀고 나갔다. 엉덩이를 바짝 등받이에 밀어대고 눈까지 감아가며 그는 버텼다. 그리고 버스가 겨우 시 외곽으로 빠졌을 때 그는 그동안 참았던 자신에 대한 화를 이겨내지 못하고 눈물까지 찔끔 흘리고 말았다.

두 사람은 조금 전에 앉아 쉬었던 길목에 다다랐다.

"소주나 한잔하면 몸이 좀 풀릴 거요. 어쩌면 기분까지도."

사내는 민후에게서 무슨 기색이라도 읽었는지 재우쳐 언덕을 내려가기 시작했다. 민후는 다시 한 번 햇빛에 반짝이는 저수지로 눈을 돌렸다. 물너울은 차갑게 그의 가슴으로 밀려오고 있었다. 가슴이 싸늘하게 욱죄어 왔다.

"부인을 사랑하셨나 봐요."

민후는 사내가 자기 기분을 두고 뭐라 거들고 나서는 게 싫었다.

"그 말은 아내가 죽고 나서 그런 생각이 들었느냐, 그렇게 들리는군요."

그러고 나서 사내는 입을 다물었다. 내려가는 비탈은 금방이었다. 너무 급한 발걸음이라 말을 끊었다고 민후는 마음대로 생각했다. 사내가 문을 열고 들어선 집은 아까 그가 기웃거렸던 가게였다. 사내는 자기의 우편물을 받아주는 집이라 했다. 방에서 느릿하게 나온 노파가 소주병과 잔 두 개를 먼저 내왔다. 민후는 병을 따고 사내와 자기 잔에 채웠다. 대작을 하자는 건 아니다, 그런 뜻을 전하고 싶은 건지도 몰랐다. 두 사람은 거의 동시에 잔을 들어 상대를 향해 조금 밀어보이는 시늉을 하고는 마셨다. 둘 다 반 잔 못 미쳐 비웠다.

"아내가 죽고 나서 내 마음을 사로잡은 건 내가 아내를 얼마나 사랑했는지, 또는 지난 시간에 대한 후회니 하는 것보다 그저 맹물 같은, 맹숭하면서도 끝없이 텅 빈 그런 심사, 무기력증에 빠졌다는 말로는 뭔가 부족한 그런 것이었어요. 결과를 말하는 거지요……. 처음엔 강원도엘 들어가 약초꾼을 따라다녔지요. 한 2년 뒤부턴 나 혼자 다니고. 그러다 병이 옵디다. 온몸이 그냥 아픈 거요. 공기 좋은 산중에서 아프다니 이상하잖소? 결국 털고 나왔지요. 여기저기 떠돌다 문득 이곳이 생각납디다."

사내는 담배를 피워 물었고 민후는 남은 잔을 비웠다.

파산이 먼저든 아내의 죽음이 먼저든, 알코올 중독에 생활무

능력자가 되었다는 그런 얘기군. 고개를 끄덕이며 민후는 그렇게 생각했다.

“스님들이나 신부님들 수명이 우리가 생각하는 것보다 짧다는 얘길 어디서 들은 것 같네요. 혼자 살기가 그만큼 어렵다는 것인데 우리 같은 범인들이야 더 말할 나위가 있겠어요. 마음도 그렇지만 생활부터 헝클어지기 마련일 텐데.”

사내에게 듣는 얘기가 무엇이든 지금의 자신에게는 쓰잘 데 없는 것이라는 걸 알면서도 민후는 그런 말을 늘어놓고 있었다.

“마음이야 제 자신이 붙드는 거고, 생활? 밥을 해주는 여자애가 있어요. 이유도 모르게 팔을 못 써 요양차 왔다가 움직이기 좋아졌는데도 떠날 생각을 안 해요. 다른 방을 쓰고 있는데 처음엔 사람들이 이상한 눈으로 보더니만 이제는 오해를 안 해요. 혹시나 신경통으로 고생하시는 사람 있으면 이야기해요. 약초를 보내드릴게.”

민후는 다시 한 번 귀가 열리는 듯했다. 이건 또 뭔가. 누가 수도자연 하라고 했으며 금욕주의 냄새를 풍기길 기대했단 말인가. 그렇게 보이는 게 행세하기 편한가.

“같이 자는 게 인간적 아닌가요.”

민후는 사내에게서 허점이라도 찾아낸 양 웃으면서 재빨리 말했다. 그러나 말을 던져 놓고 보니 뭔가 켕기는 구석이 있었다.

“내 삶에 다른 사람이 끼어드는 게 두렵다는 의미에서는 그럴 수도 있겠지요.”

사내는 거기서 말을 끊었다. 유리창이 덜컹댔다. 아무렇게나 벽돌을 쌓아 본채에서 달아냈는지 가게 안에는 찬바람이 맴돌았다. 잠시 동안의 침묵이 그에게는 불안했다.

"바람하고 물밖에 없는 이런 골짝까지 온 거 보니 그쪽도 죽은 사람에 대한 자책이 심했던가 보지요. 인간적이지 못했다는, 허허."

민후는 꽁치통조림 찌개로 가던 숟가락을 놓았다. 이것이었다. 이 소리를 듣기 위해 포항까지 온 것이다. 생판 모르는 사람에게 이런 소리를 듣는 것으로 조상(弔喪)을 대신하려고 이 깊은 산골까지 찾아온 것이다. 갑자기 건잡을 수 없는 재채기와 기침이 터져 나왔다. 그는 뒷주머니에서 손수건을 꺼내며, 감기야 쏟아지는 물줄기를 보는 순간 이미 들었다고 생각했다. 여자는 추억이었다. 이제는 그마저도 끝났다. 생각해 보니, 여자는 추억이다 라는 다짐을, 그마저도 이제 끝났다는 다짐을 자신에게 받아내기 위해 그 느려빠진 버스를 타고 시내 구석구석을 빙빙 돌아 여기까지 왔고 이 이상한 남자와 절 구경까지 하게 된 것 같았다.

"대학 다닐 때, 술에 절어 지낸 적이 있었습니다. 여자 후배 하나가 곧잘 끼었는데 어느 날 같이 잤어요, 후배는 한사코 마다했는데도. 가슴이 없었어요……. 얼마 뒤 나는 공개적으로, 술자리지만, 약혼선언을 했어요. 후배들이 한밤중인데도 꽃을 꺾어 우리 두 사람 머리에 화관을 씌워주고 반지와 팔찌를 해주었어요. 그 뒤 졸업하고…… 난 도망쳤어요."

끝말이 그의 머리를 맴돌았다.

잠시 뒤 사내가 술잔을 들며 말했다.

"그거, 아주 인간적이네."

민후는 사내가 한 말을 두고 이유는 물론 옳고 그름을 따질 필요도 없다는 걸 알면서도 "왜요?"라고 묻고 있었다.

"더 이상 다르게 할 말이 없잖아."

사내는 노려보는 듯한 민후의 시선을 피해 술병을 들었다.

"가만, 술이 다 됐네."

사내는 꽁치통조림을 데워낸 뒤 다시 방으로 들어간 노파를 불렀다.

"내가 한 병 사지요. 마시다 남겨도 좋고."

사내가 파카 호주머니에서 꺼낸 돈은 100원짜리 일곱 개였다.

"나머진 달아두고."

소주병을 내놓고 선 노파가 애매한 표정을 지었다. 민후는 그냥 듣고만 있었다.

"손님까지 모시고 와 놓고."

"그러니까 내가 한 병 값은 내야지."

"희한한 계산법이네."

"내 식이지."

그쯤에서 민후는 지갑을 꺼냈다.

"제가 사야죠."

노파에게서 잔돈을 받는 동안 사내는 탁자 위에 내놓은 동전들을 다시 호주머니에 주워 넣었다. 그 동작은 아주 굼떴다. 쌓아놓지 않고 흩어놓았기에 손바닥으로 쓸어 담지 않고는 한두 개씩 집을 수밖에 없기도 했다. 그 모습을 지켜보고 있는 민후는 짜증이 나서 미칠 지경이었다.

"언제 한번 일박할 작정하고 찾아주시오."

사내는 이번에는 수첩을 꺼내놓고 있었다. 초록색 꽃무늬의 조잡스런 수첩이었다. 볼펜은 수첩에 끼워져 있었다.

"담아놓은 술이 좀 있어요. 이 집 주소로 편지하면 내가 내려올 테니까."

사내는 주소를 적었다. 주소는 한글로 쓰고 이름만은 한자였다. 李東州. 달필이었다.

"어렵지 않으면 읽을 만한 책이나 좀 보내주시고. 그게 아쉬워요. 나도 시집 나오면 보내드릴 테니."

"시집이라니요?"

민후는 얼른 자신의 직장이나 집 주소를 적어 줄 마음이 서질 않았다.

"아, 친구들이 내어 준다고 해서 준비 중이오. 부산이랬지요? 난 A고를 나왔지요. 동창들이 좋으니까. 아무래도 시로는 분량이 안 될 것 같아 수필도 좀 넣고 해서. 근데 어느 학교 나왔나요?"

"난 B입니다."

민후는 사내가 탁자 위의 동전을 주워 담을 때 들었던 짜증이 다시 솟구쳤다. 어떻게든 망가진 친구가 있다. 가까운 동기 몇이 마지못해 책을 팔아주기로 한다. 팔아줄 것도 없이 출판비용 자체가 본인에게는 그대로 도움이 될 것이다. 그리고 동기들은 다시는 이 친구가 느닷없이 직장에 나타나는 일이 없도록, 이라는 단서를 붙일지도 모른다. 남들이 잘 모르는 불교용어 몇 마디를 적당히 반죽하여 안면만 텄다 하면 엉터리 약초를 보내놓고는 요즘 내 몸이 갑자기……. 생각이 거기까지 미치자 도저히 그대로 앉아 있을 기분이 아니었다.

"화장실이 어디 있더라."

민후는 밖으로 나왔다. 물보라를 일으키며 떨어지는 물소리가 벼락 치듯 울려왔다. 언덕에 올라 보았던 그 넓은 저수지가, 그 물바다가 눈앞에 가득했다. 담배연기가 바람에 휘말리어 눈에 들어가 따가웠다. 그보다 햇빛이 너무 청명하게 부셔 그런지도 몰랐다. 사내에게 어딘가 엉터리 같은 냄새가 풍긴 것은 진작부터였지만 이렇게 미울 정도까지 된 건 달랑 동전 700원밖에 없는 작자한테 여자의 빈 가슴을 내보였기 때문이라는 걸 그는 인정해야 했다.

그는 나무 문짝이 달린 화장실을 찾아 오줌을 누었다. 소변은 시원치 않았다. 지퍼를 올리다 보니 바지에 오줌 방울이 묻어 있었다. 인기척도 없이 바람뿐인데도 그는 그게 신경 쓰였다. 포항까지 달려와 놓고선 왜 바람과 물뿐인 이곳에 왔단 말인가.

영전 앞에 향을 피우고 술 한 잔 올리면 다 끝나는 일을 그게 뭐 그리 겁이 나서 택시를 타지 못했을까. 어쩔 수 없이 또 한 번 여자로부터 도망쳤다는 생각이 머리를 때렸다. 술 한 잔 올리고 절을 하는 것으로 죽은 자는 죽은 자로 물러나는 것인데 그걸 놓치다니. 죽은 자는 이 세상에 더 이상 존재하지 않기에 산 자가 맞설 수 없다. 무얼 어떻게 감당하겠다고. 그는 자신에 대한 후회와 미움으로 견딜 수가 없었다. 그는 파랗게 언 얼굴을 하고는 가게 문을 열었다. 사내는 설렁한 탁자에 고개를 숙이고 있었다. 민후는 사내에 대한 맹렬한 적의와 증오심에 사로잡혔다. 자신이 계산할 걸 뻔히 알면서 왜 동전 나부랭이를 꺼내놓았는지 그것부터 따지고 싶을 지경이었다.

"두어 잔씩 하면 차 시간과 얼추 맞겠군."

민후가 자리에 앉자 사내가 말했다. 그러고 보니 2시 30분이 지나 있었다.

"다른 사람들에게도 죽은 부인 이야길 자주 하시겠군요."

그는 마음이 바빴다.

"가끔 하지요. 근데 얼굴이 완전히 얼었네. 예사 날씨가 아니지요."

사내가 먼저 술잔을 잡았다.

"내 경우엔 어쩔 수 없이 이렇게 사는 이유가 설명되어야 하니까."

사내는 잔을 반쯤 비웠다. 아까부터 확인한 사실이었지만 사내는 술도 몇 모금씩 나눠 마시는 데다 안주에는 거의 손을 대지 않고 있었다.

“아까 했던 이야기, 내가 처음이지요? 혼자 절을 둘러보고는 물가에 앉아 담배나 피우고, 그래도 시간은 남을 테니 여기서 소주잔이나 기울이다 갈 수도 있었을 텐데 괜히 내가 나타나서, 허허. 하기야 선생이 내게 한 그런 이야긴 나 같은 사람에게나 할 수 있는 건지도 모르지. 아직 내가 선생 이름을 못 들었군요.”

사내의 말이 다 옳다고 해도, 민후로서는 그대로 인정해버릴 수 있는 심정이 아니었다. 또한 그 순간에 사내에게 퍼부을 증오가 고스란히 자신의 것이 되어버렸다는 걸 인정하지 않을 수도 없었다.

“전 서민후입니다.” 그는 겨우 그렇게 말했을 뿐이었다.

잔을 비우고 사내가 먼저 일어섰다. 민후는 쫓기듯 잔을 비웠다. 무슨 말로든 사내를 다시 주저앉히고 싶었다. 자고 가겠다고 말해버릴까. 그는 돌아선 사내의 주홍색 파카 등을 바라보며 절망했다. 노파가 다시 방문을 열고 나왔다. 밖으로 나온 그는 곧장 버스로 향했다. 사내는 가게 문에서 몇 걸음 떨어져 서 있었다. 옆 가게에서 아주머니 둘이 보퉁이를 이고 나왔고 어디서 나타났는지 군인 둘도 보였다. 그는 차에 올랐다. 사내는 그대로 서 있었다. 눈이 마주쳤을 때 민후는 먼저 가라는 손짓을 해 보였다. 사내는 고개만 두어 번 끄덕였는데 얼굴에 웃음기가 머물러 있었다. 돌풍이 한차례 일고 차창에 모래가 달그락거렸다. 사내는 잠시 등을 숙였다. 이게 무슨 이별의 장면이라고. 시동은 걸려 있고 기사도 앉아 있었지만 차는 움직이지 않았다. 그는 조바심이 났다. 사내는 고개를 숙인 채 운동화 앞머리로 땅을 후벼 파고 있었다. 차가 마침내 움직이자 그는 자신도 모르게 안도의 숨을 내쉬었다. 사내가 손을 흔들었다. 그는 마지못해 고개를 두어 번 주억거렸다. 그러나 뒤돌아보지는 않았다.

오천읍에서 그는 완행을 그냥 보내고 한참을 기다렸다 직행을 탔다. 터미널에서는 곧장 부산 가는 차를 탔다. 어스름이 내리고 있었다.

스팀 때문인지 술이 올랐다. 가슴이 갑갑하고 머리도 아파왔다. 그러나 그것은 순전히 감정상의 문제일 수도 있었다. 눈을 감지도 않았는데 두 손을 가지런히 가슴에 얹고 관 속에 누워 있는 여자가 또렷하게 잡혀왔다. 그는 얼마든지 그런 모습을 눈에 담고 있을 수 있다고 생각했다. 여자는 두 손을 가슴에 모아 쥐고 누워 있다. 저수지를 바라보고 섰던 자신의 얼굴보다 더 파리하게 언 얼굴도 떠올릴 수 있다. 그러나 여자는 사라지고, 엉뚱하게도 텅 빈 공터에서 고개를 숙인 채 하얀 운동화 앞 축으로 땅을 후벼 파던 사내의 모습이 떠올랐다. 그 나이에 청바지라니. 주홍색 파카도 어울리지 않고 추워 보였다. 제법 손까지 흔들던 사내가 이제는 가소롭게까지 여겨졌다.

그는 의심하고 매도했다. 사내가 연출했던 이별의 장면조차 거부하고 싶었다. 그러나 사내는 사내대로 살아갈 뿐이다. 거기에 생각이 멈추자 그는 갑자기 엄청난 높이의 바위 앞에 코를 박고 선 기분이었다. 뒤가 어긋나고 빈 구석이 보인다 하더라도, 그 자신이 아무리 부정하고 의심해도, 사내는 사내대로 살아갈 뿐이다. 사내가 무엇을 억압한 것도 여자의 이야기를 털어놓게 한 것도 아니었다. 아무도 없는 겨울 절길에서 만나 담배를 피우고 그냥 헤어질 수 있었는데 그렇게 되지 않았다. 사내는 늘 해오던 대로 자신의 이야기를 꺼냈을 뿐인데 그 자신이 덩달아 나섰다. 서민후는 사내와 보낸 시간이 세상의 어느 끝자락 같은, 바람과 물만 가득한 골짜기 절길에서의 동행이었기에 있을 수도 있는 일이라는 걸 쉽게 받아들이지 못하고 있었다. 사내가 지어 보였던 이별의 장면조차 가식이라고 지워버리려고 애쓰는 이상, 자신이 여전히 봉긋 솟은 가슴 두 개만을 필요로 하는 남자로 남게 될 것이라는 생각에 그는 식은땀이 났다. 밖은 어둡고 차 안에는 불이 들어와 있었다. 자세를 고쳐 앉으면서 유리창에 비친 자신의 얼굴을 언뜻 본 그는 서둘러 커튼을 쳤다.

어느 불편한
제사에 대한 대화록

철상(撤床)을 하고 가족들은 모여 앉았다. 상에는 술안주로 적당한 제사음식 몇 가지와 과일이 놓여 있었지만 손은 자주 가지 않았다. 환기를 시키기 위해 에어컨을 잠시 꺼두었더니 거실은 이내 무더워졌다. 텔레비전이 놓여 있을 자리에는 쌍문갑과 반닫이가 놓여 있고 옛집 마루를 뜯어 만든 커다란 테이블이 상으로 쓰이고 있었다. 문갑 위에는 도자기가 몇 점, 반닫이 위에는 사진틀이 가지런히 놓여 있었다.

상 앞에 앉은 가족은 아무도 말이 없었다. 성자는 오랜만에 오는 친정이라 신경이 더욱 쓰였다. 어머니가 없는 친정이 예전 같지 않다는 생각이야 출가한 딸들의 일반적인 심리라 하더라도 홀어머니 밑에서 자란 그녀였기에 감정이 남다를 수도 있었다. 뭔가 어색한 느낌이 든 것은 도착하고부터였지만 처음엔 오빠가 몸이 불편한가 하는 정도였다. 몇 마디 인사만 나누고 방으로 들어간 오빠는 제사 지낼 시간이 다 되어서야 나왔다. 자기보다 늦게 남동생 내외가 왔을 때도 마찬가지여서 그녀는 올케에게 "오빠가 어디 편찮아요?"라고 묻기까지 했다.

"그렇지요? 어제부터 무슨 생각을 하는지 자기 방에서 잘 나오지 않아요." 그러면서 올케는 "갱년기도 벌써 지난 사람한테 우울증이 다시 올 리도 없고."라는 농담까지 했다. "난 언니하고 싸웠나 했네." 성자는 그런 소리까지 하고는 다시 동생 영오에게 다가가 "오빠가 왜 저래."라고 속살거려 보았다. 동생은 가방에 넣어 온 책에서 눈을 떼지도 않고 "피곤하시겠지."라고 넘겼다.

결국 오빠의 태도가 유달리 무거워 보이는 게 오늘 밤의 모든 분위기를 만든 원인이라고 성자는 판단했다. 다른 해에 비해 제사를 모시는 오빠의 몸가짐이 유달리 진중했다는 생각이 들면서, 그녀는 오빠에게서 걸려온 전화까지 떠올리게 되었다. 아버지 기제사를 앞두고 오빠가 전화를 하는 일은 더러 있었다. 안부를 묻고는 "내려올 수 있나?" 하는 말이 한결같은 끝맺음이었다. 그런데 그저께 전화에서는 "되도록이면 내려오너라."하고 말을 맺었다.

지금 이렇게 상 앞에 둘러앉아 생각해 보면 오늘 제사는 여느 때와 확실히 달랐다. 예년에는 날씨나 집안 얘기, 제수음식 얘기를 해가면서 제사를 모셨지만 오늘은 그냥 말없이 제례를 진행했을 뿐더러 오빠의 몸가짐 하나하나에도 힘이 들어가 딱딱하게까지 보였다. 뭔가가 있다. 성자는 조바심을 치며 오빠 준오에게 다시 눈길을 두었다.

"할 얘기가 있다."

맏이인 준오가 마침내 입을 열었다. 그러고도 그는 생각을 가다듬는지 상을 내려다보며 잠시 뭉그적거리고서 다음 말을 이었다.

"오늘 기제사를 마지막으로 했으면 한다."

너무 뜻밖의 말이었다. 성자와 영오는 물론이고 미리 의논이 없었던지 준오 처도 놀란 눈으로 남편을 바라보았다. 뜻을 좀 더 헤아리자면 지금까지 지내오던 아버지의 기제사를 앞으로는 지내지 않겠다는 말이었다. 그것까지 헤아리지 못할 사람은 없었다. 왜 그런 마음을 먹었는지, 왜 그래야 하며 앞으로는 어떻게 하자는 것인지 그런 문제를 생각하지 않을 수 없었다.

"어머님 기일로 합해서 같이 모셨으면 한다."

그래도 아직 문제를 낸 사람만이 답을 할 수 있다는 듯이 모두들 입을 다물고 있었다.

"말은 오늘 꺼내지만 마음은 진작, 어머님 돌아가시고부터 가지고 있었다."

준오가 결국 제대로 앞뒤를 갖추어서 이야기해야 한다는 걸 알았는지 목청을 가다듬었다.

"어머님 기일이 불과 보름 뒤니 번거롭게 연거푸 두 번 모이고 할 게 있나. 내년부터는 어머니 기일에 아버님을 같이 모시는 게 낫지 않나 싶다. 왜 어머님 쪽인가 하는 건 너희 둘도 대강은 짐작할 줄로 안다."

준오는 지금 자신이 동생 둘을 향해서만 얘기하고 있다는 걸 깨닫고는 제 처와 영오 처에게 눈길을 돌렸다.

"어차피 우리 세 사람이 나누어야 할 얘기니 당신이나 제수씨는 불편하겠네. 방에 들어가 쉬든지 테레비라도 보는 게 어때요?"

준오 처는 옆에 나란히 앉은 아래 동서와 눈을 마주쳤다. 두 사람 모두 지금 당장 일어서고 싶은 표정은 아니었다.

"좀 있다 들어가도 되지요. 마음 편케 얘기하세요."

준오는 고개를 끄덕이고는 여전히 아내와 제수 쪽으로 말머리를 돌렸다.

"그동안 얼굴도 한 번 보지 못한 시아버지 제사가 뭐 그리 실감이 있었겠어요. 예전처럼 봉제사 지내는 게 몸에 밴 할머니들 세대하고는 다른데……. 진작부터 그런 생각도 하고 있었던 데다, 어머님 생전에야 사실 어머님이 제수 마련이며 음식 장만 거의 다 하시고 두 사람은 그저 참례하는 형편이었지만 지금은 또 그마저도 아니니 다른 방도를 생각해 봐야 하지 않겠습니까."

준오는 제수 때문에 경어를 섞어 쓰면서 얘기했다. 그런 말을 들었다고 해서 준오 처나 영오 처가 입을 열 계제는 아니었다.

"그러니까 형님 말씀은……."

동생 영오가 먼저 입을 열었다.

"형수님이나 집사람이나 아버님에 대한 기억이 없고 하니 어머님 쪽으로 모으자 그 말씀입니까?"

마른 얼굴에 두꺼운 안경을 써서 조금 날카로워 보이기도 하는 영오는 그런 자신의 외모에 대한 첫인상을 부드러운 말씨를 써서 지우는 타입이었다. 준오는 자신이 하고 있는 얘기의 초점이 조금 어긋났다는 걸 이내 깨달은 듯 동생에게 눈길을 주었다.

"우리 형제라고 제대로 기억이 있느냐마는 제사 모시는 마음에는 그런 점도 있다는 것이지. 그러나 오늘 내 얘기는 그런 거보다는 두 분 날짜가 가까우니 오래 사시고 생전에 정도 오간 어머니 쪽으로 합하자는 거다."

영오는 재작년 어머니 첫 기제사 때 형이 사촌과 재종들에게 내년부터는 시간이 나면 어머니 제사 때나 참례하고 아버지 기일 때는 오지 말라고 했던 말이 떠올랐다. 그리고 혹시 형수가 날짜가 가까운 두 차례의 제사를 불편해하시나 라는 생각도 들었지만 조금 전에 형수가 다소 놀라는 표정을 지었던 걸 보면 그것은 아니다 싶었다. 형 말처럼 어머니 돌아가신 뒤부터 혼자 마음에 두었다 이번에 얘기를 꺼낸 것만은 확실해 보였다.

"친척들도 이제는 오지 않고 우리끼리 모이는 건데 굳이 합할 필요까지 있겠나 싶습니다. 날짜가 하루 이틀도 아니고 보름이나 뜨는데."

영오가 조심스레 말을 마치자 준오는 고개를 끄덕이다 제 처를 향해 "냉장고에 찬 맥주 있으면 몇 병 꺼내오고 에어컨도 다시 켜지."라고 말했다.

형수와 제 처가 주방으로 가는 걸 보고 있던 영오가 자리에서 일어나 베란다 문을 닫았다. 영오가 자리에 앉자 성자가 두 사람을 향해 반듯하게 자세를 고쳐 앉았다.

"나야 어느 쪽이든 좋아요. 오빠도 생각이 있어 하시는 말씀이고 동생 말도 틀린 게 아니고……. 정성이 중요하지 어디 날짜 따져 절하는 게 중요하겠어요. 그래도 좀 섭섭하다 싶긴 하네요. 아버님이 수를 다 누리고 돌아가셨으면 이렇게 한들 저렇게 한들 어떻겠냐 싶지만, 그게 아니니 마음이 쓰이고 말이 길어질 수밖에 없겠네요."

말을 하는 동안 성자의 눈길은 한두 번 반닫이 위에 놓인 사진으로 가 있었다. 사진틀은 크기가 비슷한 것 네 개였다. 오빠네 가족과 모친이 같이 찍은 것, 아들 딸 조카들의 가족사진, 그리고 큰조카가 임관할 때 모친과 둘만 찍은 사진이었다.

"그래서 나는 날짜만 갖고 얘기하는 거다……."

준오는 뒷말을 흐렸다. 사진을 바라보는 동생의 심정을 헤아렸지만 입을 열지는 않았다.

쟁반에 담아온 맥주와 손잡이가 달린 유리잔을 내려놓은 영오 처는 그 길로 방으로 들어갔다. 맥주 안주를 챙겨온 준오 처가 이번에는 시누이 옆에 앉아 오징어를 찢었다. 영오가 맥주병을 따서는 형과 누나 잔에 따르고는 "형수님도 한 모금 하시죠."라면서 잔을 건넸다. 준오 처만 시동생이 건네는 잔을 들어 입을 축인 뒤 내려놓았을 뿐 세 사람은 거품이 이는 잔을 바라보고만 있었다. 준오 처가 "내 정신 좀 봐, 마요네즈를 안 가져왔네."라면서 일어났다. 그녀가 마요네즈를 담은 종지를 고추장 옆에 놓을 때까지 세 남매는 아무 말이 없었다. 준오 처도 일어날 때부터 그렇게 마음을 정했는지 말없이 방으로 들어가 버렸다.

입을 먼저 연 사람은 성자였다.

"오빠 얘기 듣고 저 사진들을 보니……. 아버진 처음부터 우리에게 없었다 싶네요."

그 말을 새기듯이 고개를 숙이고 있던 영오가 잔을 먼저 들어 제 누나 앞의 잔에 살짝 갖다 대고는 "한 모금 해요. 차서 맛있겠네."라고 말했다.

"어찌 사진 한 장 못 남겼을까. 없지는 않았을 텐데."

성자는 잔을 잡을 생각도 않고 한숨부터 쉬었다.

"몇 장 되지도 않은 것, 난리통에 이리저리 없어졌겠지."

준오가 말을 이었다.

"어머니께 이야기 들었나 모르겠는데 아버님 제사를 언제부터 모셨는지 아나?"

성자와 영오는 그냥 가만히 있었다. 그들은 아버지에 대해 아는 게 별로 없었다. 기억에 편차가 많이 나는 것은 터울도 터울이지만 준오가 맏이이기 때문이었다.

“내가 스물여덟, 결혼하던 해였다. 내 나이가 문제가 아니라 그해에 백부님이 돌아가셨다는 게 중요하다. 임종 때 백부님이 제사를 지내도록 허락하셨단 말이다. 그리고 어머님이 다 자란 너희 둘에게 아버님에 대한 얘기를 왜 거의 하시지 않았겠니? 그냥 모르고 지나가라는 그런 뜻이었을 게다……. 그러니 그냥 한 분 날짜에 같이 모시도록 하자. 그렇게 하는 게 크게 잘못도 아니라고 생각한다.”

성자가 잔을 들어 한 모금 마시면서 사그라지고 있는 거품을 완전히 지웠다.

“가만, 오빠. 이야기가 왜 이리 급해요. 난 그때 스물다섯이었네. 집에서 아버지 제사 지낸다는 소리 듣고서 난 큰집에서 가져온 줄로 알았어요. 어려서부터 아버지 제사를 큰집에서 지낸다는 말을 엄마에게 들은 데다 공장에서도 어디 기제사라고 외박 나가는 일을 못 보았으니 뭘 알 턱이 있었나. 참, 어찌 그리 세상 물정을 몰랐을까.”

“그땐 다들 그랬지, 뭐.”

준오가 말했다.

성자가 다시 말 순서를 찾았다는 듯이 입을 열었다.

“엄마가 왜 나하고 영오한테 아버지 얘길 안 했나, 오빠가 그 말 했지요? 육이오 때 그냥 돌아가신 걸로 알아라, 엄마가 그런 생각이셨다 말이지요. 하기야 그렇게 해서 불편한 건 없었지요. 어떻게 돌아가셨는지, 이유가 뭐든 어차피 아버지 없이 고생하며 자란 건 마찬가지니까. 그래도 오빠가 큰아버지 얘기까지 하니까 궁금하긴 궁금하다. 나도 이제 할머니 소리 듣는데 새기지 못할 얘기가 어디 있겠어요."

"요즘은 친정어머니들이 모두 딸만 끼고 살아서 철없는 할머니들도 숱하다더라."

준오가 처음으로 웃음을 띠었지만, 깊은 주름에 파묻혀 웃음은 거의 드러나지 않았다. 그는 동생 영오에 비해 체구도 크고 피부도 검은 편이었다. 딸만 둘 둔 성자가 남편이 죽은 뒤로 시집 간 큰딸과 같이 살고 있기에 한 소리였지만 준오는 이내 미소를 거두었다.

"그렇게 뒤늦게 모신 제사니 애초부터 뜻도 많이 반감되었다, 그 말 하려고 내가 백부님 얘기한 거다. 그 정도로 알고 하나로 합하도록 하자."

그동안 상 위에 올려놓은 두 손을 번갈아 만지작거리며 형과 누나 사이에 오가는 말을 듣고만 있던 영오가 "아버지가 보련 관계로 돌아가셨잖습니까." 하고 말했다. 아주 조용한 목소리였다. 성자는 무슨 소린가 하고 동생을 보았고 준오는 오히려 시선을 거두어 벽을 멀거니 바라보았다.

"제가 어렸을 때 중학교 들어가기 전이었나 그랬는데, 어머니

따라 외가에 간 적이 있었어요. 큰외숙모하고 어머니랑 같은 방에서 잤는데 잠결에 외숙모님이 자기 친정동네에도 보도연맹에 도장 찍었다 죽은 사람이 있다 그런 말씀을 하는 걸 들었어요. 그러면서 안 서방도 억울하게 죽었지, 라고 하시더군요. 그러니까 어머니가 언니, 난 다 잊었소. 애들 알까 그것만 걱정이오, 라면서 한숨을 푹 쉬셨어요. 아버지를 두고 하는 말이구나, 라고 생각은 했지만 그 뒤로 저도 잊고 있었어요."

형과 누나는 동생이 하는 말을 가로막지 않았다. 이제 이야기는 영오가 아는 만큼 다 하게 되어 있었다.

"작년에 경주를 들러 울산에 갈 일이 있었는데 국돈가 지방도로인가에서 현수막을 보았어요. 육이오 때 보도연맹 관계로 학살된 유족의 신고를 받는다는 그런 내용이었어요. 차가 신호를 받고 있어 전화번호까지 외울 수 있는 시간이었는데, 그때 문득 외숙모가 했던 말이 머릿속에 살아나는 거예요. 그래서 알게 된 겁니다. 제가 신원조회 때문에……. 그 이야긴 지금 할 때가 아니네요."

동생이 말을 끝내자 성자가 이번에는 오빠를 바라보았다. 오빠도 알고 있었느냐는 표정이었다. 준오는 동생이 말하는 동안 내처 텅 빈 벽을 바라보면서 자세를 흩트리지 않았다. 침묵 속에서 에어컨의 팬 돌아가는 소리만이 실내를 떠돌았다. 잠시 뒤 준오가 동생들에게 시선을 주면서 "맞다."라고 말했다. 갈라진 음성을 의식했는지 그는 처음으로 잔을 들어 두어 모금 마셨다.

누가 먼저 말을 꺼내야 되는지, 차례를 생각하듯 세 남매는 입을 다물었다. 방에서 텔레비전 소리가 낮게 흘러나왔다.

"그럼, 아버지가 좌익활동을 했다 말이가?"

성자가 놀란 듯 소리쳤다. 그러고는 자기가 한 말을 되씹듯 잠시 멍한 표정을 지었다.

"왜 그런 생각이 들어요?"

영오가 제 누나를 살피며 말했다.

"나야 보련이니 연맹이니 그런 건 모른다마는 언뜻 그런 생각이 드네. 나이 덕이겠지."

그 말을 해놓고도 그녀는 왜 자신이 긴장하고 있는지에 대해서 여전히 마음이 쓰였다. 동생들 사이에 오가는 말을 듣고만 있던 준오는 여전히 무표정한 얼굴이었다.

성자가 다시 영오에게 "신원조횐 또 무슨 이야기고?"라고 물었다.

"허, 이야기가 내가 처음 생각했던 것보다 선을 넘어버렸구나."

그제야 준오가 나섰다.

"내가 듣고 아는 얘기로 빨리 끝내자. 영오 신원조회 이야기도 지금 하는 얘기 속에서 다 설명된다. 해방되고 아버진 인민위원회 일을 했단다. 직책까지는 모르겠는데 보통학교밖에 안 나오신 분이 뭐 큰일을 맡았겠냐마는 어쨌든 몇 달 형도 사셨단다. 그리고 보련이 결성되자 가입을 하셨고……. 전쟁 나고 어느 날 지서에 불려 나갔는데 그 길로 그만, 돌아가신 거지."

준비해 둔 글이라도 읽듯 그의 목소리는 메마르고 덤덤했다. 성자와 영오는 건너뛰고 생략된 그 얘기에서 시간과 사건을 헤아리고 장면까지 떠올려 보려고 애를 썼다. 그런 동생들의 마음을 아는지 모르는지, 어쩌면 그런 것 자체를 방해라도 하려는 듯 준오가 다시 입을 열었다.

"백부까지 마저 이야기 하마. 큰아버지는 아버지 때문에 이래저래 지서에 불려 다니시면서 조사도 받고 고생을 하시다 보련에 억지로 가입까지 하게 되었단다. 그러다 전쟁 난 뒤 지서에서 부르던 그날 무슨 생각이 드셨던지 시골집 뒷산으로 해서 도망을 가셨단다. 목숨은 건지셨지만 그 뒤에도 고초가 심하셨겠지. 제사도 못 지내게 하고, 그런 게 다 연유가 있었던 거지."

이번에도 준오의 음성에는 감정이 실려 있지 않았다.

"진주 큰댁에 얹혀 살 때, 난 큰아버지가 좀 무서웠다. 그 집 식구도 많은데 우리까지 짐이 되니까 그런가 했는데 그것만도 아니었나 보네."

성자의 말을 듣고도, 그런 기억으로는 할 말이 더 있을 준오였지만 그냥 입을 닫고 있었다.

"아버지 땜에 얼마나 고생을 하셨으면 그래, 제사도 모시지 못하도록 했을까? 그래도 엄마는 찬물 한 그릇이라도 떠 놓았겠지."

성자가 준오에게 재우쳐 물었다.

"오빠, 맞아요?"

"어머니가 그랬는지 그건 나도 모르지, 내가 본 적은 없으니."

"그러니까, 아버지 돌아가신 걸 엄마도 쉬쉬해야 했다 말이네. 세상에 참……."

제 누나의 감정이 가라앉기를 기다리다 영오가 입을 열었다.

"오죽했으면 백부께서도 돌아가실 때에야 겨우 아버지를 가슴에서 내려놓았겠습니까. 꼬리표를 붙여놓고 괴롭힌 데다 자식들에게도 피해를 주니까 그런 거지요. 희생자 유족을 찾는다는 현수막만 보더라도 숨기거나 외면하는 경우가 그만큼 많다는 소리 아니겠습니까."

준오는 고개만 끄덕였고, 성자는 참았던 한숨을 길게 내쉬었다.

"그런데 기일은 어찌 정했습니까? 저도 인터넷을 좀 찾아보았는데, 날짜까지 알기는 매우 어려웠을 것 같은데 말입니다."

성자는 다시 눈빛을 빛내며 오빠를 바라보았지만 준오는 여전히 담담한 표정이었다.

"지서에 모였다 진주형무소로 가셨는데 갇혀 있던 사람들이 며칠 동안 트럭에 실려 나간 모양이더라. 그중에 보름이 끼었으니 그날로 하라고 큰아버지가 그러셨다. 큰아버지도 내색은 하지 않으셨지만 여러 가지 신경은 쓰고 계셨던 게지."

"트럭 타고 나갔다는 건……."

성자는 자기가 되뇌던 말 속에서 스스로 답을 찾았는지 입을 다물었다. 그리고 무엇을 곰곰 생각하는 듯하더니 동생을 바라보았다. 영오는 진주 형무소에서 아버지가 트럭 타고 나갔다는 형의 말을 듣고 인터넷에서 찾아낸 사진 한 장을 떠올리고 있었다. 무명 바지저고리를 입은 사람들이 줄줄이 앞 사람의 등에 얼굴을 파묻고 트럭에 올라선 장면이었다. 앵글의 중심에 잡힌 몇 사람의 옆얼굴 외에는 깊이 파묻은 머리와 헐렁한 옷에 감추어진 몸뚱이들이 한 치의 빈틈도 없이 서로 바짝 붙이고 겹겹이 서 있었다. 사진을 보는 순간, 영오는 가슴이 턱 막혀왔다. 사진은 사람들의 얼굴이나 눈길을 볼 수 없기 때문인지, 오히려 그들을 감싸고 흐르는 정적과 정지된 그 시간의 공기 위에 떠돌았을 공포까지도 고스란히 전해주고 있었다.

"영오야, 네 신원조회 이야길 다시 해봐라."

누나의 말을 듣고 영오는 머릿속에 남아 있는 사진 장면을 털어내기라도 하듯 조금 쾌활한 목소리로 말했다.

"누난 모르고 계셨구나. 제가 대학졸업반일 때 세무직 공무원 시험을 쳤더랬어요. 시험에 합격은 했는데 신원조회에 걸렸죠. 전 그때 아무것도 모를 때였으니까. 그 후로 여러 군데 원서 넣고 시험치느라 정신이 없는 데다 곧바로 회사에 취직이 되어서 그런지 그 문젠 그만 또 잊어버렸지요."

"나야 그때 한일합섬 다니면서 기숙사에 박혀 있었으니 뭘 알리가 있나. 그런 일도 다 있었구나."

영오가 자신의 대학 뒷바라지를 위해 고생한 누나를 잠시 생각하고 있는데 준오가 뜸을 들이지 않고 말했다.

"내가 그때 공사판 따라 다니느라 경황이 없어 공직은 안 된다고, 얘한테 미리 말을 못해 두었지."

그때 성자가 무슨 생각이 났는지 고개를 돌려 사진을 보며 말했다.

"큰조카가 장교가 된 것도 다 세월 덕분이군요……. 엄마가 저 날, 참 좋으셨겠다."

누이를 따라 모친과 아들이 같이 있는 사진을 보던 준오가 뭐라고 입을 뗄 것 같은 기색을 보이다 이내 무심한 얼굴로 바꾸었다.

"지난 이야기는 그만 하자. 기차 타고 내려오느라 피곤할 텐데 일찍 자야지."

그러면서 그는 동생들을 보았다. 그 눈길에는 다시 앞의 이야기, 아버지의 기제사를 어머니 기일에 같이 지내는 게 어떻겠느냐, 라는 뜻이 담겨 있었다.

"근데, 오빠. 오빠는 아버지 얼굴 기억해요? 나보다는 그래도 몇 살 위니까."

준오는 이야기가 다시 제자리를 맴돈다 싶었지만 동생 말을 그냥 넘겨버릴 수도 없었다.

"다섯 살 땐데 무슨 기억이 있겠니. 어머니 말씀으론 아버지가 지서에 가시던 날 내가 안 떨어지려고 많이 울었다는데 난 기억에 없거든. 내가 한두 살 더 들어 아버지 모습을 제대로 기억했다 하더라도 시간이 지나면서 그것도 지워졌을 거다. 사람의 기억이란 게 그런 거 아니겠나……. 처음부터 그랬지만 우리에게 아버지는 마음속에 계시는 거지."

"엄마 말로는 영오가 아버지를 빼닮았다 그러더니……. 오빠 말이 맞아요. 사진 한 장이 남아 있다 해도 그게 마음 이상이기야 하겠어요. 그렇지만 섭섭하잖아요. 기제사라는 게 영가가 찾아와 이승 밥 자시는 날인데."

"근데, 형님."

영오가 형 준오를 똑바로 바라보았다.

"어머니 기제사하고 가깝다는 것 말고 두 제사를 합치자는 생각을 하게 되신 다른 계기나 이유가 있으십니까?"

이번에는 성자까지 준오의 표정을 살폈다.

"아니다."

준오의 얼굴 표정은 예사로웠다. 이야기를 처음 꺼낼 때도 그랬지만 그의 얼굴은 심각한 기색이 아니었다.

"혹시나 오해할까 싶어 이 얘기부터 해둬야겠는데, 네 형수가 번거롭다는 눈치를 보인 것도 아니다."

동생 둘은 그런 건 염두에 두고 있지도 않았다는 듯이 아무 말도 하지 않았다.

"처음부터 말했지만 2주 간격을 두고 제사를 두 번이나 모실 게 뭐 있겠나, 그 생각뿐이었다. 날짜 지켜 모시는 게 제사지만 산 사람 형편하고도 관계되는 거 아니겠냐. 그리고 지금 보다시

피 애들이 참례할 수 있는 형편들도 아니고, 뒷날을 생각하면 희수가 연거푸 붙은 제사를 두 번이나 나누어 지내리라고 어떻게 장담할 수 있겠니? 우리 셋이 살아 있을 때 지금부터 그렇게 정해두면 우리 맘도 덜고 애들도 편하지 않겠나."

준오는 자신이 하는 말에 신경을 쓰고 있었던지 "허, 애들한테까지 이야기가 건너갔네."라고 덧붙였다.

영오가 고개를 끄덕였다.

"애들이 나이 들고부터 저희 할아버지 기일에 참석하지 않게 된 건 자연스런 일인 것 같고, 형님 입장에서는 뒷날 생각까지 하실 수 있지 않겠습니까. 저도 희수나 제 아이가 아버지 제사를 어떻게 할까 하는 데까지는 미처 생각을 못해 봤습니다만 우리가 살아 있을 때까지는 기일을 지키는 게 어떨까 그런 마음이 들기도 합니다. 그게 날짜 문제만이 아니라……."

준오는 아무 말이 없었고, 성자가 동생의 뒷말을 기다리듯 영오를 바라보았다.

"아버님이 돌아가신 것에 사연이 있고, 아픔이 있으니까 그런 마음이 더 드는 겁니다."

"하긴 영오 넌 유복자니까. 아버지에 대한 기억이 없기론 나하고 다를 바 없지만 그래도 아버지 돌아가시고 이 세상에 났으니 더 애틋하겠지."

느릿한 성자의 말에는 물기가 조금 묻어 있었다. 그 말을 들으면서 영오는 웃는 낯으로 누나 왜 그래, 라는 표정을 지었고, 준오는 눈을 감았다 한참 뒤에 떴다. 그러고는 할 말을 찾는지 벽을 바라보면서 굵고 마디진 손가락으로 상을 몇 번 조심스레 두드렸다.

"과거가 말이다, 우리가 살아가는 데 불편해서야 되겠나."

마음먹고 하는 말인 듯 준오의 음성에는 힘이 들어 있었다.

"말이 나왔으니 성자도 영오가 아버지 얼굴도 못 보고 태어났다는 얘길 한 거겠지만, 있었던 사실은 이미 우리가 살아온 세월 속에 이래저래 영향을 다 미쳤는데 그걸 새삼 지금 와서 되새길 필요가 있겠나 그 말이다. 성자, 네가 한 말을 두고 하는 게 아니라 아버지 제사 때마다 한 생각이다. 아버지 돌아가신 뒤 오십 년이 지났는데 뭘 그리 연연해할 거 있겠나. 난 그나마 애들이 저희들 할아버지 돌아가신 사연까지 모르고 있는 것만으로도 큰 다행이라 여긴다. 애들을 보아서라도 아버지 제사를 거두었으면 하는 거지."

영오는 한 걸음씩 더 나아가는 형의 말을 새기듯 앉아 있고 성자는 쿠션 하나를 내려 등을 기댔다.

"이야기가 길어지네. 오빠 말은 애들 생각해서 지금부터라도 합치자는 거고. 영오 말은 아버지 돌아가신 게, 억울하게 돌아가셨으니 우리라도 있을 때 날짜 지켜 모시자는 그런 얘긴데, 난 처음 말했듯이 모르겠다. 하긴 엄마 따라 아버지가 그날 찾아오시지 길이야 잊으실까마는 그래도 서운하실 것은 같다. 내가 너무 줏대가 없나?"

성자가 웃으며 이번에는 소파로 올라가 앉았다.

"오빠하고 동생 둘이서 더 이야기할 거 같으면 난 방에 가서 올케들하고 있을게."

"아니다."

준오가 이번에는 영오를 보며 말했다.

"피곤하지 않으면 좀 걷자."

"그러죠. 에어컨 바람 밑에 오래 있는 것도 안 좋으니."

두 사람이 일어서는 걸 보며 성자가 튕기듯 가볍게 일어나 베란다 쪽으로 갔다.

"동백섬은 좀 멀 거고 나가면 바로 바닷가니까. 아, 달이 떴네."

베란다에서 성자가 소리쳤다. 그러고는 잠시 있다 "아버지 돌아가시던 그날도 보름달이 떴을까?"라고 나지막하게 말했다.

현관으로 나오던 형제는 그 소리를 듣고 잠시 걸음을 멈추긴 했지만 아무 말도 하지 않았다. 거실의 움직임이 느껴졌는지 방에서 준오 처와 영오 처가 나왔다.

"이 시간에 산책을 나가세요?"

"저이는 오면서부터 동백섬을 한 바퀴 돌아야지, 그 소리를 했어요."라고 각기 한 마디씩 했다.

바깥으로 나온 형제는 누가 먼저랄 것도 없이 하늘부터 쳐다보았다. 가득 제 몸을 다 채운 달이 여름밤을 밝히고 있었다. 별은 보이지 않고 하늘도 그렇게 맑아 보이지는 않았다. 두 사람은 아무 말도 하지 않았다. 높은 습도 때문에 바람은 밍근하고 공기는 후터분했다. 길을 두세 개 가로질러 형제는 방파제가 있는 호안도로로 나왔다. 석축 위에다 다시 담을 쌓아 길에서 바다는 보이지 않았고 파도 소리도 들리지 않았다. 그들의 눈높이에서는 가로등이 환한 광안대교와 동백섬이 앞뒤로 보일 뿐이었다. 주상복합 아파트의 일층에 즐비한 음식점들 앞길은 차들과 사람들로 붐볐다.

"맥주 한잔할래?"

준오가 동생에게 물었다.

"아닙니다. 조금 걷다 들어가죠."

영오가 노천에 쳐놓은 대형 파라솔 밑에서 술을 마시고 있는 사람들을 바라보며 말했다.

"대단하군요."

"그렇지, 피서철이니까."

그리고 준오는 "이 일대가 모두 매립한 곳이지." 하고 덧붙였다. 앞뒤가 조금 맞지 않는 말이라고 영오가 생각하고 있는데, 작정하고 한 말이라는 듯 준오가 이야기를 꺼냈다.

"내가 여기 이사 왔을 때 부산서 나고 자란 친구 하나가 자기도 들은 이야기라면서, 지나가는 소리로 이런 말을 했다. 저쪽 수영강부터 이 언저리 바닷가가 전쟁 때 보련관계 사람들을 배에 싣고 나가 수장시킨 데라고. 다른 뜻은 없이 그냥 옛날 얘기에다 매립 말까지 하다 보니 나온 소리지."

준오가 말을 멈추었을 때 오토바이 서너 대가 요란한 폭음을 내며 달려왔다. 두 사람은 길가 쪽으로 몸을 돌려 멈춰 섰다. 뒷모습을 감추는 오토바이를 끝까지 지켜보고서야 걸음을 옮기며 준오가 하던 얘기를 계속했다.

"내 말은 과거도 그렇게 묻힌다는 거다. 내가 너보다 나이가 더 들어 아버지와 관계된 여러 가지 불편한 일들을 많이 겪어서 그런지 모르겠지만, 내 마음속에는 언제부턴가 아버지를 지우고 싶은 생각이 숨어서 자라고 있었는지도 모르겠다. 하나만 예를 들면……."

준오는 말꼬리에 담겨버린 자신의 감정을 어쩔까 망설이다 하던 말을 계속했다. "어차피 오늘은 얘기가 다 나오게 되는구나. 어릴 땐 더러 싸우기도 하면서 자라지 않느냐. 한번은 내게 맞은 애가 날더러 빨갱이 자식이란 말을 했다. 도시라 해도 좁은 바닥이고 진주 인근 사람들이 모여든 곳이니까 그 애 부모가 어떻게 우리 집 사정을 알고 있었겠지. 얼마나 내가 놀라고 수치스러웠겠니? 그 말보다 더 무서운 게 없던 시절이었으니까……. 그런 것도 아버지가 내게 무엇인지, 그런 고민을 하게 한 계기도 됐겠지. 그렇게 커가는 동안 내 마음을 읽었는지, 어머니 생각이 본래 그랬는지 기일을 찾아 제사를 지낼 때까지 어머니가 아버지 얘기를 한 적은 별로 없었다. 그러다가 군대서도 일없이 보안대에 몇 번 불려가고는 이웃 아이한테 들었던 그 말이 그냥 우연히 지나가는 소리로 끝나지 않고 기록으로 나를 따라 다닌다는 걸 알았다……. 백부께서 내게 아버지 제사 이야기를 꺼냈을 때 솔직히 난 당황했다. 아버지는 내게 지워진 이름이었으니까. 아버지가 일 년에 한 번이지만 그렇게 살아나시고, 성자 말처럼 이승에 찾아와 밥 한 그릇 자시는 거지만, 내 정성이 모자란 적은 없다 해도 덤덤하기는 마찬가지였다. 회한도 없이 그저 절차, 형식이라는 생각이었는데 여전히 내 마음 밑바닥에는 잠재된 무엇이 그대로 남아 있었겠지. 아까 네 누나가 희수 임관할 때 어머니하고 찍은 사진을 두고 그날 어머니가 참 좋으셨겠다고 말했지? 그날 밤에 난 네 형수도 몰래 혼자 많이 울었다."

영오는 형이 북받치는 감정을 누르기 위해 말을 끊었다고 생각했다. 이렇게 깊이 아버지와 아버지를 둘러싼 형 자신에 대한 이야기를 한 적은 처음이었기에 영오 자신도 긴장되고 숙연해질 수밖에 없었다.

"그때 내 솔직한 심정은 아, 나도 이 나라의 떳떳한 국민이 되었구나 하는 거였다. 과거가 이제야 지워졌구나 하는 생각과 함께 다시는 자식들한테 그 짐이 넘어가지 않게 해야 한다는 결심도 했다."

형이 말을 멈추고 한참 뒤에야 "이해합니다."라고 영오가 말했다.

두 사람은 개천과 바다가 만나는 지점에 놓인 다리를 건너 호텔 쪽으로 나아갔다. 운동복 차림의 사람들이 다리를 건너오고, 호텔 앞은 또 다르게 수선거렸다. 어수선한 주위 때문인지 두 사람은 잠시 말을 끊었다. 비탈을 오르자 달리는 사람들이 보이기 시작했다. 그들은 오른편 길을 따라 천천히 걸었다. 길의 초입에 보이던 바다와 광안대교는 곧 언덕의 나무숲에 막혀 사라졌다. 형제는 생각에 잠겨 묵묵히 걷기만 했다. 영오는 군 초소로 사용했던 별장 같은 건물에 다다를 때까지도 무슨 말부터 꺼내야 할지를 정하지 못하고 있었다. 바다가 다시 보이고 그 위에 얹힌 달빛이 걸음에 따라 흔들렸다.

"어렸을 때 형님이 들었다는 그 말은 우리나라에서 집단적으로 개인에게 상처를 주는 대표적인 말 아니겠습니까."

영오는 바다를 바라보며 말을 이었다.

"그 말은 일제 때부터 있었던 건데 해방되고 전쟁 전후로 마구잡이로 쓰인 걸로 알고 있습니다. 저는 사실 아까 집에서도 말씀드렸듯이 작년에 현수막을 보고서야 제대로 아버지를 생각하게 되었습니다. 형님과 달리 나이가 다 들어 과거를 살폈으니 그저 신문이나 인터넷에 올려져 있는 자료들이죠. 감정이 묻어 있지 않은 것들이기는 하지만, 그래도 마음이 가볍지만은 않았습니다."

영오는 아까 생각한 사진이 다시 확대되어 떠올랐다. 그는 눈을 들어 바다를 보았다. 달이 서쪽으로 훌쩍 옮겨갔기 때문인지 눈 밑의 바다는 검푸른 물결로 굼실댔고, 먼 바다 수평선은 짙은 어둠이었다. 바다에서 밀려오는 습한 바람이 몸을 감쌌고 땀에 젖은 남방이 등에 찰싹 달라붙었다. 그는 숨을 가다듬었다.

"사실 제가 알고자 한 건 아주 단순합니다. 아버지의 활동이 그때는 죄였다 해도 아버진 형을 살아 그 죗값을 다 치렀다는 겁니다. 그러니까 불법이고 억울한 죽음을 당하셨다는 겁니다."

준오는 동생 말을 듣고도 그냥 걷기만 했다. 목재로 설치한 조망대가 보이자 그리로 걸음을 옮기려다가 사진을 찍고 있는 사람들을 보고는 그대로 걸어갔다.

"그렇게 아는 것은 중요하지. 본인은 물론 그 고통이 대를 이었으니까. 그런데 안다는 것하고 현실하고는 다르니까……. 참, 아까부터 묻고 싶었는데 네가 작년부터 알아냈다는 것 말이다. 오늘 내가 이야길 꺼내지 않았다면 넌 어떻게 하려고 했는데?"

두 사람은 걸음을 멈추었다. 해수욕장이 보이고 있었다.

"저도 그 생각을 했습니다."

영오가 먼저 걷기 시작했다.

"오늘같이 깊은 이야기가 나오지 않는다면, 제가 먼저 꺼내지는 않았을 겁니다. 그렇게 마음도 먹었고요."

"그랬겠지." 준오가 고개를 끄덕이며 말했다.

"그게 너나 나나 우리가 갖고 있는 아버지에 대한 솔직한 심경이다."

영오는 어쩐지 형의 말이 아버지는 우리 속에 억압된 존재다, 라는 말로 들렸다.

"제가 오늘 말씀 도중에 나섰던 건 사실을 알았으니 그동안 막혔거나 억눌린 마음은 풀어야 한다고, 그런 심정에서 한 겁니다."

"그렇지, 그래. 내 마음은 내가 씻고 지우지. 지워 오기도 했을 거고."

준오가 낮게 중얼거렸다.

"그렇지만도 자식들에게는 그냥 할아버지가 일찍 돌아가셨다는 것 이상이어서는 안 된다는 게 내 생각이다. 우리만으로 충분하다."

영오는 형이 이야기의 폭은 조금씩 넓혀가는 듯하면서도 제자리를 맴돌며 자신의 마음을 열려고 하지 않는다고 생각했다. 서로 감정만 다치지 않는다면, 그리고 무엇보다 다시는 얘기를 나눌 기회가 없을지도 모른다는 조급함에서 할 말은 해야 하지 않을까, 그는 주저했다. 길은 내리막에 접어들고 있었다.

"애들에게 일부러 말할 필요야 없겠지만 그렇다고 애써 덮어둘 필요도 없지 않나 싶습니다. 시대가 달라졌으니까……."

"불이익도 없다 그 말이지."

동생이 찾고 있는 말을 서둘러 해버리고 준오는 한 박자 걸음을 흩뜨렸다. 똑같은 러닝과 팬츠를 입은 사람들이 그들을 앞질러 뛰어갔다. 그들이 사라지자 준오가 말했다.

"예를 들어, 어디까지나 예를 드는 거다."

준오가 자신에게 새기듯 되풀이했다.

"내년이면 희수가 소령 진급심사 대상이 된다. 학군단에 뽑혀서 의무기한만 채울 줄 알았는데 어떻게 하다 보니 저 길로 가게 된 거지만, 그 애가 네가 겪은 그런 불이익이야 당하겠나. 네 말이 아니더라도 나도 알고 또 믿지. 그렇지만 희수가 제 할아버지 이야길 안다면 괜한 신경을 쓸 건 틀림없지 않겠나. 구태여 내가 이 말을 하는 것은 우리한테도 불편한 과거를 애들한테까지 물려주어야 하는가, 라는 얘길 지금 하고 있기 때문이다. 화제가 그것인 거는 맞지?"

준오가 걸음을 멈추고 동생을 바라보았다.

"그렇습니다." 영오가 말꼬리에 붙들린 듯이 얼른 대답했다.

"저는 애들도 이제 성인이니 제대로 알아야 하지 않을까 싶고, 무엇보다 불편한 과거라 해도 오히려 편치 않으니까 제대로 알아서 불편하지 않도록 해야 한다는 말씀을 드리는 겁니다."

"네 생각이 어디 틀리기야 하겠냐만 또 반드시 옳은 것은 아니다 싶다. 애들에게 제 할아버지 문제는 흘러가는 시간이라고만 생각한다면 말이다. 오늘처럼 우리가 알고 이렇게라도 풀어가면 되는 것이지 걔들한테까지 넘길 건 없다. 넌 또 지금 내게 아버지의 억울함을, 잘못된 지난날을 바로 잡아야 한다고 말하려는 건 아니겠지."

호텔 입구에 드나드는 차 때문에라도 형제는 멈추어 서야 했다. 동생을 바라보는 준오의 눈빛은 쓸쓸하면서도 또한 고집스러워 보였다. 영오는 형의 눈길을 보이는 그대로 받아들였다.

다른 사람들을 따라 그들도 신호등 없는 횡단보도를 건넜다.

“제사도 마음 아닙니까. 누나 말대로 아버님 혼이 어머니 찾아 같이 겸상해서 자시는 것도 나쁠 게 어디 있겠습니까.”

“넌 하나는 양보해도 다른 문제는 따로 남겨두겠다, 그런 의중이겠구나.”

“네? 허허, 형님도 어렵게 말씀하십니다. 살면서 숙제야 언제나 있는 거 아닙니까. 견해의 차이도 있을 수 있는 거고. 그냥 둘 건 둬야지 억지로 봉합해서야 되겠습니까. 더구나…….”

“더구나 동기간인데 그 말이냐?”

“네.”

“나도, 내가 불편하구나.”

“괜찮습니다, 형님. 가는 길에 생맥주 한 잔씩만 하죠. 땀도 흘렸고 목도 마른데.”

형제는 다리를 건너 방파제가 있는 해안길로 다시 접어들었다.

섣달그믐날

역으로 가는 길은 흐린 하늘 때문에 더욱 을씨년스러웠다. 한나절인데도 날씨는 꽁꽁 얼어붙어 있었다. 바람이 나뭇가지들을 후려치듯 휘감았다. 잔뜩 몸을 웅크린 모자(母子)는 초등학교 담을 끼고 아스팔트길로 나섰다. 주차장에서 버스 한 대가 막 떠나고 있었다. 좁은 도로를 물고 늘어선 가게들 중에는 물건을 길가까지 내놓은 곳도 있었지만 드나드는 손님은 눈에 띄지 않았다. 내일이 설이었다. 간판은 물론이고 진하게 페인트를 입힌 함석지붕들이 바람에 들썩였다. 일제 때 지은 우중충한 이층 건물의 지붕은 천막으로 덧씌워져 있었다. 바람이 천막을 마구 흔들어댔다. 거리는 남루하고 적요했다. 종표의 모친은 서둘 것도 없는데 잰걸음을 놓고 있었다. 그런 몸짓에는 추위 때문만은 아닌, 이번 걸음에 대한 불만이 묻어 있었다. 역 앞 한 뼘 마당에도 칼바람만 휘돌았다. 철거를 하기 위해 철책으로 둘러쳐 놓은 역사(驛舍)에는 무너질 듯한 지붕과 깨진 유리창만 남아 있었다. 역 왼편에 미끈하게 높이 솟은 두 그루 측백나무가 다치지 않은 게 신기해 보일 정도로 주위는 어지러웠다.

"이놈의 데는 설도 타지 않는 모양이구나."

모친은 그런 말을 던지며 임시 역사로 재빨리 들어갔다. 몇 사람이 난롯가에 앉아 티브이를 보고 있었다. 창구에서 표를 산 종표는 닫힌 개찰구에 눈길을 잠시 두었다가 다시 밖으로 나와 버렸다.

조금 전 모친과 다녀온 마을을 감추고 있는 산이 매우 헐렁하게 그의 시선을 붙잡았다. 잔설이 희끔희끔 산허리에 뿌려져 있었다. 그러나 조금 멀리 눈을 들면 흰 눈을 머리에 인 제법 높은 산들이 병풍처럼 마른 들과 마을들을 둘러싸고 있었다. 속까지 시리게 하는 강파른 추위에도 꼿꼿이 서서 종표는 묵묵히 눈에 드는 풍경에서 시선을 거두지 않았다. 노란색 개인택시 한 대가 멈추더니 두 사람을 내려놓았다. 가끔씩 추위를 털어내듯이 달려가는 자동차들만 눈에 띌 뿐 역마을은 한산했다. 그가 알기로도 이곳은 한때 교통의 요지였다. 농산물도 풍족했지만 무엇보다 철길이 갈리는 지점이어서 특급열차까지 서던 곳이었다. 하지만 사람들이 도시로 빠져나가고 도로망이 발달하면서 어느새 한적한 시골역이 되고 말았다. 읍 마을은 역에서 이삼십 분 거리에 자리했으니 참으로 철길만 덩그라니 남겨진 꼴이었다. 납작하게 엎드린 여인숙 몇 채가 바로 그런 사연을 말해주고 있었다.

그는 안내방송을 듣고서야 임시 역사로 들어갔다. 개찰을 받고 플랫폼에 들어서자 찢겨질 듯 팽팽하게 펄럭이는 태극기 소리가 귀를 울렸다. 녹색의 철도깃발까지 더하여 그 소리는 참으로 날카로웠다. 모친은 다른 노인네들과 같이 버릇처럼 플라스틱 의자에 파묻히듯 앉았지만 종표는 서성이며 눈길 둘 곳을 찾았다. 낡은 침목을 반듯하게 쌓아둔 것이며 가지런히 깎은 향나무들이 지금껏 보았던 풍경보다 훨씬 단정해 보였다. 하지만 플랫폼에서 조금 떨어진 철길 곁에 서 있는 급수탑을 보는 순간 그런 생각도 곧 달아날 수밖에 없었다. 거무죽죽하게 말라붙은 담쟁이가 얼기설기 감고 있는 그것은 시멘트의 색깔도 알아볼 수 없으리만치 낡아 있었다. 삭아서 색이 다 바랜 돔식 철 지붕을 머리에 얹은 시멘트 무덤. 급수탑은 증기기관차가 달릴 때에만 유용한 것이었다. 마을이 죽은 건 급수탑을 사용하지 않았을 때부터였는지도 몰랐다. 강파른 바람이 또 한차례 밀려왔다. 바람은 마치 텅 빈 선로를 따라 불어오는 것 같았다. 강은 보이지 않았지만 종표는 강바람이라고 생각했다. 올 적에도 그랬지만 갈 때에도 열차는 강을 따라 달릴 것이다.

그는 상행선 방향으로 눈을 두면서 몇 발자국을 더 걸었다. 그렇게 걸음을 옮기다 멈추고 다시 옮기며 철길의 끝을 주시했다.

몇 가닥 엇갈리다 두 개로 남은 철길은 산자락을 끼고 하나의 점으로 사라지고 있었다. 눈에서 눈물이 배어나는 기미를 느끼고서야 그는 실눈을 떴다. 열차가 어떤 모습으로 다가올까, 종표는 그게 보고 싶었는지도 몰랐다. 그의 고향은 여기서 두 시간 거리였다. 하지만 갈 수 없는 그곳은 그에게 지상에서 가장 먼 땅일지도 몰랐다.

그가 찾았던 마을은 마을이랄 것도 없이 칠팔 호가 겨우 어깨를 대고 앉았을 뿐 나머지 몇 집은 산비탈에 독립가옥을 이루고 있었다. 마을 초입부터 바람을 타고 오는 분뇨 냄새가 코를 찔렀다. 마을도 그랬지만 집도 소개받았던 그대로였다. 방 두 칸에 축사 두 동. 하나는 서른 평 남짓하고 다른 하나는 그보다도 조금 작아 보였다. 영감이 죽자 할머니가 부산 아들집으로 옮겨가는 바람에 빈집이 되었으니 집값이랄 것도 없었다. 집 앞의 묵밭도 당장 살 형편이 아니라면 빌려줄 수 있다고 했다. 며칠 전 같은 공장 다니던 사람들과 소주잔을 나누다 딱한 그의 형편을 듣고는 한 사람이 자기 친척집을 일러주었다. 어떤 이는 시골로 들어가 오히려 괜찮게 산다는 친구 이야기를 하기도 했다.

"이리 정 안 붙는 데를 어데서 소개받았노? 시골이라도 한눈에 봐서 따신 기운 나는 데가 있는데 이놈의 데는 궁상기가 졸졸 흐른다. 내 분명히 잘라 말하는데 나는 이런 데서 못 산다. 도대체 돼지 몇 마리 키우고 밭농사 얼마 짓는다고 무슨 호구가 될 기고? 풀빵을 구워도 도시가 낫고 아파트 앞에서 채소를 팔아도 거기가 낫지."

종표가 이웃집에 인사도 겸해 형편을 살피고 왔을 때 모친이 끌어붓기 시작했다.

"그리고 또 이왕 시골로 들앉겠다면 고향 생각은 와 못해 보노? 우리가 무슨 죄질 일을 했나? 고향사람들에게 손가락질 받을 일이라도 했단 말이가? 사촌 간에 보증 선 일이 무슨 우사며 에미 일은 장사하는 사람이라면 누구나 당할 수 있는 일 아니가. 그게 부끄러우면 다른 데서 장사한다고 둘러대면 될 거 아니가. 난 여기서는 못 산다!"

대못 박듯이 모친이 오금을 박아왔다.

"알아들었으니 그만 하이소. 고향 얘기는 전에도 한 번 말했지만, 갈 만한 형편일 때 들어가는 데가 고향이지 자기 형편대로 함부로 들앉는 데가 아니란 말입니다. 덕 볼 거 없이 내 손으로 땅을 파도 팔 건데 굳이 고향까지 들먹일 게 뭐 있소."

시골에 들어갈 마음이 없다는 거야 집 이야기가 처음 나왔을 때부터 비쳐온 건데도 종표 모친이 따라나선 건 한번 가보지도 않고 큰아들과 돌아앉았다는 말을 듣기 싫었기 때문이었으리라. 혹시나 하고 따라 나섰을 수도 있었겠지만 기차에서 내린 뒤 역마을에서부터 정이 떨어진 데다가 막상 찾아간 곳은 더 한심해 보였을 터였다. 물론 종표가 고향을 염두에 둬보지 않은 건 아니었지만 정말이지 공짜로 얻을 논밭이 있는 것도 아닐 바에는 마음이 편할 리 없었다. 지난 추석 때만 해도 이 지경까지 몰릴 줄은 몰랐지만, 고향을 찾은 김에 사는 형편들도 눈여겨보며 집안 동생에게 넌지시 말을 건네 보기도 했다. 호박 비닐하우스를 주로 하는 동생은 "살던 사람이야 어쩔 수 없어 살지 새로 들어오는 사람이야 어디 있습니꺼. 형님이 말한 새 집들은 다 도시서 돈 벌어 별장 비슷하게 지어놓은 겁니더. 짓다 만 저 집은 서울 사는 앞집 아저씨 아들 건데 사업 망한 뒤로 코끝도 안 내미는데요 뭐. 고향이 도시서 돈 벌어 유세하는 그런 데 된 지 오랩니더."라고 말했다.

고향은 제 나름대로 그만한 꿈을 키워 대처로 나갈 수는 있는 곳이어도 실패한 자가 돌아올 곳은 아니었다. 할아버지와 아버지가 볕 바른 선영에 누워 계시고 어디에 살든 저마다의 가슴속에 간직된 보석 같은 곳이기에 숨어들 듯 들어와 엎드려 살 땅은 아니었다. 어쨌거나 종표로서는 고향을 택할 수는 없었다.

달려오는 모습을 미처 보지도 못한 사이에 빙판에 미끄러지듯 열차가 플랫폼으로 들어서고 있었다. 코트 안에 한복을 받쳐 입은 부부와 가방을 하나씩 맨 아이들이 찬바람이 두려운 듯 종표가 선 출입구로 느리게 내려섰다. 빈자리를 찾기도 전에 요란스레 재채기를 하듯이 한차례 뒤로 몸을 밀더니 열차가 움직이기 시작했다. 자리에 앉자마자 모친이 또 입을 열었다.

"니도 기억하겠지만 여기 오면 딸기장수, 구포 가면 배장수, 한때는 분잡스런 데였다. 내 딸 사소, 내 배 사소라는 그 말에 다들 웃어쌓았지만 시절이 변하면 사람도 그게 맞추어 살아야 하는 거 아니가. 우리도 그렇고 진작부터 사람들이 도시로 다들 안 나갔나? 지금 같은 불경기가 언제까지 갈 거며 또 그 많은 사람들이 도시서 어떻게 다들 사노? 사람이 곯으면 저절로 다 부대끼며 먹고 살 수 있게 되어 있다. 니 생각이 어떤지는 모르겠다만, 나는 밥이나 해주면서 그런 데서는 정말 못 산다!"

"어머이 말씀이 어디 틀렸다 그랍니까? 다만 형편 따라 이런 저런 궁리는 해볼 수 있다는 거지. 사실 우리 형편에 지금 당장 무슨 장사를 시작할 수도 없을 뿐더러 길가에 물건 내놓고 마음 졸이는 것보다는 시골서 내 땀 흘리는 게 마음이라도 편할 수는 있다 말입니다. 어머이 말은 알아들었으니 어떻게 또 생각해 보입시다."

"이런 데서 살 독한 마음이 있으면 돈부터 받아내라. 형제간에 원수 진다더니 그런 일이 따로 없는 기라."

고개를 돌리며 모친이 말했다. 종표도 차창으로 고개를 돌려 버렸다.

역 구내를 벗어나자 옆구리를 적시듯 바로 강이 다가왔다. 그리고 오른편으로 기울어 머리를 내민 열차 앞머리가 보였다. 강이 휘돌면 철길도 휘돌았다. 타고 가는 기차의 앞길은 보이는데 정작 자신이 가는 길은 알 수 없다는 생각이 창문을 타고 들어오는 냉기처럼 종표의 가슴을 쓸어내렸다. 가족의 반대야 어느 정도 예상한 바지만 모친부터 이토록 마음까지 상해 가면서 완강하게 나올 줄을 종표는 짐작지 못했다. 그러나 이달 말까지 집을 비워야 하니 어떤 쪽이든 결판을 내야 했다. 아내가 집을 나가고 곧이어 차압이 들어오고부터 확실한 건 아무것도 없게 되어버렸지만, 결국 가는 날짜가 일을 이렇게 만들어 가고 있었다.

강이 보이지 않으면 그 자리에 어김없이 비닐하우스들이 자리했고 강이 보이면 그것들은 눈에서 사라지는, 그런 걸음새로 열차는 달렸다. 해가 조금 나왔는지 물이랑이 가끔 반짝였다. 하지만 강은 탁한 잿빛이었다. 터널을 지나 강가에 바로 붙어 세워진 역에 닿았고, 대규모 비닐하우스들이 한차례 보이더니 강이 멀어지면서 도시가 얼굴을 내밀었다.

역을 빠져 나오자 바람이 어지럽게 종표의 아랫도리를 휘감았다. 오가는 사람들로 가득한 광장을 내려다 보면서도 마음이 텅 비게 시려왔다. 강을 보면서도 지워낼 수 있었던 아내가 왜 여기 와서 생각나는 것일까. 아내가 몸을 숨긴 도시의 어느 골목에도 찬바람은 불 것이었다. 종표는 잠시 망연해졌다.

"여기 오니 살 것 같다. 잘 사나 못 사나 사람이 사람 살 냄새 맡으면서 살아야 사는 기지."

모친이 목수건을 조여 당기며 말했다.

그는 버스 정류장에서 모친에게 잠시 들를 데가 있다고 말했다. 모친이 버스에 오르는 걸 보고서 그는 전철로 발길을 돌렸다. 오가는 사람들의 손에 무슨 물건이라도 하나씩 들려져 있다는 게 새삼스레 그의 시선을 끌었다. 거리도 그렇고 지하철도 확실히 붐볐다. 그는 자갈치역에서 내렸다. 길마다 늦은 제수(祭需)를 마련하려는 사람들로 복닥거렸다. 그는 도로를 건너 냉동창고 옆 골목에 줄지어 선 음식점 중의 한 곳으로 들어갔다.

종표의 사촌 처형은 나가는 손님에게 돈을 받고 있었다. 발갛게 달아오른 두 개의 벽걸이 가스난로로 실내는 따뜻했다.

"대목이라 바쁘지요?"

갑작스런 훈기로 얼굴이 가려워 그는 손으로 얼굴을 문질렀다.

"어데 갔다 오요? 찬바람이 잔뜩 묻었네. 시원한 대구 국물에 몸부터 푸소. 대목이라지만 앞으로는 생선 구경하기도 힘들다카이 낭패 아니오. 바다에는 고기끼리만 살고 어부는 육지에 따로 살아야 하니 정말 얄궂은 세상이제. 요즘 같으면야 황 서방도 일찍 배에서 내리길 잘했지."

딱히 몇 마디 주고받고 돌아서 나올 일도 아니어서 종표는 탁자 앞에 앉았다. 인근에서 울산 뚱보로 통하는 그의 처형은 입담도 푸짐했다.

"어제 오늘 쯤에는 전화라도 있을까 하고 나도 기다려 보는 중이오." 처형이 국그릇을 탁자 위에 놓으며 말했다.

"동생도 어디 정해 놓고 나간 건 아니니니 못 만났다 서운해 마소. 그리고 다 큰 어른인데 제 발로 들어올 때까지 기다려야지 어디 찾는다고 찾아지겠소. 답답한 마음을 모르는 바는 아니지만 고달파도 동생이 더 고달플 거고, 그러다 어느 한쪽이 병이라도 얻으면 어쩔 거요. 이런 세상 그저 몸이라도 건강해야지."

가까운 사람을 의심하는 일이 자연스러운 건지, 종표로서는 처형 말이 어쩐지 신경 쓰였다. 혹시나 아내의 소식을 알고나 있지는 않은지. 하지만 그는 처형의 속내를 파고들 마음까지는 없었다.

종표는 한 달 전 처형에게서 귀띔을 받고는, 포항으로 대구로 아내를 찾아 나선 적이 있었다. 포항에서는 친정곳 사람이 한다는 전문대학 구내식당에서 달포 정도 머물렀다는 사실까지는 확인할 수 있었다. 하지만 대구로 가볼까 한다는 말만 했다니 종표의 대구행은 그저 바쁜 마음만 움직인 셈이었다.

"엎친 데 덮친다더니 일이 어찌 그리 꼬이게 됐소? 동생이야 장사 욕심이 조금 과해서 욕을 본다지만 집까지 그 모양이니 보통 걱정이 아니건마는. 하기야 가게 셔터도 못 내리고 야반도주한 사람이 어디 한둘인 세상이요만은 그래도 보증보다 더 무서운 게 어디 있겠소? 안 해줄 수 없으니 해주긴 해도 맞으면 그게 날벼락이지, 날벼락이 따로 있겠소. 그래, 집은 어떻게 된답디까?"

처형 말을 덤덤하게 받아넘기며 국물을 뜨고 있던 종표가 고개를 들었다.

"차압이 들어왔는데 견딜 장사가 있습니까. 그래서 온 건데, 설 지나고 이달 말까지는 어디로든 옮겨가야 할 형편입니다."

"황 서방은 참 태평같이 말하네요. 연대보증도 다 걸리는 게 아니고 빠지는 경우도 있다는 내 말을 와 예사로 듣소? 사촌동생 되는 사람이 보통 무심한 게 아니지."

"그건 은행에서 결정하지, 채무자가 무얼 어떻게 할 수 있나요. 근저당이야 자기들 마음대로지."

"부도, 부도해도 그게 하루아침에 갑자기 오는 게 아니랍디다. 부도 내는 본인은 미리 안다는 거지. 그러니 그 동생 되는 사람 마음먹기란 말이오. 일찍 빼줄 건 빼줄 수 있다 그 말이지. 그래, 이사 갈 곳은 정했소?"

막상 처형의 말을 듣고 보니 오전에 다녀온 그곳의 모습이며 모친의 완강한 거부의사가 떠올라 종표는 잠시 망설이지 않을 수 없었다.

"시골로 가볼까 하고 거길 다녀오는 길이오."

"아파트 전세 나갈 돈이라도 마련해 달라고 달라붙어야지, 시골 들어가서 뭐할 거요? 사촌 되는 사람이 제대로 사정을 알기나 하는가 모르겠네."

"아나마나 지금 지 형편이 나보다 나을 게 없으니까 이러고 있는 거 아니겠소. 마시던 소주 있으면 한 잔만 합시다."

말 그대로 소주 한 잔만을 마시고 그는 자리에서 일어섰다.

"시골 가서 들어앉겠다는 생각은 별로 마음에 안 드네요. 발이 있어도 못 오는 동생 문제만 해결되면 무얼 하더라도 이 바닥에서 비비고 살아야지, 어딜 간단 말이요? 요새 농사일수록

밑천도 있고 규모가 있어야지 예전같이 팥 심고 콩 심어서 무슨 돈이 되겠소. 그래 사돈어른은 건강하시지요?"

"그럼요. 저기, 집사람이 집에는 연락 안 해도 여기는 혹시 할 줄 압니까. 우선 얼굴부터 좀 보자고 말해 주소."

그는 시장 쪽으로 걸어갔다. 모친하고는 경우가 조금 다르겠지만 그래도 무얼 해 먹고 살아도 이 바닥에서 살아야 한다는 처형 말이 지금의 종표로서는 하기 좋은 말로밖에 들리지 않았다. 아내가 사촌 처형에게 넘겨놓은 얼마간의 돈은 그동안 생활비로 다 써버리고, 지금 그의 수중에는 한 달 전에 받은 동생 돈인지 숙부 돈인지 모를 기백만 원뿐이었다. 당장 어디 변두리에 사글세라도 얻어 호구야 하겠지만 그 이상 나아질 전망이 없다는 게 그의 생각이었다.

종표가 들어선 시장통은 대목장 치고는 의외로 한가한 편이었다. 그는 난전 뒤편의 물양장으로 갔다. 몇 달에 한 번씩 배에서 내려 맨 처음 땅을 밟던 곳이 여기였다. 몸이 부대끼기도 했지만 육지에도 일이 쌔고 쌨는데 굳이 목숨 내놓고 바다에 떠 있을 분위기가 아니었다. 참치 배를 주로 타던 그는 아내의 등쌀에 밀려서라도 배에서 내려야 했다. 원양어선들이 어깨를 부딪칠 정도로 비좁게 자리를 잡은 채 파도에 흔들리고 있었다. 영도와 마주한 바다를 오가는 작은 배들이 높은 물결에 숨 가쁘게 보였다. 종표는 철길 곁을 휘두르던 흐린 강물을 볼 때보다 몇백 배 가슴이 시원해 옴을 느꼈다. 물양장 한쪽에 둘러선 사람들은 화투짝을 만지고 있었다. 둘러선 사람들이 많은 건 그냥 구경이 아니고 놀이를 가기 때문이었다. 시멘트 바닥 한가운데서는 동전치기를 하는 패들도 있었다. 그들은 물양장 번호를 페인트로 써놓은 69번의 6자의 동그라미에 오백 원짜리 동전을 던져 넣고 있었다. 허리를 잘라낸 반쪽짜리 드럼통에다 뜯어낸 나무상자로 불을 피우고 술추렴을 벌이고 있는 패들도 보였다.

"이봐, 외통수! 외통수 황종표 맞제?"

바람을 타고 오는 걸쭉한 목소리 나는 데로 고개를 돌리니 철조망을 등지고 혼자 앉은 사람이 있었다. 가까이 다가가서야 종표는 목소리의 주인공이 해룡 17호 기관사 조상수라는 걸 알 수 있었다. 털보라는 별명이 어울리게 수염은 여전했다. 그가 등을 대고 앉은 철조망에는 〈대책 없는 어업협상 트롤선원 다 죽인다〉는 현수막이 바람에 펄럭이고 있었다.

"혼자 농성하는 거요?"

종이상자를 깔고 앉은 조상수는 통조림을 까놓고 소주를 마시고 있었다. 오래 앉아 있었는지 얼굴은 소주 기운에도 불구하고 파리하게 얼어 있었다. 발치에 모여 있던 비둘기들이 종표의 발걸음에 낮게 날아 자리를 바꾸었다.

"좀 전에 어느 젊은 놈이 사진을 찍어도 되냐고 하도 곱상하게 물어서 그래라 했다. 기자는 아닌 것 같고 뭐 아마추어 사진가겠지."

"신문에 대문짝만 하게 나도 어울리겠네요."

깔고 앉았던 종이상자 하나를 종표에게 밀치면서 털보가 말했다. 종표는 언 바닥에 궁둥이를 붙이기가 싫었지만 선 채로 그냥 돌아설 수는 없었다.

"몇 년 사이 경기 좋다고 얼씨구나 하고 배 내린 놈들 이번에 다 말아먹었지? 바다 버리고 떠난 놈들 고소하다 싶었는데, 이제 배 타는 놈들도 볼 장 다 봤다. 여기도 봐라, 갈매기 대신 비둘기만 발에 채인다."

조상수가 모여든 비둘기들을 향해 참치 한 점을 던져주었다.

"그때야 배에서 안 내리는 사람들이 비정상이었지……. 요즘은 무슨 배 타요? 내릴 나이도 됐을 텐데."

"진작 명태 배로 바꾸었다. 우리 아버지 징용 갔던 북해도 바라보면서 일본 순시선과 숨바꼭질하는 재미도 좋았는데 그것도 끝날 모양이다. 명태 배부터 감척한다니까 말이다. 한 보름 줄창 나오다 보니 외통수 니도 보는구나. 하긴 이런 날 이런 곳에 얼쩡거리는 거 보니 니도 되는 일이 없는 모양이구나? 외통수 같은 그 성질에 월급쟁이고 장사고 어려웠을 거다."

"이판에 말아먹은 사람이 한둘이겠소."

"하하, 박포장기라도 둬서 먹고 살아야겠네. 그거 참 멋지게 되었구나, 응? 정치하는 놈들 빼고 다 망하는 게 당연하지. 그놈들이야 처음부터 주둥이 하나로 선거 때 표 사가지고 기업 돈 뜯어먹고 살았으니 지 돈 남의 돈 구분이 어디 있었겠나마는, 카드로 카드빚 갚으면서 따시게 사는 척했던 놈들이나 개코도 없으면서 애완견 키우는 것도 모자라 목욕 샴푸까지 사는 연놈들, 그 다 정신 나간 것들이지."

"나도 푸들이라는 개 한 마리 키우지만, 잘 산다 잘 산다 하니 모두들 그랬던 거지 바둥거린 서민들이 무슨 죄요. 입이 건 건 그대로지만 그새 많이 유식해지셨네."

"허허, 유식해졌다고! 니도 한 반년 바다에 떠 있다 내려 보면 세상 돌아가는 꼴이 한눈에 안 들어오드나? 배 타는 일이 억울하지 않고 나이트클럽 조명 돌듯 돌아가는 세상이 부럽지만 않다면 그런 눈이야 절로 생기지. 내 말은 멀리서 보면 잘 보일 수도 있다 그 말이다."

털보에게서는 얼음장 같은 바람만큼이나 모질게 시린 기운이 서려 있었다. 단순한 것 같아도 여간해서는 깊은 속내를 털어내지 않는 배타적인 차가움이 배를 오래 탄 사람들에게는 있었다.

"이런 데 오래 앉았으면 몸 상해요. 그래도 오늘이 그믐인데……."

"요즘은 사내놈들이 떡이라도 뽑는지 다들 일찍 들어가고 내 혼자 잠시 여기 앉았다."

털보가 불쑥 손을 내밀었다.

"설에 볼 것도 아닌데 언 손이라도 한번 잡자."

"약해진 거요, 이게 본마음이요?"

종표는 손을 내밀며 언 얼굴을 폈다.

종표는 두 겹 세 겹으로 빽빽하게 묶여 있는 배들을, 비단 음력 설 때문에 이런 건 아닐 거라는 눈으로 다시 보았다. 그러나 출렁이는 바다 위로 그의 눈에 떠오른 것은 낮에 보았던 무덤같이 버려진 급수탑이었다.

멀리서 보면 잘 보인다는 말이 틀리지 않다면, 거절 못할 손아픈 사이에 보증 선 것도 잘못은 아닐 것이었다. 약품 판매업계에서 뼈를 굳힌 사촌동생이 도매상을 해보겠다고 나섰을 때부터 그게 벌써 동생 혼자만의 일은 아니었다. 종합병원을 얼마나 끼고 있니 어쩌니 하는 거야 제 수완이겠지만 은행돈을 빌리는 데에는 남의 도장이 필요했다. 도장은 또 남에게 함부로 빌려주는 게 아니니 피붙이들의 것을 빌리는 수밖에 없게 되어 있었다. 사촌동생의 얼굴이 아니라 숙부를 보아서라도 종표는 도장을 눌러주지 않을 수 없었다. 그리고 외환위기가 왔다. 처형 말대로 부도날 걸 미리 모를 리 없었다면 제 사촌형의 근저당부터 풀어주지 않은 동생이 죽일 놈이라면 죽일 놈이었다. 종표로서는 삼촌을 생각했지만 동생은 숙모를 염두에 두지 않았던 것이다.

그는 버스 정류소에 서 있는 공중전화 부스를 보고는 시골집 주인에게 값이라도 다시 놓아볼까 망설이다 우선 집으로 가기로 했다. 모친도 모친이지만 머리 다 큰 자식에게 의논이라도 하지 않을 수 없다는 생각이었다.

집으로 돌아왔을 때 맨 먼저 달려든 건 제니라는 푸들이었다. 언제 시장을 다녀왔는지 모친은 부엌에서 도마 소리를 내고 있었다. 집 구경을 하고 올 때보다는 훨씬 기분이 풀린 모양이었다.

"경오에미가 다녀가면서 돈을 얼마 주더라. 그래도 딸년이 며느리보담 낫다. 어둑 구석 다 되어서 시장을 리어카로 봐 오면 뭐하노."

모친은 저녁 늦게야 장을 봐올 둘째 며느리를 탓하고 있었다. 그의 동생은 그만그만한 월급쟁이였고 안에서는 화장품 가게를 열고 있었다. 규모가 크든 작든 오늘이 그런 장사로는 대목임을 모를 리 없으면서도 모친은 버릇처럼 입을 재고 있었다. 집 나간 큰며느리까지 더하여 일흔 나이에 설음식을 장만해야 하는 서운함을 모르지 않으면서도 종표는 어떻게 살가운 말 한마디도 입에서 떨어지지 않았다. 대신 그는 아들 방의 문을 열어 보았다. 아들은 머리끝까지 이불을 뒤집어 쓴 채 자고 있었다. 익숙해져버린 생활버릇임을 알지만 내일이 그래도 설인데 싶어 한 소리하고 싶었지만 종표는 그냥 방문을 닫고 말았다. 대학 졸업하고 건설회사에 입사한 지 딱 5개월 만에 회사는 부도를 맞았다. 그러고는 지금까지 변변한 일자리를 못 찾고 있는 형편이었다.

"자는 아 놔둬라. 그리고 내 대신동에 전화했다."

대신동이라면 숙부댁이었다. 종표는 기어이 모친이 성질대로 했구나 싶었다.

"그런 시골구석까지 둘러보고 와서 마음 편할 사람 어디 있노? 남은 이리 급하게 되었는데 코 끄티도 안 보이는 법이 어데 있노 말이다. 동서한테 당장 원표 그놈 찾아서 보내라 캤다. 와, 내가 못할 말 했나? 사촌간이고 동서간이고 누가 먼저 정 끊을 일을 했노 말이다?"

아들의 입에서 무슨 말이라도 떨어질까봐 모친이 먼저 서두르며 종표를 보았다.

"내일이 설인 걸 알면서 그래요."

"설이 한 달을 가나, 두 달을 가나. 내일 당장 쫓겨날 이 판국에 명절 가릴 게 어디 있노."

그는 더 이상 모친과 입씨름을 하기 싫어 안방으로 들어가 버렸다. 당장 급하지 않은 잡동사니들을 넣어둔 종이박스들이 한쪽에 쌓여진 방 안은 어수선했다. 잠바를 벗고 허드레 바지에 발 하나를 걸쳐 넣으려는데 전화벨이 울렸다.

"그 집도 설은 쇠나 보네, 장도 다 봐가고. 그래, 그년은 왔소?"

착 가라앉은 여자의 목소리였다.

"어쩌면 그래, 미리 집도 빼돌려 놓고 남의 뼈아픈 돈을 빌리노? 헤실거리던 그년 입에서 창자 썩는 물이 나와 봐야지."

전화기를 내려놓은 종표는 바지를 마저 입고 베란다로 나갔다. 모친은 어디서 온 전화냐고 묻지도 않았다.

짐을 넣은 박스들이 차곡하게 쌓인 좁은 베란다로 나온 그는 담배를 한 대 피워 물었다. 날씨가 개어 바다가 파랗게 한쪽 얼굴을 내밀고 있었다. 바다의 반을 가린 건 한때 그가 다녔던 철강공장이었다. 나라를 들었다 놓았다 할 만큼 시끄럽게 무너진 회사였다. 연기도 내뿜지 않은 채 하늘로 높이 솟은 굴뚝은 열차를 기다리며 보았던 버려진 급수탑보다도 더 가슴 답답하게 그의 눈에 박혀왔다. 배에서 내린 뒤 한동안 그는 아내와 같이 중학교와 고등학교가 나란히 붙어 있는 동네에서 분식점을 열었다. 큰돈은 안 되더라도 밥은 먹을 만했고 무엇보다 아내와 같이 있는 재미가 더할 수 없었다. 적어도 부근에 외국 상표의 패스트푸드점이 들어서기 전까지는 그랬다. 아이들 입맛에 맞추기에는 김밥과 우동이 햄버거를 당할 수 없기도 했지만 우동 파는 일도 저 혼자 점포 하나 얻어 한다고 되는 게 아니었다. 시장통에서 우동장사를 하다가 맛이 소문나자 자기 성씨(姓氏)를 상호로 내건 체인점이 있다기에 본부를 찾아가 보았다. 국물 다시 내는 법을 딱 한 차례 보여주고는 몇백 만 원의 간판비를 요구했다. 그때만 해도 종표로서는 그런 짓이 봉이 김선달 물장사 같이 보여 그따위의 세상살이에 승복할 기분은 도저히 나지 않았다.

고향 친구가 자신이 하던 빵 배달을 권유해온 건 그 무렵이었다. 월급 받는 사원이 아니라 판매실적에 따라 이윤을 챙기는 방식이었다. 친구는 성대가 잠겨서 목쉰 소리를 하다 종래는 말문이 막혀버리는 희귀한 병을 앓고 있었다. 수술로 성대에 구멍을 내고서야 몸속 한참 저 아래에서 가물거리듯 기어 나오는 소리를 겨우 낼 수 있었으니 거래를 제대로 할 수가 없었다. 친구가 사는 형편도 아는 데다 10년 가까이 다져둔 거래처를 서너 번 같이 돌아보고 종표는 마음을 굳혔다. 친구에게 줄 권리금과 회사에 넣는 보증금이 만만찮았지만 벌이는 괜찮은 편이었다. 사고가 난 날은 광복절이었다. 비수기인 데다 그해 여름은 장마로 유독 반품이 많았다. 그런 짜증에다 졸음까지 겹쳐 도시고속도로에서 중앙선을 침범하고 만 것이었다. 12주 진단이 났지만 상대가 변호사 동생이라는 데 문제가 있었다. 어쨌든 구속은 피하고 보자고 시작된 일이 그만 권리금과 보증금을 다 날리기에 이르고 말았다.

그러고서 종표는 베란다에서 지금 건너다보고 있는 철강회사에 일자리를 얻었다. 직함은 안전요원이었지만 경비와 다름없었다. 그 무렵 종표 처는 아파트 상가에서 수입품 가게를 열고 있었다. 3평짜리 치고는 세도 비싼 편이었지만 붙임성 있고 수완이 좋아 장사는 그런대로 괜찮았다. 그릇이나 식품 등이 주였지만 가끔은 여행 갔다 온 사람들이 내놓는 옷가지도 걸어두었다. 종표 처는 진작부터 이웃의 옷가게에 마음을 두고 있었다. 얼마 뒤 점포가 나오자 경쟁이 붙어 권리금은 물론이고 덩달아 세까지 오른 것을 종표 처는 빚을 내어 인수했다. 하고 있던 가게를 넘기고 어떻게 해결할 수 있을 거라는 계산이었는데 제시하는 권리금이 생각보다 밑돌자 아까운 마음에 넘기지도 못하고 그냥 붙들고 있게 되었다. 옷가게도 마음먹은 대로 되지 않는 데다 두 곳에 물건 해 넣는 일이 버거웠다. 이자 갚느라고 원금 빌리는 식으로 일 년 정도 버티다 종표 처는 마침내 손을 들고 말았다. 고속버스터미널이라면서 걸려온 전화를 받기 전까지도 종표는 아내의 형편이 그 지경에 이른 줄은 모르고 있었다.

한데나 다름없는 베란다에 한동안 서 있던 종표는 한기를 느끼고 거실로 들어왔다. 발치에 달라붙는 애완견을 잠깐 내려다보다 그는 놈을 안고 욕실로 갔다. 사 오기는 모친이 사 왔지만 성격대로 잔손은 거의 보지 않았다. 공공근로사업 나갔을 때 같은 아파트에 사는 여자가 "푸들 키우는 사람도 이런 데 나오나." 라고 빈정대어 한바탕 입씨름을 벌인 적이 있었다. 아내에게 물린 돈이 있으니 무슨 시비라도 걸고 싶었을 것이었다. 남의 돈 들어먹고도 재산세를 얼마씩이나 내는 사람도 보았다며 옆 사람이 끼어드는 바람에 싸움은 가지를 치고 말았지만, 종표로서는 그때만큼 연속극의 부잣집 생활을 흉내 내고 싶어 하는 모친이 못마땅한 적도 없었다. 나무 가지치기 보름, 교통단속 일주일, 그가 손에 쥔 건 몇십 만 원 남짓했다. 돈도 돈이지만 수모까지 당해 가면서 공공근로사업에 악착같았던 건, 일단 동사무소에 실업자로 올려 두는 게 아내의 사법처리 문제가 닥쳤을 때 조금이라도 낫지 않을까 하는 계산 때문이었다. 그는 거품 이는 물을 옷에 튀기며 바둥거리는 놈을 다 씻기고 수건으로 닦았다.

차임벨 소리를 듣고 그는 놈을 놓아주었다. 머릿속에 아내가 얼른 잡혀 왔지만 아까 받았던 전화 생각을 하고는 고개를 저었다.

"주연이가 올 리도 없을 텐데……."

그때서야 모친이 부엌에서 손녀를 들먹이며 돌아보았다. 문을 열자 건장한 40대 남자가 버티고 서 있었다.

"황종표 씨 댁이죠? 서부서에서 나왔습니다."

전에 보았던 형사는 아니었다. 더 이상 아무 말 없이 종표를 바라보는 남자의 눈빛에는 안으로 들어오겠다는 의사가 명백했다.

"들어오시죠."

거실에 들어선 남자는 "강영희 씨는 어째 연락이 있습니까?" 라고 묻고는 집 안을 한눈에 둘러보았다.

"우리도 기다리고 있습니다."

"실례지만 확인을 안 할 수 없으니까……."

큰방이야 열려 있었고 남자는 나머지 두 방의 문을 잠시잠시 열어 보았다. 아들이 그제서야 일어나 앉았다.

"야간 했나 보군요."

남자는 소파에 앉았다.

"담당이 바뀌었습니까?"

"담당이랄 게 있나요. 차 형사가 다른 일에 매달려 있으니 오늘은 내가 나왔습니다. 어디 이사를 가시더라도 우리에게 알려

줘야 합니다."

종표 얼굴을 빤히 바라보며 남자가 말했다.

"액수도 그리 많지 않은데 어떻게든 본인이 나타나서 해결을 해보도록 하는 게 좋지 않겠어요? 무작정 피해 있다 해서 해결될 것도 아닌데. 솔직히 우리도 이런 소액은 귀찮아요. 사건이 되었으니 한 번씩 안 나와 볼 수는 없고."

"합의할 형편만 되면 얼마나 좋겠습니까. 가슴만 답답하지."

집이 근저당되어 있다는 걸 확인한 채권자들이 돈 나올 구멍이 꽉 막혔다고 판단하고는 고발을 해버린 것이었다.

"그래도 방법이 그것밖에 더 있겠어요? 이렇게 얼굴 보는 것도 피차간에 피곤한 일이고."

종표 모친이 오렌지 주스를 내왔다.

"내일이 설이군요."

남자가 말했다. 그러나 주스를 마시지는 않았다. 제니가 베란다 창가에서 낯선 손님을 빤히 보고 있었다. 남자는 눈길을 두면서도 관심 밖인 듯했다.

"피해 있으면 얼마나 피해 있겠어요. 이런 명절에 사람 할 짓이 아니지. 명절이라는 게 이상해서 피해자들이 며칠 전부터 어떻게 되었냐고 전화를 막 해댄다니까요. 부인한테 전화가 오더라도 우리에게 꼭 알려주셔야 합니다. 아시겠죠?"

남자는 굼뜨게 일어나서 입구로 나갔다. 종표가 신을 신을까 말까 망설이는데 모친이 그의 손에 봉투를 쥐어 주었다.

"어쨌든 다른 일로 바쁘실 텐데 걸음하게 해서 미안합니다. 다음에라도 인사나 하고 지냅시다."

그는 문 밖에서 봉투를 내밀었다.

"허허, 설 인사로 받겠습니다. 그리고 걱정하는 게 구속일 텐데, 꼭 그렇게 된다고도 할 수는 없어요. 이런 사건이 하나둘이 아닌데 다 넣을 수 있겠어요. 요즘 경제사범은 액수가 크거나 악질형이 아니면 재판에서도 관용을 베풀도록 하고 있다는 거는 아시죠?"

"연락만 닿으면 설득보다 더한 것도 하지요. 그때는 여러모로 도와주세요."

"그래봅시다, 그럼."

종표는 엘리베이터가 1층까지 다다를 동안에도 멀거니 서 있었다. 계단을 타고 찬바람이 난간을 맴돌았다.

거실로 들어오자, 모친이 아들을 달래고 있었다.

"이 대목에 그 사람이 그냥 왔겠나, 바라는 게 있어 왔지. 그리고 나중에라도 조사는 그 사람들한테 받을 건데 얼굴 익혀 놓아서 손해 볼 기 뭐 있겠노."

"돈이라도 있으면 누가 뭐래요. 차라리 벼룩의 간을 빼먹지."

제 아버지와 눈길이 부딪친 아들이 세면장으로 가면서 구시렁거렸다. 아들은 밤새워 컴퓨터 앞에 앉았거나 비디오를 죽이다가 낮에는 자고, 그렇지 않으면 친구도 만나고 취직자리 알아본다며 나가서는 며칠씩 들어오지 않는 그런 생활을 여태껏 하고 있었다. 답답한 걸로 치면 본인보다 더할 사람이 없을 테지만 그래도 그런 꼴을 보고 있노라면 눈에 천불이 나지 않을 수 없었다. 그때마다 종표는 참고 또 참았다. 운전대를 잡든지 공사판에라도 나가는 것도 제 마음이 동했을 때 하는 거지, 아비로서 할 소리도 아닐 뿐더러 소용없는 간섭이었다. 그런데 이제 와서는 등 눕힐 집 하나 건사 못하는 애비가 되고 말았으니 더욱 할 말이 없게 된 것이다.

부엌일을 끝냈는지 모친은 다림질할 한복을 꺼내 놓고는 제니를 찾았다.

"날씨도 추운데 옷이라도 안 입히고, 아이구 털도 덜 말랐네."

모친은 드라이기를 찾아 천천히 솔질을 하면서 놈의 몸을 말렸다. 그러고는 손자더러 목걸이와 옷을 찾아오게 해서는 수건 반장만 한 빨간색 조끼부터 다림질해서 입혔다. 지금까지 익히 보아온 일임에도 오늘따라 별스럽게 민망스러워 종표는 고개를 돌렸다. 그는 아들에게 목욕이나 가지 않겠느냐고 물었다. 등이라도 밀면서 서로의 궁리를 털어놓는 것도 괜찮겠다 싶어서였다.

"아버지나 가시려면 가세요. 복잡하고 물도 깨끗하지 못할 건데요, 뭐. 그보다도 할머니께 들었는데 오늘 가보신 시골 말입니다. 전 그냥 해보는 말씀인 줄 알았는데 마음이 있으신 것 같다니 무슨 계획인지 모르겠네요. 없는 형편에 두 살림을 해서 어떡하려고 그러세요?"

"어차피 할 이야기니까 해야겠지. 술이라도 한잔할래?"

"아니 전 됐어요." 아들은 냉장고에서 주스 병을 찾았고 그는 마시다 남은 소주병을 내왔다. 베란다로 다림질할 옷을 걷으러 나갔던 모친이 부침개를 접시에 담아왔다. 제니란 놈이 빨간 공처럼 굴러와 아들 품에 안겼다.

"어디 사글세라도 얻어 나간들 지금 형편하고 달라질 게 없으니 시골 생각도 할 수는 있는 거 아니냐 하는 게 내 의견이다. 내일 모레라도 니가 취직을 하고 내가 무슨 장사라도 시작하지 않는 한 무어가 달라질 거냐 그 말이다. 니 취직자리 구하는 게 어려운 만큼 내가 무얼 시작하는 것도 그만큼이나 어렵다는 걸 알아야 한다. 밑천이 있는 사람은 있는 대로 겁나고 없는 사람은 없는 대로 시작하기 어려운 게 장사다. 니하고 내하고 중고차라도 한 대 사서 어느 아파트 앞에서 채소라도 팔아볼 결심이 아니라면 우리 형편에 지금 할 수 있는 일이라고는 아무것도 없다 말이다."

"어쨌거나 도시에서 다들 살아가고 있잖아요. 그리고 아버지 생각대로 시골 간들 뭐가 달라질 겁니까? 돈이 돌아도 도시에서 돌고 일이 있어도 여기에 있다는 게 중요한 거 아닙니까? 우리나라는 구조적으로 농촌은 못 살게 되어 있다 말입니다. 세상이 그렇고 정책이 그렇게 되어 있는데요, 뭐."

"니 말대로 시골에 들어간들 하루아침에 달라질 건 없지만 그래도 여기서 부대끼고 가슴 졸이는 거 보다는 낫고, 여기서 노력하는 것만큼은 거기서도 얻을 거 아니가. 니도 그런 생각이 드는지 모르겠는데 앞으로도 우리 형편이 어느 날 하루아침에 바뀌지는 않을 거다. 이제는 어지간해서는 큰돈을 벌 수가 없다. 세상이 허술한 데 없이 굳어졌다는 말이다. 니 동생은 제 돈 벌어 시집가는 정도고 니가 돈을 벌어도 그럴 거라 말이다. 우린 그냥 그만한 바닥에서 살게 되어 있단 말이다. 그리고 너는 시골 시골 하는데, 거길 가더라도 니야 당분간만 있을 거 아니가? 부산 나와서 알아볼 거 알아보고 만날 사람 만나면 되지 않나 말이다. 우체국 있고 전화 있으면 연락 안 될게 없고 또 부산까지 기차 타면 40분이다."

"허 참, 환경이 송두리째 바뀐다는 걸 아셔야지요. 그게 어디 보통 문젭니까? 저는 어쨌든 여기서 삐대야 취직자리도 빨리 찾을 수 있습니다. 그건 아버지가 분명히 아셔야 하니 더 이상 제게 강요하진 마이소. 또 아버진 할머니나 어머니도 생각하셔야 합니다."

아들은 주스를 마저 마시고 제 방으로 들어가 버렸다. 꼭 다방에 앉아 제 친구들 만나 그렇고 그런 이야기를 나누다 일어서는 꼴이었다. 종표는 그때까지 겨우 술 한 잔을 비웠을 뿐이었다. 어느새 옷을 갈아입었는지 아들은 현관으로 내려서고 있었다. 문을 열면서 아들이 던지듯 말했다.

"시골이고 뭐고 아버지는 어머니부터 찾아야 합니다!"

문 닫히는 소리를 듣고서야 모친이 한마디 했다.

"와, 아 마음 상하게 하노? 그리고 규식이 말이 틀린 거 하나 없다. 사람 사는 환경이 갑자기 바뀌어서도 안 되고 돈이 도는 곳에서 삐대야 한다는 말 말이다. 니 고집 하나로 식구들을 뿔뿔이 흩어지게 할 기가? 나는 규식이 밥은 해줘도 시골 가서 니 밥은 못해주겠다."

종표는 아무 말 없이 목욕가방을 챙기기 위해 일어났다. 모친이 밀쳐둔 자신의 두루마기가 그의 심사 그대로 형편없이 구겨진 채 눈에 들어왔다.

동생네 가족들이 오자 설렁했던 집 안에 활기가 돌았다. 조카들은 개를 데리고 놀거나 티브이를 보았고, 먹던 밥상은 그대로 술상이 되었다. 평소 때도 말이 적은 동생은 제 형의 형편이 그렇게 된 뒤로 더욱 말수가 줄었다. 마음먹고 도와주지 못하는 입장이 그렇게 만든 건지도 몰랐다. 명절 프로로 텔레비전은 요란스러웠고 조카들도 덩달아 웃어댔다. 상을 방으로 옮길 생각도 없이 형제는 앉은 자리에서 묵묵히 술잔만 주고받았다.

전화벨이 울렸을 때 종표는 잠깐 화장실에 가 있었다. 바쁘게 나온 그에게 동생이 전화기를 건네주며 말했다.

"원표 형인데 화가 좀 났네요."

그는 수화기를 들었다.

"형님, 제가 아무리 형님께 죽을죄를 지었다 하더라도 숙모님이 어머니께 이렇게까지 할 수 있습니까? 제가 무슨 뒷돈을 차고 앉은 것처럼 말씀하시면서 아버지 어머니가 호의호식한다니요? 저 때문에 아버지 병원에 입원하시고 어머니 심장병 도지신 건 집안사람이 다 아는 일 아닙니까. 그런데 호의호식한다는 소리까지 해서 못을 박습니까? 그게 나이 드신 동서분들 간에 하실 수 있는 말입니까? 그래도 내일이 설이라고 모처럼 전화 한 번 내었더니 어머니가 그냥 펑펑 우시는데, 제가 아무리 죄진 놈이지만 한 말씀 드리지 않을 수가 없네요."

"니 술 마셨나?"

"아닙니다."

"차압 들어온 거는 니도 이미 아는 사실일 테고, 날짜는 부득부득 다가오는데 방도라고는 안 보이니 환장할 노릇 아니가. 이달 말이면 며칠 남았노? 오늘은 시골까지 가보았다. 그러다 보니 어머니가 화가 나셔서 전화를 하신 모양이다. 어쨌거나 그 문제는 니부터 이해를 해라, 나도 대신동 가서 좋게 말씀드릴 테니까. 그래, 니 형편은 요새 어떻노?"

"숙모님 심정을 제가 왜 모르겠습니까? 백 번 이해를 하고도 남지요. 그래도 의 상할 말씀은 삼가야 한다 그 말입니다. 저는 조금씩 뭐가 잡힐 듯합니다. 조만간 해결할 수 있도록 해 보겠습니다. 참는 김에 조금만 더 참아 주십시오."

"믿고 기다리는 수밖에 없지만 내가 참 딱하다. 전화 붙들고 니한테 사정 이야기해야 하는 이 짓부터가."

"예, 예. 그럼."

사촌동생은 시작할 때처럼 바쁘게 전화를 끊었다.

"그놈의 자식, 지 한 짓은 모르고 어데서 전화질이나 하고 앉았노. 그래, 뭐라드노?"

모친이 방에서 나오면서 말했다.

"뭐, 그렇고 그런 말이지요."

"인천서 중국 제품 수입한다지요?"

동생이 말했다.

"기다려보는 수밖에 없지 어쩌겠노. 원수 지고 안 지고는 서로가 조심하기에 달린 거고."

술 한 잔을 비운 종표는 잔을 동생에게 넘기며 말을 이었다.

"내일 숙부 뵙기도 틀린 것 같다. 너도나도 도회지로 나올 때였으니까 어떻게 우리도 나왔다마는 나로서는 이제 막다른 골목에 온 것 같다. 시골서 농사 지으면서도 자식 대학 보내고 그럴 수 있어야 하는데 그런 길을 다 막아놓고 도회지로만 밀어넣었으니 언제고 일이 안 터지고 배기겠나. 니 형수 일이나 원표 일이나 다 그런 뒤끝이지. 부부도 갈라놓고 사촌도 갈라놓고 말이다. 게다가 고향도 아니고 그냥 시골 들어가는 일도 만만치 않게 되었으니 참 딱하구나."

"어머님은 저라도 모실 수 있지만 아이들이나 형님 내외분을 생각해 봐도 시골은 무리 아니겠습니까."

"여기서 버티기 힘드니 그 노력으로 시골 가자는 건데, 모두가 반대라니 답답하구나."

형제는 다시 술잔을 주고받았다. 종표는 벽시계를 한 번씩 보면서 내심 전화를 기다렸다. 낮에 받은 섬뜩한 그런 전화가 다시 걸려온다 하더라도 그중에서 아내의 목소리가 들려올 수도 있었다. 경주의 호텔에 근무하는 딸에게서 안부전화가 올 수도 있었다.

자정을 넘기고도 전화벨은 울리지 않았다.

조카들과 제수씨가 방에 먼저 들어갔고, 모친도 손자를 기다리다 "술 마시고 들어오더라도 그냥 둬라, 지 맘도 대다."라면서 들어갔다. 거실에는 형제만 남았다. 조카가 가지고 온 건지 테니스 공을 동생이 굴리자 제니란 놈이 바쁘게 마루를 미끄러져 달렸다. 빨간 조끼는 설렁하고 어지러운 거실에서 더욱 유난스러웠다. 그 짓을 몇 번 하던 동생이 하품을 두어 번 했다.

"너도 자거라."

종표는 베란다로 나가 담배를 피워 물었다. 자동차 소리와 바람 소리가 불빛을 타고 흘러들었다. 멀리 해안가 쪽으로 어둠에 파묻힌 공장 위로 굴뚝이 솟아 있었다. 온갖 허접 고철을 용광로에서 녹여 반듯한 새 철을 만들던 그곳은 이제 거대한 무덤덩이로 누워 있었다. 그렇지만. 종표는 하던 생각을 잇기라도 하듯 창문을 열었다. 유리창 한 장 너머에 도사리고 있던 찬바람이 밀려들고 쇳덩이 무덤으로 남은 공장과 그 너머 바다와 하늘이 맨살로 다가왔다. 맨 것 아니면 모두가 헛것이었다. 혼자 시골구석에서 돼지를 먹이든, 고물 트럭이라도 구해 생선을 팔든

부닥쳐야 했다. 언 손이라도 붙잡아 보면 제 몸에서 나는 열기도 빠르게 돌 것이었다. 자갈치 물양장에서 털보와 나누었던 손바닥의 따신 감각만은 오래 기억하고 싶었다.

테하차피의 달

1

〈5N—14N—58W—샌드캐년 ex—R—L—우체통—비포장—한글 안내판〉 호영은 지금 14번 노스(north)를 타고 있다. 운전대 옆에 놓인 쪽지에는 그가 찾아가고 있는 길이 적혀 있었다. 초행이라면 여기 사람들은 모두들 이런 식으로 길을 찾는데 아예 두툼한 지도책을 갖고 다니기도 했다. 프리웨이의 어느 방향으로 가서 어느 출구에서 내리느냐는 물론, 정지신호에서 좌회전이냐 우회전이냐에도 신경을 곤두세워야 한다. 하나라도 어긋나면 거기가 거기 같은 길을 한참이나 헤매야 했다. 그냥 엘에이라고 편하게들 부르지만 몇십 개나 된다는 자그마한 도시들이 한국의 경기도 면적만큼에 퍼져 있었다. 이곳에서 살려면 우선 길 찾는 데 이골이 나야 했다. 한인타운을 처음 벗어나 끊임없이 다음에 나타날 도로를 알려주는 안내판이 어지러운 프리웨이를 타 보고서야 참 지랄 같은 데에 왔다는 걸 그는 알았다. 그러나 욕은 하면서도 어쨌거나 맞추어서 살아야 했다. 서울에서 비행기를 탈 때부터 그랬지만 긴장과 피곤함이 가실 줄을 몰랐다.

지금도 호영은 조금씩 다급해지고 있었다. 14번은 한가한 길인데도 단속이 무서워 속력을 높이지 못하는 데다 시계는 벌써 7시였다. 넉넉잡아 두 시간 반 정도 걸린다는 말을 듣기는 했지만 아무래도 늦게 나선 게 문제였다. 누나에게서 전화를 받은 바로 그날, 오늘 오후부터 일요일까지 쉬겠다고 말해 두었는데도 사장은 성질부터 내더니 결국은 5시가 넘어서 그를 풀어주었다. 일손이 아쉬우면 돈이나 제대로 줄 일이지, 남의 약점 붙잡고는 아예 거저 먹으려고 덤비는 자였다. 호영은 이곳에서 〈카펫 샴푸〉라고 부르는 카펫 세탁공장에서 일하고 있었다. 무게도 무게지만 몇 년씩 묵은 악취와 먼지가 고약했다. 약품 냄새도 견디기 힘들었다. 그의 손은 사흘들이 껍질이 벗겨져 나갔다. 거기다 스팀 처리도 해야 하므로 실내온도는 언제나 사우나탕 수준이었다. 언제까지일지는 모르지만 당분간 그가 일할 수 있는 곳은 그런 데뿐이었다.

투덜대던 사장 말대로 시내에도 한국 사찰은 있었다. 하지만 작업장에 늘 켜두고 있는 라디오에서 지금 가고 있는 절 이름을 처음 들었을 때 이상스런 예감이 그를 끌어당겼다. 내가 저곳에 한번 가보게 되지 않을까? 그저께 아침 일찍, 누나의 전화를 받았을 때 호영은 그 절 이름이 떠올랐다. 어머니가 가까운 동네 절을 두고도 꼬박 한나절 이상이나 걸리는 곳엘 다녔다는 기억도 났다. 영험이 아니더라도 무언가 끌어당기는 데가 있다고는 믿어야 했다. 지금 찾아가고 있는 절이 어머니나 자기에게 꼭 그런 곳일 거라고 그는 애써 고집 부리고 있었다.

그는 속도계의 눈금을 확인하고 또 확인했다. 진작부터 발이 푹 빠지도록 액셀을 깊이 밟고 싶어 안달이 났지만, 어쨌든 순찰차를 만나지 않고 아무 일 없이 깨끗한 마음으로 절에 도착해야 했다. 그것이 오늘은 물론이고 여기 와서 그가 할 수 있는 최선이었다. 차는 방금 랭카스터라는 도시를 지났다. 뜨거운 햇빛에 주저앉은 듯한 낮은 건물들이 펼쳐져 있을 뿐이었다. 주위는 이제 확연한 사막이었다. 도로 옆으로 심심해빠진 철길이 놓여 있고, 며칠 잠깐 내린다는 겨울비나 기다리며 일 년 내내 땡볕 아래 버티는 거친 풀들만이 듬성듬성 나 있을 뿐 그냥 끝없이 텅 빈 땅이었다. 말라터진 모래흙만이 해 기운이 조금 남은 하늘로 뻗어 있었고, 가끔 흙덩이를 아무렇게나 쌓아올린 듯한 민둥산들이 띄엄띄엄 나타났다.

교차로에 다다르자 모하비라는 안내판과 58번이 보였다. 말로만 듣던 모하비 사막이 마을 이름으로 나타난 것이다. 주유소와 패스트푸드점 몇 개만이 삼거리에 흩어져 있었다. 저녁 공양은 이미 끝났을 테니 여기가 마지막 요기할 곳이었다. 그는 처음 보이는 햄버거 가게로 차를 넣었다. 그러나 우회전을 하자마자 브레이크부터 바쁘게 밟아야 했다. 좁은 주차장은 만원이었다. 삼거리를 지나 오른편으로 또 다른 햄버거 집이 보였지만 사정은 마찬가지였다. 차를 길가에 세운다 하더라도 치즈와 고기 한 조각 얹은 빵을 손에 쥐는 데는 몇십 분이 걸릴 것이었다. 절에 가면 무슨 수라도 생기겠지, 배고픈 중생을 부처님이 그냥 둘까. 58번 도로를 타면서 그의 눈은 더 바빠졌다. 어둠 속에 제 몸을 허무는 주위 풍광과 산 능선 위에 한 줄로 늘어선 거대한 바람개비, 풍력 발전장치도 보아야 했으며 무엇보다 샌드캐년 로드로 빠지는 안내판을 놓쳐서는 큰일이었다.

제법 오르막이다 싶은 길을 올라 두세 번 정도 구비를 돈 뒤에야 빠져야 할 입구가 눈에 들어왔다. 그는 우회전, 좌회전이라고 소리까지 내면서 핸들을 꺾었다. 그리고 우체통이 한꺼번에 모여 있다는 곳을 확인해야 했다. 그리고 비포장. 제대로 찾았다. 10여 개의 우체통들이 헤드라이트에 잡혔다. 불빛도 드문드문 흩어져 있었다. 테하차피. 어둠에 묻힌 불빛들을 보는 순간 그렇게도 외워지지 않던 지명이 입에서 절로 흘러나왔다. 그는 흙길 위에 차를 얹었다. 타이어가 받는 부드러운 탄력을 그는 기분 좋게 느꼈다. 미국 와서 처음으로 흙을 밟는 기분이었다. 자동차 불빛 하나가 그를 쫓아온 건 그때였다. 아, 절에 가는 사람인가. 그는 속도를 늦추고 뒤차를 앞으로 보냈다. 그 순간 엄청난 먼지가 헤드라이트 불빛을 가리면서 열어놓은 문으로 쏟아져 들어왔다. “저 새끼가!” 기름도 아끼고 길도 살필 겸해서 그는 에어컨도 끄고 문을 열어 놓았던 것이다. 미니트럭은 꽁무니에 먼지구름을 만들면서 저만큼 달아나 버렸다. 그는 창밖으로 침을 두세 번 내뱉었다. 부처님 뵈러 가는 놈이 저런 심보로 갈 리는 없었다. 수상쩍은 곳에 드나드는 유색인종들을 꼴 보기 싫어하는 동네 망나니일 것이다. 제발 화내지 말고 그냥 천천히 가자. 가까스로 손바닥만 한 크기의 두 군데 한글 표지판을 찾고서야 그는 불쾌함과 더불어 길 찾기에 대한 불안감을 완전히 지울 수 있었다. 먼지를 끼얹고 간 차는 어디로 기어들었는지 보이지 않았다. 이런 골짜기에 사는 미국놈이라면 바닥인생이겠지. 그는 마음대로 생각했다.

어둠이 하늘과 땅을 덮었지만 그래도 호영은 자신이 산속으로 접어들고 있다는 것만은 알았다. 그리고 잠시 뒤 불빛 앞으로 참으로 오랜만에 보는 건물이 다가오는 걸 보고서 호영은 잠시 감격하지 않을 수 없었다. 큰 한옥, 우선 그런 생각이 드는 건물 한 채가 조금 불안정하게 모습을 드러냈다. 불빛은 집 안이고 밖이고 어디에서도 새어나오지 않았다. 오직 자신의 숨소리와 길을 비추는 자동차 불빛뿐이었다. 그렇지만 길이 다한 제법 넓은 공터에는 차들이 세워져 있었다. 헤드라이트를 끄고 차에서 내리자 전혀 낯선 어둠과 공기가 그를 부드럽게 감쌌다. 하늘은 높았지만 달은 보이지 않았다.

절은 아직 공사 중인지 주차장과 건물 사이에는 통나무 두 짝이 다리 역할을 하고 있었다. 그는 유격 훈련하는 군인처럼 조심스레 다리를 건넜다. 그리고 시멘트 계단을 올라 문 앞에 섰다. 다른 문이 또 있는지 이게 출입문은 맞는지, 호영은 잠시 망설이다 문을 열었다. 낮은 촉수의 불빛 아래 식탁과 냉장고, 쌓여 있는 생수통과 쌀 포대가 보였다. 여기가 법당일까. 그는 잠시 정지된 다른 물상들처럼 그렇게 서 있었다. 사람들은 어디 있는가. 그는 또 다른 문을 찾아야 했다. 그는 맞은편 창 쪽으로 갔다. 밖은 그냥 깜깜했다. 실내에 들어선 뒤에야 바깥의 어둠을 실감할 수 있었다. 문이 보였다. 저 문 안에는 누군가 있고, 무슨 일이 있으리라. 그는 다음 일에 대해서는 아무 준비도 없이 문을 밀었다. 적막과 흐릿한 어둠에 묻혀 속 빈 포대 같은 사람들 형상이 자리하고 있었다. 호영은 저거다 싶었다. 나도 저들처럼 저 모양이 되어 어머니에게 빌어야 한다. 어머니의 극락왕생을 빌어야 한다.

2

문은 언제나 열렸다. 토막잠이든 깊은 잠이든 그는 언제나 문 열리는 소리를 듣고 있었다. 그때마다 매번 아내도 딸도 아닌 아들이 들어서곤 했다. 한동안 그는 문을 잠그지 않았다. 문 앞까지 와서는 초인종 누르는 걸 망설이다 끝내 돌아서버리는 아들의 모습이 그려졌기 때문이다. 그냥 가만히 밀기만 하면 문은 소리도 없이 열리고 그러면 아들은 안심하고 어제도 열었고 그제도 열었던 문을 밀고 들어와 조용히 제 방으로 올라갈 것이었다.

문이 열리기 전부터 남시우는 문이 열리리라는 걸 알고 있었다. 그리고 문이 열렸다. 그는 감겨오는 눈을 크게 뜨고는 가물거리는 의식을 꼬집으며 그쪽을 바라보았다. 법당으로 들어오는 문이 열리고 누군가 서 있었다. 문을 열고 들어선 아들은 언제나 빛에 싸여 있었다. 처음 한동안 아들은 가만히 손을 저으면 부서져 내릴 것같이 얇고도 미세한 저녁 해가 쏟아지는 역광에 싸여 있었지만, 문이 열릴 때마다 점차 탁하고도 두터워지면서 장막같이 드리운 그 빛의 하나가 되어 흐리고 작은 모습이 되었다. 너비도 두께도 알 수 없는 그 장막을 손톱 밑은 물론 열 손가락 전부가 피멍이 들도록 휘저어 뜯어내고 나면, 아들은 온몸을 하얀 붕대로 칭칭 감은 채 초점을 모으지 못하는 풀어진 눈으로 문고리를 잡고 멍하니 서 있었다. 그러나 더 미칠 일은 아들 이름을 부르며 달려갈 때마다 아버지라고 한 번 부르는 일도 없이 아들은 손만 내민 채 어둠 속 어디론가 빨려 들어가 버리는 것이었다. 그리고 그때쯤 그의 손이 붙잡고 있는 것은 땀에 젖은 자신의 가슴팍이거나 다리, 아니면 머리였다. 아들은 언제나 몸과 마음을 다친 그런 모습으로만 나타났다. 그토록 소망했던 명문대학 세 곳의 입학 허가서를 흔들며 뛰어드는 일은 단 한 번도 없었다. 남시우는 머리를 흔들었다.

그는 불상의 왼편, 부엌방을 향해 앉아 있었다. 그 혼자만이 문 앞에 붙어선 사람을 보기라도 한 듯 실내에는 어떤 미동도 일어나지 않았다. 그는 자신이 해야 할 일이라는 듯 새로 들어선 사람을 향해 자리를 잡고 앉으라는 시늉을 턱짓으로 했다. 용케도 자신의 움직임을 보았는지 아니면 어둠에 익숙해졌는지 새로운 객은 자기 바로 옆의 빈 방석을 찾아 앉았다. 바깥에서 묻혀온 후터분한 공기 이상의 숨 가쁨과 허덕댐이 끼쳐왔다. 토요일 오후 늦게까지 일하고 서둘러 나선 걸음이겠지. 하늘을 들었다 놓았다 해야 할 선방(禪房)에 턱 밑까지 숨이 차도록 허덕대는 사람들만 찾아들다니.

그는 마음을 미리 먹은 터라 일찌감치 출발했다. 수시로 흩어지는 집중력 때문에 장거리 운전은 신경이 쓰였다. 저수지가 내려다보이는 주차공간에서 한동안 쉬고 난 다음에는 팜데일로 들어가 점심을 먹었다. 프리웨이에서는 비상상태가 아니고서는 갓길에 차를 세울 수 없었다. 그에게 남은 건 무덤 속 같은 시간뿐이었다. 얼마 되지 않는 돈이지만 그걸 까먹고 쉬는 일뿐이었다. 그리고 아들을 기다리는 일, 죽지 않고 숨을 잇고 있음은 아들에 대한 기다림 때문이었다. 저 젊은이는 어둠길을 나서게 한 누군가가 밉든지 먹고사는 일에 허덕여야 하는 자신에게 화가 나겠지. 죽을병이 들기 전에는, 그리고 기다림 때문에 죽지 않고 살아야 하는 사람이 있다는 걸 안다면 그 허든거림이 얼마나 다행인지를 알 텐데. 누구도 제 자리에서 자신의 현재 위치를 헤아릴 수는 없는 것이다.

남시우는 눈을 질근 감고 맞댄 엄지손가락 끝에 힘을 주었다. 그는 어깨가 떡 벌어졌음에도 앉은 모습이 형편없이 옹졸해 보이는 옆 사람에 대한 관심을 거두었다. 문이 열리고 사람이 하나 더 늘어도 법당 안은 그대로였다. 소리도 움직임도 없었다. 남시우는 다시 바닥으로 눈을 내리깐 채 나뭇결을 붙잡았다. 부처 만나러 온 것도 절 보러 온 것도 아니었다. 무념무상으로 이 놈의 대청마루나 뚫어지게 쏘아보러 온 것이었다. 그는 근년 들어 어디에도 집중할 수가 없었다. 조금 전 일도 깜빡깜빡하기 일쑤였다. 송곳으로 찌르는 듯한 두통은 주기도 없이 잦아졌으며 잘 때는 물론이고 가만히 앉아 있는 한낮에도 땀이 옷을 적셨다. 단골로 가는 내과를 거쳐 한의원을, 다음에는 한인 병원으로서는 제일 크다는 종합병원을 찾았지만 시원한 말을 들을 수는 없었다. 처음에는 아들 문제 때문일 거라고 생각했지만 신경쇠약 증세와는 확실히 달랐다. 그때서야 그는 남가주 대학병원에서 종합 검사를 받았다. 알 수 없는 원인에 의해 점진적으로 뇌 손상과 임파선 파괴, 그리고 하반신 마비가 오고 있다는 진단이었다. 그는 자신의 월남참전 경력에다 고엽제 얘기를 미리 말해두었지만 의사는 그가 한 번도 들어보지 못한 도시에 있다는 육군병원을 들먹일 뿐이었다.

남시우는 또다시 끓어대는 가래와 가빠지는 숨소리가 다른 이들의 귀를 울릴까봐 힘들게 날숨과 들숨을 조절하느라 애를 먹고 있었다. 새로 앉은 사람 쪽에서는 꼴깍 하고 침 넘어가는 소리가 자주 들려왔다. 혀를 입천장에 대고 입을 가볍게 다물어야 한다지만 자신의 호흡은 여전히 불규칙했다. 하기야 결가부좌를 제대로 틀고 앉지 못한들, 코와 배꼽이 일직선이 안 되든, 눈을 감든 뜨든 그게 다 무슨 소용인가. 법당 바닥만 내려 보다 자기가 앉아 있는 곳이 똬리 튼 독사 바다 위인 줄 알고 비명이라도 지르는 게 차라리 나을 것이었다. 혹시 안광이 나무판대기를 박살내기라도 한다면, 두통이 한순간에 녹아들지는 않을까. 하지만 벌써부터 그는 생머리가 패여옴을 느끼고 있었다. 바늘이다가 끌이 되고 나중에는 도끼로 머리를 쪼개는 듯한 두통. 안 돼, 차라리 지옥 같은 참호가 낫다. 거기서 의식을 완전히 놓아버릴 수만 있다면. 운 없이 깨어난다 해도, 살점과 뼈 속에 쇠조각 몇 개가 박히고 다리 하나를 잃는다 해도 지금보다는 나으리라. 그는 견딜 수 없는 두통에 쫓겨 맹렬하게 전쟁터로, 그 비 내리는 어둠의 정글로 기어들고 있었다.

중대장이 새로 지시한 위치에 급하게 호를 파고 들어앉았지만 몇 시간째 퍼붓고 있는 비 때문에 참호는 아무리 파도 몸을 웅크린 그 높이밖에 되지 않았다. 좌표 확인이 마음에 걸렸지만 그 의심을 털어낼 수 있는 시간은 없었다. 보이는 건 이제 아무것도 없었다. 총소리만이 정면과 후면을 겨우 확인시켜주는 상황에서 아군 포가 떨어질 시간은 급하게 다가오고 있었다. 소대

간격을 좁힐 시간도 없이 중대는 고립되었고 시간을 끌수록 전멸의 확률도 높아만 갔다. 중대장은 십자화(十字花)를 요청해 놓고 있었다. 더구나 그가 이끄는 소대는 중대의 가장 정면에 빠져나와 있었다. 중대가 반경 3킬로 거리에 지그재그로 퍼져 있었기에 무턱대고 뒤로 물러났다가는 우군의 사격을 받을 수도 있었다.

"대가리 내밀지 말고 그냥 갈겨!" 그의 목소리는 빗소리에 이내 묻히고 말았지만 그런 고함이라도 질러 부하들은 물론 자기 마음도 잠시 편하게 하고 싶었다. 백병전 없이 그냥 포로써 모든 게 끝나주길 그는 간절히 기도했다. 갓 부임한 소대장과 작전 나가는 걸 병사들이 가장 두려워한다는 사실을 그도 잘 알고 있었다. 사관학교 나왔다는 자부심은 물론, 명령불복종에 대한 즉결 처분권까지도 그런 불신을 없애주지는 못했다. 그는 어쨌든 이 첫 번째 작전에서 자신의 안전은 물론 부하들도 잘 지키고 싶었다. 지척을 분간할 수 없는 어둠 속이지만 분명 코앞으로 다가오고 있는 적의 술렁임을 읽고 있을 무렵 포탄이 터지기 시작했다. 포탄은 그의 소대원들이 머리를 처박고 있는 참호 바로 앞에서 그리고 바로 뒤꽁무니에서도 떨어졌다. 섬광 속에 물기둥과 나무 둥치들이 하늘로 튀어 올랐다. 그는 포탄이 머문 아주 짧은 틈을 타 소리쳤다. "옆으로! 옆으로!" 하지만 그의 명령은 불필요했다. 부하들은 벌써부터 제각기 어디론가 기고 있었다. 그가 활처럼 허리를 굽힌 통신병의 어깨를 내리치며 "나가자!"라고 말했을 때 포 한방이 고개를 돌려 물러날 곳을 찾고 있는 바로 그의 눈앞에서 작렬했다. 그는 머리를 물구덩이 속으로 처박았다. 나무 등걸인지 돌덩이인지 묵직한 그 무엇이 몸을 덮어오는 걸 느끼면서 그는 의식을 잃었다.

"딱! 딱!" 천지를 울리는 소리에 남시우는 후딱 고개를 들었다. 길고도 깊은 잠에서 깨어난 기분이었다. 벌써 두 번째였다. 이번에도 그는 깨어 있는 상태에서 죽비 소리를 듣지 못했다. 주승이 먼저 일어나고 나머지 불자들도 몸을 일으켰다. 늦게 온 젊은이도 남의 눈치를 보면서 몸을 일으켰지만 남시우는 금방 일어나지 못했다. 두통이 사라지자 허벅지 아래로 그놈의 마비 현상이 왔다. 그는 눈가를 타고 흐르는 땀을 손으로 훔쳐내고는 겨우 뻗은 다리를 주물렀다.

3

이제 한 번 남았다. 죽비가 울렸을 때 그 생각부터 들었다. 고작 30분 동안이지만 꼼짝없이 방석에 엉덩이를 붙이고 앉아 있는 짓도 못할 노릇이려니와 달려드는 갈증을 참지 못해 민성태는 미칠 지경이었다. 스님을 선두로 모두들 밖으로 나갔다. 그는 꽁무니에 붙어 섰다. 쥐가 났는지 다리를 주무르고 앉은 사람을 그냥 지나쳐 부엌방에서 멈추었다. 냉장고 속의 생수 한

통을 허겁지겁 마시고서야 그는 밖으로 나왔다.

앞 시간에도 그랬지만 사람들은 모두 발꿈치를 살짝 치켜들고 법당을 돌고 있었다. 가부좌를 틀었던 다리를 푸는 방법이라고 했다. 그는 열 개의 발가락 끝에 힘을 준 채 발꿈치를 한껏 치켜들고 걸을 수가 없었다. 발가락 하나를 잘랐다는 걸 절간까지 와서도 확인해야 한다니 고약했다. 오른쪽 발가락 네 개가 곰지락거리면서 비어 있는 그놈의 자리를 기어이 확인하고 말았다. 엄지발가락 하나를 잘랐다는 사실이 환기될 때마다 되풀이되는 버릇이었다. 어금니 하나 없다고 음식을 못 씹는 게 아닌 것처럼 걷거나 서는 데 지장은 없었다. 다만, 빠진 이 쪽으로 다른 이들이 쏠리는 것처럼 자신의 삶은 균형을 잃고 말았다.

민성태는 고개를 흔들었다. 아무 생각 없이 그냥 앞사람을 따라 법당을 몇 바퀴 돌고 싶을 뿐이었다. 지나간 자신의 인생이 이 깊은 산중 어둠에 묻힌 풀 한 포기보다 못하기에 야기(夜氣)에 묻혀 버리고 싶었다. 바람은 없었지만 뚝 떨어진 기온이 제법 상쾌했다. 그는 참았던 숨을 맘껏 내쉬기라도 하듯 제법 어깨를 펴고 수묵화같이 솟은 산을 바라보며 뒷사람을 따랐다. 모양 없이 찌그러진 달은 그나마 구름에 가려 있었다. 적막하기는 낮이나 밤이나 한가지겠지만 그래도 어둠에 묻힌 산을 보노라니 마음이 조금 느긋해지는 것 같기도 했다. 하지만 서늘한 밤공기는 이내 한 모금 술 생각을 불러오면서 어쩔 수 없이 그는 홈리스의 근성, 자신에 대한 저주로 빠져들고 있었다. 그에게는 뜨거운 해와 달구어진 땅과 메마른 공기가 훨씬 익숙했다. 이 땅에 온 이후로 그는 언제나 드라이 작동을 막 멈춘 세탁기 속의 열기에 갇힌 듯한 삶을 살아왔다.

정착한 처음 몇 달이 중요하고 한국 사람을 조심하라는 것, 그런 걸 모르고 이민생활을 시작하는 사람은 없었다. 그도 그랬다. 재봉기술이 있는 아내는 공장에서, 그는 대형 한국마켓의 생선부에서 일자리를 구했다. 뭉칫돈도 특별난 기술도 없는 그들로서는 그렇게 시작할 수밖에 없었다. 밤낮없이 일에 몰려 살 때에는 문제될 게 없었다. 부부관계를 서너 달 넘게 하지 않아도 그게 탈이 되지는 않았다. 그렇게 몇 년을 살고 있는데 자신이 떠나올 때는 눈 하나 깜짝 않던 모친이 땅을 두고 티격태격하던 형님 내외와 완전히 틀어졌는지 재산을 정리해서 들어왔다. 살던 곳이 도시에 편입되면서 밭이 돈이 되었던 것이다. 그즈음, 번듯한 가게 하나 장만하는 게 소원이던 그들에게서 돈 냄새를 맡았는지 처고모 되는 이가 은퇴할 나이가 되었다면서 자신들이 해오던 가게를 인수하지 않겠느냐고 권했다. 여기서 리커스토어라고 부르는, 술과 일반 잡화를 파는 편의점은 세탁소와 더불어 한인들이 가장 많이 달려드는 사업이었다. 평소에도 가끔 들르는 곳인 데다 처고모가 순전히 그 가게 하나로 아이들 셋을 대학까지 보냈다는 걸 알고 있었으니 괜찮은 장소임에는 틀림없었다. 흑인이 많이 드나드는 가게지만 그동안 큰 사고도 없었고 리스 기간도 4년이나 남아 있었다. 그렇다고 전 재산을 덜컥 들이밀 수는 없었다. 다른 가게들의 시세와 비교도 해보고, 구입을 하더라도 신용조사와 계약을 대리해주는 회사를 통해서 하면 어떨까 아내와 의논 중이었는데, 그 말이 어떻게 흘렀는지 처고모가 싫은 소리를 했다. "어이구 민망해라, 남하듯이 할 바에야 군이 왜 너희에게 넘기겠니. 받을 거 다 받고 마음 편케 남에게 넘기지." 그 뒤로는 귀신에 홀린 듯 일이 쑥쑥 진행되었다. 물품 값은 물론, 장사를 오래 해서인지 은행융자가 많지 않아 현금지불이 많은 데다 남보다는 좋은 조건이라면서도 다섯 달치 매상의 권리금도 일시불로 요구했다. 은행 창구 직원이 고개를 갸우뚱거릴 정도로 통장은 단 이틀 사이에 홀쭉해졌다.

한 달 정도는 나와서 고객들을 관리해 주겠다던 약속은 몸이 아프네, 볼일이 있네 하면서 일주일도 지켜지지 않았다. 그러면서 툭 하면 하는 말이 홍정할 필요가 없는 장사는 벙어리도 한다는 것이었다. 영어가 별로 필요하지 않다는 게 편의점을 하게 되는 이유일 텐데, 말이라는 게 바코드에 찍힌 대로 계산하여 종이봉투에 싸줄까 비닐 백에 싸줄까 하는 걸로 끝나는 게 아니었다. 사람과 얼굴을 맞대고 하는 일이니 날씨든 데리고 온 개에 관해서든 어떤 말이든 오가지 않을 수가 없었다. 아내도 그렇고 자신도 영어 한 마디 안 하고도 지낼 수 있는 곳에서 일해왔기에 영어가 늘 기회가 없었다. 영어가 모자란다는 게 업신여김을 당할 수 있는 첫 번째 조건이 된다는 걸 알면서도 어쩔 수 없는 노릇이었다. 아이들이 먼저 깔보고 물건을 집어가면서 시비가 붙었고, 아예 작정하고 들어오는 젊은 놈들까지 생겼다. 어른들도 껌 한 통 사가면서도 실실 웃으며 큼직한 종이봉투를 가리켰고 한 컵 정도 남은 우유를 들고 와서는 배탈이 났다고 시비를 걸어오는 놈도 있었다.

그날은 중학생이나 될까 말까 한 세 놈이 들어와 물건을 들고 튀는 걸 뒤쫓았다. 겨우 한 놈을 붙잡아 부모에게 돈을 받고 돌아오니 오른쪽 엄지발가락이 아팠다. 못에 찔렸는지 피가 흥건했다. 약을 바르고 마이신 몇 알을 먹었다. 발가락은 그 뒤로 아프다 말다를 되풀이했다. 생각나면 약을 바르고 항생제를 먹었다. 그러던 어느 날 단골로 오는 늙은이 하나가 이런 말을 했다. "네 가게 앞으로 하수구 확장 공사한다는 걸 아느냐. 좀도둑 몇보다 그게 더 큰일이다." 무슨 말인가 했더니 가게를 인수하기 전부터 계획이 발표되었고 공사는 전화 케이블을 동시에 묻으면서 일 년 넘게 걸린다는 거였다. 혹인 늙은이는 이런 말까지 했다. "일 더디게 한다는 거는 너도 알지. 일 년이라면 이 년 보면 된다. 주차장 쪽으로 철판은 깔겠지만 조심스러워서 어디 오겠느냐. 그리고 걸어서 오는 사람들도 공사판은 피한다. 너 큰일 났다."

그 말을 듣고 옆 가게들을 살펴보니 도넛 가게와 미용실이 며칠 간격으로 문을 닫고 있었다. 늙은이의 말은 사실이었다. 가게를 시작한 지 석 달도 안 되어 공사가 시작되었고 그달치 매상이 당장 절반으로 줄었다. 당연히 처고모를 찾았지만 공사 이야기는 처음 듣는다면서 시치미를 뗐다. 가게는 아내에게 맡기고 그는 이리저리 뛰어다녔다. 아는 이를 통해 그이의 친척 된다는 변호사를 만났다. "가게를 넘긴 사람이 공사가 예정되어 있음을 알고도 그 사실을 사전에 알리지 않았다면 손해배상을 받을 수 있다. 리스 기간과 렌트비는 영업권을 살 때 인수받은 계약에 따른다." 그 두 마디 듣는 데 몇백 불이 들었음은 물론이다. 흔해빠진 게 변호사이고 그만큼 재판이 흔한 곳이 미국 땅이었다. 또 다른 사람은 여기 재판은 시간이 오래 걸리니 적당한 선에서 손해 보상금을 받는 게 좋을 거라고 했다. 아내와 같이 다섯 번, 아내 혼자 세 번, 자기 혼자 세 번을 찾아갔지만 처고모는 꿈쩍도 하지 않았다. "공사야 언제 어디서든 할 수 있는 건데, 그게 가게 넘긴 우리하고 무슨 상관이야? 분명히 나는 기억하는데 처음 얼마간은 고생할 거라는 얘기를 했다. 그게 그 말 아니냐. 십 년 세월 검둥이들 바닥에서 쓸개 내놓고 단골 잡은 데다 목 좋은 곳을 그래도 핏줄이라고 남보다 좋은 조건에 넘겼는데 이제 와서 생트집을 잡아! 마음을 바꾸어라. 그만한 시련은 물 다르고 말 다른 이곳에선 누구에게나 닥친다. 내 너희들을 위해 기도하마." 처고모는 교회집사였다.

매상은 날이 다르게 줄어드는 데도 월세 내는 날은 여지없이 다가왔다. 세들 사람 없이 리스 기간을 다 못 채우면 남은 기간의 월세를 현재 세든 사람이 물어내야 하기 때문에 재판이 끝날 때까지는 죽이 되든 밥이 되든 가게를 꾸려야 했다. 싸움은 부부간에 고부간에 수시로 터졌다. "남의 집구석을 말아먹으려고 작정을 했지. 이건 악질 중에도 상악질이다! 에미 니가 그 돈 못 받아내고 어째 이 집 식구라고 밥숟가락을 같이 들 수 있겠노!"

매일같이 입술이 허옇게 마르고 몸이 바짝바짝 여위어 가는 판에 발가락의 화농이 심해갔다. 그렇지 않아도 매일 밤마다 술이라 통증은 참지 못할 지경에 이르렀다. 결국 병원에 갔더니 의사는 혀를 차면서 발가락을 지금 당장 잘라야 한다고 했다. 발가락 하나 떼 내는 거야 십 불짜리 한 장보다도 아깝지 않았지만 그 뒤가 문제였다. 진통제 과다 복용으로 위가 탈이 난 것이다. 병원을 드나들 의욕도 돈도 없었다. 아내는 벌써부터 다시 봉제공장에 나가기 시작했고, 하루 종일 손님 서너 명 드는 날도 있는 가게를 술병이나 축내며 지키는 가운데 지루한 재판이 시작되었다. 이렇게 망해도 그만 저렇게 망해도 그만인 판이었다. 재판이 시작된 지 일 년 만에 화해신청이 들어왔다. 남은 리스 기간의 월세를 제외한 모든 금액과 변호사 비용을 돌려주겠다는 조건을 거부하기에는 수중의 돈도 배짱도 다 소진되고 없었다. 그 돈 가지고 청산할 거 하고 이미 아이들과 나가 살기 시작한 아내와 다시 반을 나누니 몇 년 치 아파트 월세 값만 겨우 남았다. 노모를 위해서라도 닥치는 대로 일을 하고자 했지만 몸과 마음은 이미 망가질 대로 다 망가져 있었다.

그리고, 그리고 민성태는 물결같이 밀려드는 과거를 막아보기라도 하듯 세차게 고개를 흔들었다. 걸음이 늦었는지 앞사람은 보이지 않았다. 그로서는 다시 법당으로 들어가도 그만 들어가지 않아도 그만이었다. “일 년에 한 번을 갔든 두 번을 갔든 그래도 절에 가던 사람이 겁도 없이 예배당을 왜 나갔노! 그게 사단이라!” 이민생활이라는 게 먼저 와서 끌어주는 사람 따라가게 되어 있었다. 사이가 벌어지고서야 발길을 끊었지만 그들 가족은 처고모가 나가는 교회에 나갔다. 그걸 두고 어머니는 말도 안 되는 원망을 퍼붓기도 했다. 무의탁 양로원에서 숨을 거둔 어머니의 뒤처리를 하러 갔을 때 같은 방의 할머니 한 분이 이런 소리를 했다. “살아서는 못 볼 거고 죽으면 혹시 찾아올까. 그러면 절에나 가서 마음에 든 병이며 몸에 든 병 다 고치라 하소. 이 사람아, 그렇게 내게 말하데.” 온갖 쓰레기들이 다 모인다는 맥아더 공원에서 새벽에 눈이 떠지면 이가 다 빠져 옴죽거리던 노파의 그 낮은 목소리가 한 번씩 들려왔다. 시내에 있는 절들은 가정집들처럼 저녁이 되면 문을 걸어 잠그는 데다 낮에도 출입자를 가릴 때가 있었다. 신문에 태고사라는 절이 소개되어 있는 걸 보고는 민성태는 무턱대고 그 면만 접어서 호주머니에 넣고 다녔다. 그리고 며칠 전부터 사막으로나 들어가 버리자는 막된 심정에 시달리다 버려지다시피 한 차를 훔쳐 이리로 온 것이다.

그런데 가는 날이 장날이었는지 매일 그렇게 하는 곳이었는지 예불과 좌선만이 계속되고 있었다. 참을성이란 참을성은 모조리 다 박살나버린 그로서는 견디기 힘든 일정이었다. 그렇다고 식당에 우두커니 앉아 있을 수도 없었을 뿐더러 방구석에 혼자 자리 펴고 누워 있을 분위기는 더욱 아니었다. 필요하지 않은 곳의 불은 다 끈 채 귀신 같은 침묵 속에 빠져 있는, 그런 이상한 절에 찾아든 것이다.

민성태는 자기도 모르게 한숨을 내쉬었다. 어느새 혼자 남아 있었다. 그는 다시 밀려드는 갈증과 같이 가슴 저 바닥에서 치밀어 오르는 분노를 재우기 위해 걸음을 멈추고 하늘을 쳐다보았다. 무섭도록 광활한 하늘에 구름 몇 조각이 흐르고 있었다. 그때, 정말 여기가 괜찮은 곳이라는, 앞뒤 없는 생각이 달려들었다. 여기도 결국 사막의 한 자락일 것이었다. 잠들지 않은 늑대와 뱀들이 가만히 엎드린 채 날카롭게 먹이를 살피고 있을 어둠이 마음에 들었고 한번 들어서면 다시는 헤어나오지 못할 것 같은 겹겹으로 이어진 산줄기도 마음을 당겼다. 지금 이대로 사라져 깜깜한 저 산속으로 기어든다 해도 누구 하나 알 리 없었다. 찾을 사람도 없었다.

그는 차를 세워둔 곳으로 걸어가기 시작했다. 술 한 모금, 그리고 깊이 모를 아가리를 쳐들고 있는 어둠 그 어딘가에 머리를 디미는 것, 그 두 가지가 지금 당장 조급한 그의 마음을 세차게 끌어당겼다.

4

무엇이 제대로 보인다거나 그렇지 않다는 것의 차이가 별 게 아니라는 걸 이제야 알겠다. 보자고만 든다면 밝거나 어둡거나 보아야 할 것은 눈에 다 잡히는 것이다. 토요일 오후, 그것도 이름난 공원이나 다른 도시로 가는 길도 아닌 프리웨이로 접어들자, 모든 것이 한껏 적적했다. 달리는 차들의 속도조차 뜨거운 사막 속에서는 실감이 없었다. 단단히 마음먹은 듯이 한참씩 떨어져 앉은 집들을 지나 절에 들어서서도 달라진 것은 없었다. 목적지를 찾았다는 반가움도 잠시 처음 만난 공양주가 그에게 한 말은 딱 두 마디, 그것도 지시에 가까웠다. "용맹정진 중이라 예불과 좌선이 내일 오전 법회 때까지 계속됩니다." "짐은 아래층 오른쪽 방에 놓으시고 6시 저녁예불에 참석하세요." 대웅전은 갓 대들보를 올린 듯 나무 기둥과 지붕 모양만이 어설프게 들어왔고 착암기의 굉음만이 주위를 흔들고 있었다. 하지만 그 소리도 귀에 익자 광활한 하늘과 계곡이 빚어내는 적막 중의 하나에 지나지 않았다. 곧 저녁예불이 시작되고 그게 좌선으로 이어지는 동안 더위를 걷어내는 어둠이 덮였지만 보이는 거나 보이지 않는 거나 매양 똑같았다. 모든 게 지극히 단조로웠다. 촉수 낮은 불빛 아래 드리운 건조한 어둠도 이제 제 눈처럼 익숙해져 버렸다.

차상열은 방석에 앉았다. 마주보고 앉았던 사람의 자리가 비었다는 걸 알았지만 신경 쓸 건 없었다. 도대체 예불할 때 말고는 목소리라고는 한 마디 나오지 않은 채 몇 시간이 흘렀으니 침묵처럼 형상도 익숙했다. 다만 앞서도 그랬지만 방석을 두 개나 포개어서는 무릎은 모으고 두 발은 한껏 벌린 채 반쯤 꿇어앉은 자세의, 어쩌면 말 타는 자세 비슷한 미국인 남자의 모습은 이번에도 놓치지 않았다. 옆자리의 부인인 듯한 이는 한국사람이었다. 다른 인종과 사는 한인들도 많겠지. 모든 건 익숙해진다. 상열은 거기서 멈칫했다. 미국에 들어온 후로 자신이 이곳에 모든 걸 맞추어 보려고 타울대고 있다는 생각이 들었기 때문이다. 알고 있거나 익숙해졌다고 여긴 관습이나 법규도 제 몸처럼 만들려다 보니 낯설고 서툰 게 한둘이 아니었지만 어쨌거나 애쓰고 있기는 했다. 흔한 말로 로마에 가면 로마의 법을 따라야 했기 때문이다. 그렇지만 아무래도 적응하기 어렵겠다 싶은 게 딱 하나 있었다.

부지런해야 먹고 산다는 사실. 이치로야 한국과 다를 바 없겠지만 그 정도가 엄청났기에 생각해 보지 않을 수 없는 문제였다. 몇 차례 들락거리면서 그런 걸 모르는 바는 아니었지만 막상 이곳에서 살기로 마음먹고 찬찬히 살펴보니 겁이 날 지경이었다. 자그마한 무역업체에서 일하는 제수는 여전히 새벽 6시에 나가 저녁 7시에 들어왔고 아버지에게서 자동차 정비 기술을 배운 동생 역시 한마디로 하루 종일 일했다. 엘에이 아래쪽 오렌지카운티에 사는 막내나 동부에 사는 여동생도 다를 바 없었다.

어려서부터 미국 땅에 살면서 그렇게 일해 온 부모님을 보고 자랐으니 동생들에게는 익숙한 생활리듬이겠지만 그로서는 엄두가 나지 않았다. 그들 가족뿐 아니라 한인 이웃들이 다 그렇게 살 것이었다. 한국에서도 다들 바지런히 살기야 하지만 월급쟁이든 자영업이든 이곳이 더 빠듯하다는 걸 다시 한 번 확인한 셈이었다. 관습이라기보다는 이곳의 사는 법칙이거나 경제구조였기에 가장 현실적인 고민일 수밖에 없기도 했다.

자신도 그렇게 살아야 하는지 어쩐지는 매달 10일에 발표되는 영주권 문호개방에 달려 있기도 했지만 그는 아직 마음을 정하지 못하고 있었다. 반 어둠의 단조로운 시간 속에 오래 앉아 있는 동안 모든 것은 익숙해진다고 속으로 되뇌고 있는 것도 실은 그런 자신에 대한 다짐이거나 위로인지도 몰랐다.

그는 명예퇴직을 하고 보름 만에 미국에 왔다. 퇴직 소식을 듣고 어머니는 불같이 독촉했다. "이젠 오면 되겠구나. 이왕 올 거 하루라도 빨리 와서 살 궁리를 찾아라!" 아내도 서둘렀다. "당신 혼자라도 우선 나가서 이것저것 좀 살펴봐요." 가족 모두에게 그의 퇴직은 반가운 기회였다. 그는 한동안 뜸했던 이민 온 친구들도 만나고 뉴욕에서 화장품 가게를 열고 있는 누이 집엘 다녀왔으며 한 보름간은 아버지 병 수발을 들었다. 와서 무슨 일을 할 것인지, 군대 간 아들놈은 한국에서 학교를 끝내야 할지, 집은 우선 아파트 렌트를 하는 게 나을지, 그런 문제보다 마음 깊이 다가온 건 아버지의 병환이었다. 천식 증세가 있다는 것은 알았지만 그동안 병이 깊어져 있었다. 더 사셔야 되겠지만 돌아가신 다음에 어떻게 하느냐도 걱정이었다.

그는 아버지를 병원에서 모셔오던 날, 바로 밑의 동생 가게로 찾아가 슬쩍 물어보았다. "언젠가는 닥쳐올 문제라서 하는 말인데, 장지 문제에 대해 이야기하신 적이 있니?" 확실하게 의논이 된 건지 아니면 무의식중에 나오는 말을 내뱉는 건지 동생은 쉽게 대답했다. "여기죠 뭐." 그 말을 듣는 순간 고향 선산이 언뜻 눈에 스치면서 동시에 한인신문에서 보았던 부고가 떠올랐다. 향년 몇 세를 일기로 하나님의 부르심을 받아 소천하셨기에 입관예배는 언제 어디서, 장례예배는 어느 메모리얼 채플에서, 집례는 누구라는 정해진 문구였다. 부고를 내든 안 내든 이곳에 사는 사람들의 장례 형식이 대부분 그럴 것이었다. 아침 산책을 조금 멀리 나가면 공동묘지가 있었다. 얼른 보아서는 잔디와 나무들만 늘어선 아주 조용하고 한가한 공원일 뿐이었다. 그는 한국과의 문화 차이를 알고 있었음에도 불구하고 어쨌거나 허탈했다. 이민이 사후까지 결정짓는다는 사실로 다가왔기 때문이다. 자신이 영주권을 얻지 않는다면 아버지와 다른 땅에 눕게 된다는 것도 장남인 그의 소견머리로서는 신경 쓰이는 일이었다.

도착 첫날부터 어머니가 한 말이 있었다. "술 담배 끊고 교회 나가는 것, 할 만한 비즈니스 알아보는 것, 너에겐 그것밖에 없다." 어머니의 짧은 말 속에는 그가 미국에 와서 살 때의 기본조건이 모두 포함되어 있었다. 결국 여기서 살려면 그동안 한국에서의 생활습관을 모두 버려야 함은 물론 종교까지 가져야 한다는 소리니 그로서는 부담스럽지 않을 수 없었다. 어머니 손에 끌려 몇 차례 교회에 나갔지만 그는 멀뚱하기만 했다. 거기에다 어머니는 교인들에게 곧 들어와 살 것처럼 인사를 시키기도 했다. 교회에 나가는 걸 그냥 이곳에 사는 한인들의 삶의 형태려니 하고 넘겨버리지 못하는 자신의 소갈머리에 화도 났지만 도대체가 체질적으로 맞지를 않았다. 한 번씩 다니러 왔을 때와는 전혀 다른 상황이 그의 앞에 펼쳐져 있었다. 일상이어야 할 관습이나 제도도 그는 겁나기 시작했다. 모든 걸 다 제쳐둔다 해도 맨 끝에 남는 문제는 한국에서 받은 퇴직금으로 미국에서 생활한다는 건 환율 때문에라도 불가능하다는 사실이었다. 30년 가까이 일한 것도 모자라 또 일자리를 찾아야만 가족과 합류할 수 있다는 현실이 그로서는 딱하고 억울했다.

그러다 보니 미국으로 이민 올 자격 하나 갖추었다는 게 뭐 그리 대단하다고 이렇게 휘둘려야 하는지 화도 나면서, 정작 자기 자신은 빠진 채 이주 문제가 진행되고 있다는 생각까지 하게 되는 것이었다. 그는 평일에도 차를 몰고 자주 교외로 나갔다. 그렇게 헷갈리는 심사와 태도가 어머니는 물론 동생 눈에 어떻게 비쳤는지 결국 집 문제로 시작해서 언성이 높아지고 말았다.

"넌 도대체 여기서 살 마음이 있는 거니 없는 거니? 신청한 서류야 기다리면 되는 건데 비즈니스나 집은 알아보지 않고 유람

온 사람처럼 어딜 그리 싸돌아다니니?" 어머니의 말이 아니더라도 동생도 지나가듯 한두 번 집 문제를 입에 올린 적이 있었다. 장남인 자신이 들어오면 당연히 부모님을 모셔야 되겠지만 그게 급한 건 아니었다. 물론 그동안 모시지 못한 죄스러움과 동생 내외에 대한 미안함도 갖고 있었다. 어제 그는 모친과 동생에게 말했다. "언제 오게 될 지도, 또 물정도 잘 모르는데 사업이며 집이 뭐 그리 급하겠어요. 그리고 너한테 분명히 말하지만 내가 들어오면 두 분 모신다. 하지만 갑작스러운 변화는 아버님이나 어머니께도 좋지 않다. 네 형수도 함께 산 적이 없으니 시간도 필요할 테고." 그렇게 시작된 말이 꼬리를 물어 얼굴 붉히는 데까지 가고 만 것이다.

중장비 기술자였던 아버지가 먼저 미국에 가서 가족들을 불렀을 때 그는 대학교 졸업반이었다. 가족초청 비자가 까다롭지 않을 때라 대학은 마치자는 생각이었는데 그게 그만 가족관계조차 서먹한 세월로 흐르고 만 것이다. 어제 밤에 차상열은 그 간격을 제대로 메우면서 가족과 합류한다는 게 만만치 않다는 사실을 확인한 셈이었다. 무거운 마음으로 잠자리에 들었을 때 문득 이 절이 생각났다. 넉넉한 집안에다 명문대학까지 나온 미국인이 출가하여 혼자 힘으로 사막 한가운데 절을 짓고 있다는 소식은 한인사회에서 주목받기에 충분했다. 그 스님이 저기 앉아 있다. 상열은 다른 사람들보다 목 하나는 더 높은 스님을 훔쳐보았다. 스님은 자신의 발 앞에 둔 시계를 내려다보고 있었다. 끝날 시간이 되고 말았구나, 그는 오늘 공부를 다 끝내고 가방을 챙기면서도 내일 숙제가 걱정되는 학생 같은 기분이었다.

5

좌선이 모두 끝난 뒤 스님 두 분을 빼고 모두들 식당으로 모였다. 부부는 두 쌍이었다. 한국인 부인과 미국인 남편은 아주 잠깐 보였다 싶었는데 어느새 사라지고 없었다. 나이가 제법 지긋한 한국인 부부는 부티도 나고 점잖아 보였다. 물을 마시거나 다른 음료수를 찾는 동안 아무도 말이 없었다. 작은 키에 야무지게 보이는 공양주가 처음으로 입을 열었다.

"내일은 네 시 반에 일어나서 예불, 백팔 배, 좌선 두 타임, 일곱 시 아침공양, 휴식 뒤 아홉 시부터 좌선 두 타임, 그리고 법회는 열한 시에 열립니다."

공지사항인 셈이었다. 미리 알고 있는 건지, 아니면 너무 빡빡한 일정에 놀라서인지 아무도 입을 열지 않았다. 그때 노부부가 일어났다. 그들은 계단을 따라 내려갔다.

"다른 절하고는 좀 다른 것 같네요?"

먼저 입을 뗀 사람은 호영이었다. 공양주를 향해 한 말이라고 보아야겠지만 그녀는 웃는 듯한 표정을 희미하게 남기고는 자리에서 일어났다.

"용맹정진 중에는 침묵입니다."

그 말을 듣고도 호영은 전혀 무안하지 않았다. 새벽에 일어나 해야 할 모든 순서가 마음에 든다고 말하고 싶을 정도였다.

공양주가 떠나자 남은 사람은 셋이었다. 그들은 잠시 서로를 멀뚱히 바라보았다. 남시우는 화장실이 확실히 비었다는 사실을 알고는 조심스레 일어나 그쪽으로 갔다. 소변보다는 옷을 적셔오는 땀 씻는 일이 급했다.

"절 말에도 무서운 말들이 많네요. 용맹정진이라……."

호영이 의자에서 일어나며 중얼댔다.

"묵언수행을 그렇게 말하는지는 모르겠는데, 화두 하나 붙들고 앉으나 서나 그걸 깨쳐야 하는 선승들인데 도에 이른다면 무슨 짓을 못하겠어요. 인간이 해볼 수 있는 극기란 극기는 모두 스님들이 먼저 다 밟아봤을 테니 쓰는 말도 거기에 따라가는 거겠죠. 사막기후라 기온이 제법 내려가는데."

차상열도 일어나 창가로 가면서 두 팔을 펼쳐 몸을 풀었다.

"그나저나 달도 좀 뜨고 해야 절에 온 기분이 날 텐데, 안 보이지요?"

그는 사실 담배가 피우고 싶었다.

"네." 호영은 건성으로 답했다.

호영도 담배 생각이 간절했지만 어둠 속에서 언뜻 어머니의 얼굴을 본 듯했다. 밥 한 끼 굶고 담배 한 대도 참지 못한다면 돌아가신 어머니에 대한 도리가 아닐 것이었다. 호영은 임종은 물론 어머니를 제 손으로 묻지도 못한 자신의 신세가 새삼 한스러웠다. 한국에 돌아가면 미국에 다시 들어올 수 없는 불법 체류자 신세이기도 했지만, 한국에서는 더 급하게 쫓기는 몸이었다.

"화장실 한번 오래 쓰시네."

차상열이 화장실 쪽을 바라보며 중얼댔다.

"내일 새벽에 혼자 자고 있을 수는 없을 테니 눈은 붙여야겠군요."

호영이 창가에 붙어선 채 말했다. 지금은 혼자 있고 싶을 뿐이었다.

상열은 화장실에 눈길을 다시 한 번 주고는 문 쪽으로 돌아섰다. 오줌이야 밖에서 누고 그 틈에 담배도 한 대 하면 될 것이었다. 달이야 뜨면 좋고 그렇지 않아도 그만이었다.

호영은 담배 생각을 물 한 잔 더 마시는 걸로 참아보기로 했다. 그냥 두 눈 꼭 감고 진득하게 앉아 있었을 뿐인데도 마음이 편했다. 내일 새벽에 예불도 올리고 백팔 배도 드린다니 혼자 재를 드리는 걸로 하지 뭐 하는 그런 마음도 있었다. 그리고 지금 이 자리, 사막에 들앉은 산중에서 깊이도 두께도 알 수 없는 어둠을 바라보는 것도 좋았다. 그가 응시하고 있는 어둠은 자신의 과거이기도 했다. 파출소로부터 시작해서 경찰서와 감옥을 드나들 때마다 어머니는 이번이 마지막이지, 라고 다짐하곤 했다. 막판에 조직을 판 것도 10년은 넘을 중형이 무서웠다기보다는 다시는 회복 못하게 무너져 내릴 어머니의 심사가 더 두려웠기 때문이다. 그는 어렵사리 관광비자로 나와 그냥 주저앉았다. 이민 왔다고 말들은 하지만 열 중 하나는 불법체류자라는 이야기가 위안이 되지는 못했다. 자신이 미국서 살고 싶어 환장한 놈은 아니었기 때문이다. 그렇지만 그는 당분간이 될지 어떨지는 모르지만 여기서 엎드려 지내야 했다. 호영은 고개를 흔들었다. 오늘 밤만은 그런 건 문제도 아니었다. 스님들의 수행 이야기를 했던 사람은 한가하게 달까지 찾았지만 지금 그에게는 돌아가신 어머니가 그냥 환한 보름달이었다.

잠시라도 눈은 붙여야 했다. 호영은 세수를 하기 위해 화장실 문을 열었다. 문은 잠겨 있었다. 그러고 보니 아까 들어간 사람이 있었다. 그런데 여태껏, 그는 직감으로 안에 있는 사람이 쓰러졌다는 걸 알았다. 호영은 조심스레 문을 몇 번 더 두드리다 호주머니에서 스위스칼을 꺼냈다. 공양주를 부르는 건 안에 있는 사람의 상태를 본 뒤에도 가능할 것이었다. 좁은 화장실 바닥에 아까 그 사람이 머리를 두 손으로 감싼 채 쓰러져 있었다. 일을 다 보고 돌아서다 주저앉은 모습이었다. 호영은 그를 안아 식당 바닥에 눕혔다. 코밑에 손가락을 대보고 눈꺼풀을 열어 보고서야 그는 잠깐 실신한 것으로 판단했다. 호영은 화장실에 있는 수건을 물에 적셔 얼굴을 닦은 뒤 발끝부터 주무르기 시작했다. 안았을 때도 가벼웠지만 직접 만져본 몸은 대꼬챙이같이 말라 있었다. 거기다 머리카락은 다 빠져 스님이 따로 없을 정도였다.

"괜찮으세요, 아저씨?"

팔을 조금 움직이고 눈을 뜨는 걸 보고서야 호영이 물었다.

남시우는 검게 탔지만 팽팽한 젊은이의 얼굴이 가까이서 자신을 내려다보고 있음을 알아차렸다. 그리고 귀밑으로, 머리카락에 반쯤 가려진 큰 흉터도 볼 수 있었다. 자상(刺傷)이군, 남시우는 쓸데없는 데 신경을 쓰고 있었다.

"고맙소. 내가 정신을 잃은 모양이오."

그때 출입문이 열리면서 밤기운과 더불어 담배냄새를 묻힌 차상열이 들어섰다.

"무슨 일입니까?"

놀라움을 한껏 낮춘 음성에 싣고 그가 말했다. 남시우는 급하게 오른손 검지를 자기 입에 갖다댔다.

"두 분만 아는 거로 했으면 싶소. 머리가 아프고 가끔씩 마비가 온다오."

"오래 앉아 있은 게 무리였군요."

차상열이 쉽게 말했다.

잠시 뒤 남시우는 혼자 힘으로 일어나 앉은 다음, 탁자로 갔다.

"조금 쉬다 내려갈 테니 먼저들 주무시오."

남시우는 두 사람을 외면한 채 창밖으로 시선을 모았다. 모든 걸 재빨리 판단한 듯 호영은 화장실로 갔다. 상열은 그래도 싶어 쓰러졌던 사람에게로 다가가려다 그가 손사래를 치는 바람에 머쓱해지고 말았다. 더 이상 관심 쓰지 마라. 묻지도 말라. 그런 건가. 상열은 계단을 내려가는 수밖에 없었다.

자기를 끌어내 익숙한 솜씨로 응급처치까지 했던 젊은이가 화장실 앞에서 "천천히 쉬시다 오세요."라고 했을 때 남시우는 고개를 끄덕이며 "고맙소."라고 다시 한 번 인사했다. 그는 한껏 편한 자세로 앉았다. 안락의자는 아니었지만 등받이도 있고 바닥도 그런대로 푹신했다. 절제된 조명도 몸과 마음을 편하게 했다. 그는 적막 속에 시간을 잊은 채 앉아 있었다. 모처럼 맑은 정신일 때 생각을 제대로 모아 두어야 할 것 같았다.

헬기 소리를 듣고 그는 깨어났다. 그는 통신병의 몸뚱이 밑에 눌려 있었다. 어디를 다쳤는지 확인할 사이도 없이 와락 사체를 밀치고 일어났을 때 그는 죽음보다 더한 공포감에 사로잡혀야 했다. 통신병의 머리가 다 날아가고 없었던 것이다. 팔이 떨어져 나갔든 다리 두 짝이 찢겨져 나갔든 소대원 중에서 생존자는 열한 명이었다. 그는 본국으로 이송되지 못하고 후송병원에서 얼마 머물다 다시 소대장 직으로 복귀했다. 그는 비 내리는 날의 어둠에 대한 불안감과 죽어간 부하들에 대한 죄책감과 싸우면서 정글을 15개월이나 누볐다. 말라 죽은 나무와 풀들이 있는 지역은 시계(視界)가 좋았다. 모든 파월병들이 그랬듯이 그때 그도 고엽제를 그 정도로 알고 있었다.

그는 몇 년 새, 자기 생각으로는 눈 깜박할 사이에 다 빠져버린 맨머리를 열 손가락으로 꾹꾹 눌렀다. 머리가 어지럽고 통증이 올 때마다 그렇게 해야 했다. 오늘 나들이가 무리라면 마음 한구석을 맴돌고 있는 한국행은 접어야 할지도 몰랐다. 아는 이들은 그에게 한국에 가서 고엽제 판정을 받아보라고 권했다. 판정만 받으면 입원치료는 물론 보상금도 받을 수 있다는 소리였다. 실제로 한국까지 간 사람들도 있지만 시원하게 판정을 받는 이는 잘 없는 걸로 알려져 있었다. 매달릴 데가 없어 매달려 보는, 그야말로 실낱같은 희망이었다. 월남참전 경력이 있는 사람들이 시민권 신청을 망설이는 이유 중에는 혹시나 자기 몸에서 발생할지 모르는 고엽제 후유증에 대한 두려움이 도사리고 있었다.

하지만 그런 거야 소식이 끊어진 아들놈에 비하면 그냥 누구하고도 나눌 수 있는 이야기일 뿐이었다. 어렸을 때부터 아들은 기대에 어긋나지 않게 공부했고 이민 온 부모들이 한결같이 소원하는 명문대에 입학했다. 아내는 고생한 보람을 찾았다며 눈물을 펑펑 쏟았다. 아들은 집을 떠나 있고 싶었는지 장학조건이 다른 곳보다 못한 동부 쪽의 대학을 택했다. 그런데 두 학기를 마칠 무렵, 학교에서 연락이 왔다. 학업과 대인관계에 부적응 스트레스를 보이니 치료를 요한다는 내용이었다. 초등학교 다닐 때 이민을 왔기에 언어와 문화적응에 별 문제가 없으리라고 생각했던 그들 부부로서는 청천벽력 같은 소식이 아닐 수 없었다. 어째서 시험성적만으로 완전한 미국인이 될 수 없는지 억울하기만 했다. 아들은 그 뒤 휴학과 복학을 반복하다 언제부턴가 그런대로 적응을 해나가는지 별다른 소식이 없었다. 제 어미가 한 번씩 전화를 할 때도 쾌활한 목소리였다. 그 달뜬 듯 밝은 목소리가 약물 때문일 수도 있다는 걸 생각해 보지 않은 게 잘못이라면 남시우로서는 할 말이 없었다. 아이 어른 없이 누구나 쉽게 약물에 손을 댈 수 있는 나라가 미국이었다. 아들은 3년 전에 학교에서 사라졌다. 친하게 지낸 친구도 없었다니 아이는 그들 부부로부터 사라졌을 뿐이었다.

온갖 진통제가 자기 몸에 듣지 않는다는 걸 알면서도, 그는 마약에 대한 유혹만큼은 끝까지 견디고 있었다. 몸으로만 낳은 자식은 아니기에 자신의 그런 간절함이 반드시 아들에게 전해지리라고 믿고 싶었기 때문이다. 모든 게 끝난 것은 아니었다. 남시우는 천천히 일어나 닫힌 법당 문으로 갔다. 그는 부처님을 향해 앉아 있고 싶었다.

6

아주 미세했지만 누군가가 움직이고 있었다. 그러고 보니 아스라한 목탁 소리를 들은 듯도 했다. 호영은 눈을 떴다. 벽 쪽에서 누군가가 움직이고 있었다. 몸을 일으켜 보니 미국인이 침낭을 개고 있었다. 그런 걸 가져오지 않아 매트리스 위에 등걸잠을 자긴 했지만 몸도 마음도 편안했다. 호영은 할 일이 무엇인가 생각했다. 아무것도 없었다. 백팔 배를 드리는 일만이 있을 뿐이었다. 얼굴이라도 한 번 보고자 애를 썼음에도 자는 동안 어머니는 보이지 않았다. 어머니는 자식이 깨끗한 마음으로 일찍 일어나게 하려고 잠자리를 어지럽히지 않으신 걸까. 그는 부리나케 미국인을 뒤따라 법당으로 올라갔다.

호영은 앞 사람과 옆 사람을 따라 절한 다음, 방석 앞에 놓인 얇디얇은 책을 들어 겁 없이 경을 따라 읽었다. 키가 유난히 큰 주지스님의 목소리는 높고도 맑았다. 처음에는 이상한 발음으로 들렸지만 낭랑한 목청에 그것도 묻혀버렸다. 호영은 리듬을 따라가지 못하는 자신이 미웠다. 다행히 예불은 금방 끝나고 백팔 배가 시작되었다. 호영은 어머니에게 실컷 잘못을 빌며 절하고, 부디 극락왕생하시라고 부처님께 소원하며 또 절했다. 처음 한동안은 옆 사람들과 엎드리고 일어나는 게 조금 어긋났지만 비스듬히 앞에 선 주지스님의 호흡에 맞출 수가 있었다. 어린 시절 시골에 살면서 어머니를 따라 절에 간 적이 몇 번 있었다. 그 절은 재벌을 낳았다고 소문이 난 곳이기도 했다. "너도 부자 되게 해달라고 열심히 빌어라." 어머니의 그 말이 아니더라도 돈을 많이 버는 게 그의 소원이기도 했다. 없는 살림에 아버지는 건달 노름꾼이었다. 외삼촌을 뒤따라 서울로 올라간 뒤로도 어머니의 파출부 일과 누나 둘의 공장 일로 살림을 이었다. 부자가 되어 어머니를 호강시키고 싶은 어렸을 적 마음은 변하지 않았지만 방법이 없었다. 서울에 와서도 빈둥대며 술이나 마시는 아버지에게 대든다는 게 결과는 언제나 어머니 속만 썩였다. 호영은 연신 어머니를 외면서 깊이깊이 머리를 조아렸다. 지금 당장 삼천 배 아니라 팔만 사천 배를 이 자리에서 드려 어머니를 다시 모실 수 있다면 그러고 싶었다. 그러므로 그에게 백팔 배는 너무나 짧게 끝나버렸다. 손으로 마른 이마를 훔치면서 주위를 둘러보니 공양주가 가만히 식당으로 나가고 있었다. 그 열린 문으로 어젯밤에 마지막으로 식당에 같이 남아 이런저런 얘기를 나누었던 사람이 얼굴을 내밀었다. 그는 말없이 무언가를 헤아리는 듯하더니 다시 식당으로 돌아갔다.

차상열은 상을 차리고 있는 공양주에게 다가갔다.

"조금 전에 들어간 분까지 법당 안에 모두 여덟 분 계시죠. 보살님하고 나까지 하면 열인데 아무래도 한 명이 없는 거 같아요."

"예불에 빠질 수도 있는 거죠."

"그게 아니라."

상열은 같이 자던 사람들이 조심스레 방을 빠져나가는 동안에도 눈을 감고 있었다. 좌선은 몰라도 백팔 배는 내키지 않았다. 한동안 그렇게 뒤척이다 일어나 마음 편하게 화장실을 쓰고 방으로 돌아왔다. 매트리스나 개서 벽장에 넣어둘까 하고 안쪽부터 접어 가는데 저절로 숫자가 세어졌다. 모두 다섯 장이었다. 뭔가 이상스러웠다. 어젯밤 좌선을 모두 끝내고 잠시라도 같이 식당에 모였을 때도 남자는 모두 다섯이었다. 법당에 앉았던 남자는 분명 여섯이었는데. 그러고 보니 어젯밤 식당에 모였을 때부터 한 사람이 보이지 않았다는 게 기억났다. 작달막한 키에 색깔 짙은 남방셔츠를 입고 있던 자였다. 어제 오후 자기가 도착한 직후에 이내 그 사람이 왔기에 주차장에서 똑바로 마주쳤었다. 아픈 몸 때문에 백팔 배를 할 수 없어서인지 식당에 앉아 있던 대머리에게 물어보았지만 차상열은 신통한 답을 들을 수 없었다. 먼저 떠나는 걸 보았다는 것도, 지금 법당 안에 있다는 답도 아니었다. 차상열은 심하게 낡은 그 사람의 차를 기억했기에 주차장으로 쓰는 공터로 나가 보았다. 차는 있었다.

이야기를 다 들은 공양주는 법당 문을 반쯤 열고는 안을 살피더니 돌아와 말했다.

"이 시간에 산책 나간 것도 아닐 테고……."

"아니에요, 분명 어젯밤부터 없었어요."

차상열은 확신에 차 있었다.

"그럼, 김씨와 같이 주위를 한번 돌아보시겠어요? 내가 주차장으로 보내 드릴테니."

김씨는 한국에서 건너온 목수들이 상량식을 마치고 귀국한 뒤에도 혼자 남은 연변 출신의 인부였다. 키가 크고 선량한 얼굴이었다.

"이 길로 갑시다. 산책이나 등산한다고 이쪽으로들 가니까."

김씨는 하품을 해대면서도 망설임 없이 앞장섰다.

"이런 곳까지 등산하는 사람들이 와요?"

차상열은 새벽어둠과 찬 공기도 떨어내고 인기척도 낼 겸 말을 걸었지만 김씨는 랜턴 불빛만 흔들면서 앞으로 나아갔다. 이 친구도 묵언수행 중인가. 김씨가 중국 한구석의 연변에서 미국 치고도 한참 외진 이곳까지 왔다는 사실을 생각하고는 미국이라는 나라에 건너온 사람들의 다양함에 다시 한 번 놀라지 않을 수 없었다. 듣지도 보지도 못한 온갖 나라, 온갖 인종들이 한사코 기를 쓰고 오고 싶어 하는 나라, 자신도 그중의 하나가 되어버렸다는 생각에 그는 잠시 우울했다. 그 바람에 엘에이의 연변 동포들이 얼마나 되는지, 어떤 비자로 어떻게 여기까지 왔는지, 그런 걸 물어볼 마음도 가셔버렸다. 차상열은 기분을 바꾸어 보려고 심호흡을 크게 하며 걸음을 빨리 했다. 살갗에 닿는 공기가 그렇게 상쾌할 수가 없었다. 밟고 있는 땅은 황토색이 아니라 검었다. 깨어져 흩어진 돌무더기들도 그렇게 보였다. 바짓가랑이를 스치는 풀들은 이슬에 촉촉이 젖어 있었다. 갈림길이 나오자 두 사람은 잠시 멈추어 섰다. 길의 폭도 비슷했다.

"나누어집시다. 찾으면 랜턴을 흔들거나 소리치기로 하죠. 하긴 날이 밝아 오니 고함이 낫겠네요." 김씨도 다른 의견이 없는 모양이었다. 동쪽 하늘에서 불그레한 해 기운이 지평선에서부터 퍼져오고 있었다. 그는 바로 눈앞에 펼쳐지고 있는 자연의 힘에 눌려 잠시 걸음을 멈추었다. 나무들이 키가 크지 않아서인지 산등성이들의 윤곽은 매우 뚜렷했다. 솟아오른 바위들로 해서 어둠을 벗어던지는 산자락의 윤곽은 매우 경이로웠다. 지질

학과라든가 지리학과를 졸업했다는 스님이 몇 년을 헤매고 다니다 잡은 장소라니 명당임에는 틀림없을 것이었다. 잠시 주위 경관에 정신을 빼앗겼던 차상열은 점점 가늘어지는 길을 다시 걷기 시작했다. 보기보다 긴 능선을 오르내리며 얼마를 더 걸었을까. 빛을 거의 다 잃어버린 랜턴 앞에 무언가가 보였다. 그는 천천히 다가가며 살폈다. 좁은 길바닥에 대자로 쓰러져 있는 건 분명 사람이었다. 그는 몸을 돌려 "여기요! 여기!" 하고 고함쳤다. 해가 산허리를 타 넘고 있었다.

거의 김씨 혼자 쓰러진 사람을 업고 절로 내려왔을 때는 아침 공양 직전이었다. 공양주를 뒤따라 동부인해서 온 영감님이 방으로 내려왔다. 테가 두꺼운 안경을 쓴 그는 익숙하게 맥을 짚고 눈꺼풀을 벗겨보았다.

"많이 쇠약해지긴 했지만 괜찮아요. 우선 미지근하게 데운 물을 먹인 뒤 시간을 두고 요기를 하게 하세요. 몸을 따뜻하게 해주고."

영감님이 일어나며 덧붙였다.

"알코올 중독에 영양실조로 보이는데, 딱한 사람이로군."

차상열이 자기의 침낭을 다시 풀어 덮어주는 동안 누군가가 데운 물을 가져왔다. 그런 뒤 모두들 법당으로 가서 아침 식사를 했다. 아무도 말이 없었다. 물로 반죽한 오트밀을 쌀로 만든 음료수에 풀어먹었는데 넘기기가 힘들었다. 남길 수가 없어 겨우 먹기는 했지만 바리때를 부시면서 상열은 물로 배를 채웠다.

공양을 마친 남자들은 식탁에 둘러앉아 잠시 행방불명되었던 사람 이야기를 했다.

“깨우면 뭐라고 입을 열기는 하는데, 기억은 전혀 없는 모양이고 계속 잠만 자려고 하네요.”

호영이 말했다. 잠든 사람을 깨워 억지로 오트밀을 몇 술 떠먹인 것도 그였다.

“기억이 있을 리 있겠어요. 맨정신이라면 혼자 밤길을 나가지도 않았을 텐데. 눈에 띈 것만도 천만다행이지.”

차상열이 말했다. 남시우는 자기처럼 병든 사람이 또 하나 이곳을 찾았다는 사실이 그냥 언짢았다. 그러면서 마음 한편으로는 그 사람처럼 걸을 수 있는 데까지 힘을 다해 걷다가 땅 위에서 숨을 놓지 못하는 자신이 싫기도 했다. 둘러앉은 남자들의 자리를 흩트린 것은 바위를 깨는 착암기 소리였다. 스님이 언제나 일하고 있다는 것, 그게 여기를 찾는 중생들을 불편하게 했다. 그들은 하나씩 흩어졌다.

7

법회가 열리기 한 시간 전쯤부터 한 대 두 대, 차들이 모여들었다. 대부분 가족 단위였다. 할아버지부터 손자까지 삼대가 미니 밴을 가득 채운 가족도 있었다. 밤을 여기서 보낸 사람들은 이제 그들 중의 일부가 되었다. 아주 오랫동안 예불을 드린 뒤에 주지승이 불상을 뒤에 두고 앉았다. 햇볕에 붉게 탄 얼굴 밑으로 수줍은 기색이 흘렀다. 설법이 아직도 그에게 부담스럽거나 천성이 겸손한 모양이었다. 그는 남북전쟁 때 게티즈버그에서 했던 링컨의 연설에 대해 말했다. 3분밖에 되지 않은 그 연설이 전쟁에 나선 군인들은 물론 국민들에게도 용기와 신념을 준 것은 무엇보다 짧았기 때문이라는 것, 진실은 간명하기에 3시간보다는 30분, 30분보다는 3분이 더 좋고, 말하지 않을 수만 있다면 침묵이 제일 좋다고 스님은 말했다. 설법은 그게 다였다. 이해를 했든 아니든 설법이 너무 짧았기에 아무도 자리를 털려고 하지 않았다. 스님, 하고 누군가가 입을 열었다. 법회에만 참석한 50대 남자였다. 그는 링컨 대통령의 연설문을 한국의 영어교과서에서 배운 적이 있는데 그걸 스님의 설법으로 오늘 여기서 듣게 될 줄은 꿈에도 몰랐다고 말했다. 감격스런 목소리였다. 스님이 계면쩍은 듯 미소만 짓고 있는데, 참된 침묵이라면 침묵이 병을 낫게도 하느냐고 누가 물었다. 설법은 물론이고 대화도 영어로 오갔기에 긴장해서 듣고 있던 차상열이 소리 난 쪽을 살펴보았다. 어젯밤 화장실에 쓰러졌던 사람이었다. 스님은 잠시 생각에 잠기더니 말했다. "그게 마음의 병이라면 침묵이 훨씬 낫습니다. 자기만이 그걸 털어 낼 수 있기 때문입니다."

스님이 먼저 자리에서 일어났다.

공양주가 준비한 음식과 법회에 참석한 사람들이 가져온 음식들로 점심상은 푸짐했다. 그대로 법당에 둘러앉아 뷔페식으로 음식을 덜어 먹었다. 호영과 차상열은 아픈 사람을 깨워 나오느라 조금 늦었다. "괜찮으세요? 많이 잡숫고 기운 내세요." 주지스님이 웃으며 한국어로 말했다. 민성태도 객쩍은 미소를 지어 보였지만 마음만큼 얼굴 근육이 잘 풀리지는 않았다. 그러나 그는 주위 사람들에게서 시선을 받을 정도로 왕성한 식욕을 보였다.

"천천히 드세요. 시간은 많으니까……." 차상열이 한마디 했다.

"스님, 저번 상량식 이후 처음인데 생각보다 대웅전 공사가 빠른 것 같습니다."

이번에는 여자 한 분이 말했다.

"그게 유일한 걱정거리입니다."

좌중에 웃음이 터졌다. 식사를 하면서도 불편해 오는 다리를 조심스레 주무르던 남시우도, 이제 겨우 제정신이 돌아온 꾀죄죄한 몰골의 민성태도 크게 따라 웃었다. 예불과 참선, 잠자는 시간 외에는 전적으로 대웅전 짓는 일에 매달린다는 스님 스스로가 자기 작업의 속도가 걱정이라니. 어느 날 아침 씻은 듯이 고통이 사라져서 그게 걱정이 되거나, 복권이라도 당첨되어 소식을 끊은 아내와 자식이 찾아오는 게 오히려 걱정이 되었으면 하는, 그런 기대를 두 사람은 제각기 하고 있었다.

아침에 온 사람들이 대부분 대웅전을 살피거나 식당에 앉아 있는 동안, 밤을 여기서 새운 이들은 아래층으로 내려가 짐들을 챙겼다. 미국인 부부는 보이지 않았다. 넓은 지하 거실에는 소파가 넉넉하게 놓여 있어 사람들은 자연스레 거기에 앉았다. 일찌감치 앉아 머리를 기대고 쉬던 민성태는 과식으로 숨이 가빴다. 그는 또다시 잠에 떨어졌다.

어젯밤 그는 법당으로 돌아가지 않았다. 술을 한 모금 할 생각은 분명히 있었다. 차 문을 열면서 그는 잔뜩 몸을 웅크린 채 말간 구름 속에 가려진 달을 한참이고 쳐다보았다. 원망도 회한도, 그리고 몸과 마음도 다 놓아버리고 싶은 마음이 든 건 그때였다. 그는 술병을 꺼냈다. 얼마 남지 않았지만 싸구려 술이 대부분 그렇듯 병은 매우 컸다. 그는 다정한 애완동물을 쓰다듬듯 그놈의 허리를 만져보고는 마개를 열어 서두르지 않고 조금 마셨다. 술이 바닥날 때까지 걸을 수 있다는 건 커다란 위안이었다. 그는 어둠 속에서 산길을 따라 그냥 걸었다. 산을 벗어나지 않아도 좋았고 길이 다하여 모래땅이 되어도 좋았다. 그저 이 깜깜 어둠이 사라지지 않을 동안에 짐승 같은 자신의 넋과 육신이 거대한 적막의 아가리를 벌리고 있는 이 어둠 속에 먹혀들기를 바랄 뿐이었다. 때때로, 사기를 당한 건 그렇다 치더라도 가정과 자신의 육신이 다 망가졌다는 걸 도저히 받아들일 수 없어 울다가 눈물이 다 마르면 벽에 이마를 찧어대기도 했다. 어머니 생각과 더불어 몇 푼을 벌어서거나 구걸하여 술을 사야 할 때마다 그는 죽어버리고 싶었다. 그러나 두려워서, 지금껏 더러운 목숨을 부지하고 있었다. 그러므로 자신은 죽어야 했다. 이 짐승 같은 어둠이 아가리를 벌리고 있는 이 땅이 그럴 곳이었다. 술이 마지막 한 방울도 남지 않았다는 걸 아쉽게 확인하고 술병을 던진 뒤부터 그의 발길은 허둥대듯 빨라졌다. 정말 아무도, 아무것도 없이 어둠 속에 혼자 내던져진 것이었다. 무서움에 떠밀리듯 돌아서지도 못하고 그는 내처 앞으로 걸었다. 정신없이 허덕거리며 한동안 그렇게 걷다 어느 순간 돌부리에 걸려 넘어졌는데 그만 일어날 수가 없었다. 아직 지치지도 않았는데, 더 걷다가 쓰러져야 하는데, 그는 그런 생각만 끊임없이 되뇌면서 어느덧 정신을 놓아버렸다.

다른 사람들은 순식간에 깊은 잠에 빠진 민성태 쪽을 한 번씩 바라보며 말없이 앉아 있었다.

"이 양반 발가락이 이상하네."

무심코 바닥에 눈을 두었던 차상열이 말했다. 오른쪽 양말 엄지 부분이 말려 올라간 채 비어 있었다. 모두들 잠든 사람의 발을 내려다보았지만 곧 외면했다. 차상열은 무안해졌다.

"인디언을 만나러 갔던 거 아닐까요? 그들의 혼령이 불렀는지도 모를 일 아닙니까."

"허허, 그럴지도 모르겠군요."

차상열의 우스갯소리를 영감님이 받았다.

"오시는 길에 풍력발전기 보셨죠? 테하차피는 인디언 말로 바람의 언덕이래요. 거기다 이곳이 그들의 성지이기도 했다니 잠든 저 분이 어젯밤에 무턱대고 산에 가신 건 아닐 거라는, 그런 생각도 해볼 수는 있겠는데요."

그때 공양주가 그들 자리로 왔다.

"잠이 드셨나? 괜찮을까요?"

"쉬고 나면 당장 걱정할 건 없어요. 깊은 병이야 스님 말씀처럼 혼자 다스려야 하는 거구."

영감님이 웃으며 말했다.

"돌아갈 때 앞뒤로 서서 조금 살펴보도록 합시다."

운전이 걱정인 남시우가 말했다. 공양주도 그 생각을 했는지 "그러세요. 5번까지는 어느 정도 같이 가실 테니."라고 거들었다. 호영과 차상열이 "그러죠." "그래야지요."라며 고개를 끄덕였다.

"매달 첫주 금요일부터 일요일까지가 용맹정진 기간이라는 걸 모르고 오시는 분들이 많은 것 같아요. 일반 사찰과는 조금 달라요. 젠 센터니까."

영감님을 제외하고는 모두들 고개를 끄덕이거나 "그래요?"라고 반문했다. 남시우는 자기에게는 무리라고 생각했고, 호영은 때를 잘 맞추어 와서 다행이다 싶었다.

"저잣거리 중생들은 첫 금요일만큼은 피해야겠군요."

차상열이 웃으며 말을 이었다.

"미국인이 한 분 계시던데 벌써 가셨나 보군요. 그런 분들이 더러 오시나요?"

"샌디에고라 길이 멀어 먼저 가셨어요. 그분은 부인 따라 온 게 아니라 자신이 먼저 다른 나라의 선불교를 접해보신 분이에요. 미국인들이 더 많이 찾아주었으면 하는 마음은 스님도 갖고 계시겠죠. 그러나 직접 나서지는 않으세요. 절도 다 짓고 시간이 가면 자연스레 된다는 마음이시겠지요."

"근데, 다른 스님 한 분은?"

"이태리 분이신데 얼마 전에 한국서 오셨어요. 원래는 티베트 불교를 배웠는데 마음에 차지 않으셨나 봐요."

잠시 침묵이 흘렀다. 남편을 찾으러 노부인이 계단을 내려왔다.

"이 양반에게는 지금 잠이 약이니까 십 분이라도 더 재우시구려. 인디언 이야기, 하나만 더 할까요."

민성태에게 눈길을 주며 일어나던 영감님이 다시 소파에 몸을 묻었다.

"왜 신문왕이라고 불렸던 허스트라는 부호가 있지 않습니까? 바로 그 부친이 인디언을 만나 부자가 된 사람이에요. 그 양반이 젊었을 때 서부를 헤매다 병이 들었는데 어느 인디언의 도움을 받았답니다. 병이 낫고도 그 인디언과 제법 같이 지냈나 봐요. 헤어질 때 허스트는 금광 찾는 비법을 완전히 전수받았던 거지요."

그는 자리에서 일어났다.

"그렇다고 이 사람에게 그런 이야길랑 절대 하지 마시오. 여러분들도 산으로 들어가서는 안 되고, 허허허."

웃음 속에서 노부인이 남편에게 부처님 앞에서 쓸데없는 소리를 한다고 가벼운 핀잔을 주었다.

"난 당장 가고 싶은데요."

차상열이 어깨를 쫙 펴면서 말했다. 그러나 웃음은 이어지지 않았다. 공양주가 일어나며 말했다.

"이분 깨거든 같이 출발하시지요."

어제 오후부터 밤까지 앞서거니 뒤서거니 혼자 절을 찾았던 네 남자만 남았다. 아무도 말이 없었다. 소파에 그저 몸을 깊이 묻고 있었다. 잠든 사람의 코 고는 소리가 제법 높아질 때까지 그들은 그렇게 파묻힌 듯 앉아 있었다.

"여기가 젠 센터라니까 이 양반의 깊은 잠도 선의 경지에 든 것 아닌가 모르겠네. 깨웁시다."

지루해진 차상열이 나섰다.

"일어나세요! 슬슬 떠납시다. 테하차피 인디언은 다음번에 혼자 와서 만나시고!"

어깨를 흔든 것도 아닌데 자던 사람은 쉽게 눈을 떴다.

"내가 깊은 잠에 빠졌었지요? 달게 잤네요."

민성태는 겸연쩍은 미소까지 지으며 바로 일어나 앉았다.

그들이 밖으로 나왔을 때 해는 한층 뜨거워져 있었고 그 폭염을 뚫고 다시 착암기 소리가 산을 울렸다.

"저러다가는 절도 다 짓기 전에 부처 되시겠어. 돌 깨는 소리가 마치 속인들은 어서 사바세계로, 거기가 너희들 땅이니 어서 떠나라는 그런 소리로 들리는구먼."

차상열이 한마디 했지만 아무도 대꾸를 하지 않았다. 침묵은 주차장까지 계속되었다. 이 양반들이 아직도 용맹정진 중인가, 한마디 더 싱거운 소리를 꺼내려다 차상열은 입을 다물었다. 이곳에서 보낸 시간이 이들에게 어떤 식으로든 강렬한 힘을 주었을지도 모른다는 생각이 문득 들었기 때문이다. 자기 혼자만 건성이고 구경꾼이었다는 생각도 물론 들었다. 제각기 다른 사연으로 모였으니 그것도 괜찮다고, 그는 고개를 끄덕였다. 그때, 어젯밤 좌선이 모두 끝났을 때 숙제 걱정을 했던 생각이 났다. 자신이 미국에 온 것부터가 숙제를 풀기 위한 것일지도 몰랐다. 그리고 아직 숙제는 남았다 해도 그게 자기 자신의 행복이 빠진 문제여서는 안 된다는 생각까지는 들었다. 나도 이들과 한패였구나, 상열은 괜히 기분이 좋아졌다.

네 사람은 제각기 차에 올랐다. 바디가 다 삭아빠진 민성태의 고물 차가 앞서고 남시우, 김호영, 차상열 그런 순서로 절을 빠져나갔다. 흙길에서는 먼지를 덮어쓰지 않을 만큼 거리를 두었다가 포장도로에서는 가까이 붙었다. 프리웨이에 오르고도 넉 대의 차는 내내 한 줄로 갔다. 모하비 마을에서 남시우의 차가 먼저 빠졌다. 그리고 14번으로 갈아탄 얼마 뒤 민성태의 차가 속도를 줄이더니 앞서 가라는 손짓을 했다. 호영과 상열은 차를 잠시 멈추었다가 "괜찮겠어요?"라거나 "천천히 오세요!"라고 한마디씩 하고는 떠났다. 그리고 두 사람도 차량이 많아진 엘에이 방향의 5번에 올라선 뒤 서로를 놓치고 말았다.

어렵고도 쉬운 일

문을 연 준섭은 깜짝 놀랐다. 너무 많은 사람들이 병실을 채우고 있었다. 가족들의 얼굴은 보이지 않았다. 엘리베이터를 타기 전에 수첩에 적어둔 호실을 확인하고 병실 앞 명찰에서 부친 이름까지 확인했는데도 문을 잘못 연 기분이었다. 웬 사람들이 이렇게 많담. 그것도 모두 여자들이었다. 물론 2인실이니까 다른 환자 가족일 테지만 발을 들여놓기가 망설여질 정도였다. 입구 쪽에 서 있던 몇 사람이 그에게서 눈길을 거두자 "누가 왔노?" 라는 어머니의 목소리가 안쪽에서 들려왔다.

입구 쪽 침대를 둘러싸고 있던 이들이 한 걸음씩 당기는 시늉을 하여 길을 만들어 주었지만 그의 어깨와 배는 여자들의 등과 엉덩이에 닿을 수밖에 없었다. 그의 키가 여자들보다 컸으므로 일개 분대는 착실히 되어 보이는 가족들에 둘러싸인 환자를 잠깐 볼 수 있었다. 환자는 흰 모자를 쓴 것처럼 머리를 붕대로 칭칭 감고는 침대에 비스듬히 누워 있었다.

그는 등받이 없는 의자에 앉아 있는 어머니에게 눈인사를 건넨 다음, 산소마스크를 쓴 채 침대에 반듯하게 누워 눈을 감고 있는 부친을 보았다.

"여기 앉아라."

모친이 옆에 있던 의자를 끌어당겼다. 그는 고개를 흔들며 옆 침대에서 등을 돌린 채 그대로 서 있었다.

"회사서 오는 길이가?"

"그렇죠. 주무시나 보네."

"수면제 주사를 놨는지 계속 주무신다. 하긴 집에서도 감기 들고 나서는 자는 건지 뭘 하는 건지 늘 이렇게 누워계셨다."

"의사가 뭐래요?"

"니 형이 따라다니면서 오후 내내 검사했다. 저녁에는 내과의사가 다녀가면서 폐렴에다 심장이 안 좋다고 하더라."

"감기 끝에 폐렴이 왔나? 심장 안 좋다는 소리는 처음인데."

"나이가 있으니 안 좋은 데가 한두 군데겠나."

무슨 검사를 했는지, 어떤 상태인지는 형에게 더 자세히 물어볼 일이었다.

"형님은?"

"수영은 잠시 일 하나 보고 들온다면서 조금 전에 나갔다."

형이 오랫동안 살고 있는 동네가 수영동이라 모친은 그렇게 불렀다.

"누나는 알고 있어요?"

"입원실 정해 놓고 전화했으니 천천히 안 오겠나. 막내한테는 니 형이 알렸는지 모르겠다."

준섭은 누나, 형 다음으로 셋째였고 밑으로 남동생이 하나였다.

"내가 좀 있다 연락해 볼게요."

그때 옆자리 침대를 둘러싸고 있던 가족들이 물살 갈라지듯 일시에 움직이면서 웅성대던 소리도 뚝 끊어졌다. 몸을 돌려보니 간호사가 들어와 옆 침대 환자의 링거 병에다 약물을 투여하고 있었다. 그제서야 준섭은 옆의 환자가 눈을 뜨고 있다는 것, 그러면서도 말은 하지 않고 있다는 사실을 알았다.

"자, 아버지. 여기 보세요!"

간호사가 큰 소리로 말했다.

"제가 누구예요? 딸이에요? 맞으면 아래위로, 아니면 고개를 저어 보세요!"

준섭의 시선에 환자의 어떤 움직임이 확실하게 들어오지는 않았지만, 곧이어 "아니라는데!" "그럼 그렇지. 우리 아버지가 딸인지 아닌지도 몰라봐!" 그런 반가움에 들뜬 목소리들이 터져 나왔다.

"그럼, 막내 따님이 누구예요? 손으로 가리켜보세요."

잠시 침묵이 흐르고 환자가 어떤 표시를 했는지 "와!" 하는 소리가 터져 나왔다.

"그럼, 다시 절 보세요. 아버지!"

간호사의 말에 병실은 다시 한 번 가라앉았다.

"아버지, 제가 손가락 펼치는 걸 보고 따라해 보세요. 자, 세 개!"

조급하고도 단내 나는 시간이 흐르더니 박수소리와 환호성이 터져 나왔다.

"집에서 저녁 잘 먹고 테레비 보다가 그냥 쓰러졌다는데 수술 받고 몸 한쪽은 돌아오고 한쪽은 아직 안 돌아왔단다. 그만 해도 다행이지."

고개를 다시 돌린 준섭에게 모친이 목소리를 낮춰 말했다. 입구 명찰에서 성은 서씨고 나이는 부친보다 열두 살 적은, 띠 동갑인 걸 보았었다.

"왔나?"

그때서야 부친이 눈을 뜨고 말했다.

"어떠세요? 머리는 안 아프세요?"

"괜찮다. 물 좀."

그러면서 부친은 산소마스크를 벗었다. 침대 위쪽을 높게 해 놓아 부친을 일으킬 필요는 없었다. 준섭은 탁자 위에서 뚜껑 사이로 빨대가 매달려 있는 투명 플라스틱 물잔을 부친의 턱 앞에 받쳤다. 약간 푸르스레한 입술은 바싹 메말라 있었다.

"뭘 먹어도 좋다고 해서 주스도 사다 놓았는데 물만 고집한다."

모친이 나서자 빨대를 입에서 빼낸 부친이 "마시고 나면 입이 텁텁해서 그러지."라고 말했다. 부친은 혼자서 산소마스크를 쓰고는 할 일이 없다는 듯 다시 눈을 감아버렸다.

준섭이 모친의 전화를 받은 건 어제 오후 5시 무렵이었다.

"니 아버지가 넘어져서 잠시 졸도를 했다." 어머니의 첫마디였다.

"그래요? 지금은?"

준섭은 소리를 높였다. 외근에서 돌아온 직원들이 일일 정리를 하느라 사무실이 부산한 가운데 전화는 휴대폰으로 걸려왔다.

"점심 채려주고 물리치료 받고 와서 보니 주무시고 있더마는. 일하는 아줌마 보내고 좀 뒤에 부엌에서 차 한 잔 타서 마시려는데 무슨 소리가 나서 돌아보니 아, 니 아버지가 화장실 다녀오던 길인지 마루에 넘어져 안 있나. 내가 다가가서 보소, 하고 부르니 금방 눈을 뜨데. 의식은 바로 돌아왔지. 그래서 전화도 인제 한다. 지금은 주무시는데, 내일 큰 병원엘 가봐야 되는 거 아닌가 모르겠다. 니 형한테 전화하니 울산 있단다. 급할 건 없다고 말해 두긴 했다만, 밤에 무슨 일이야 있겠나……."

한참 둘러가는 모친 말을 가운데서 끊으면 이야기가 더 더디어진다는 걸 알기에 그는 참을성 있게 기다렸다.

"일단은 다행이네요. 제가 마치는 대로 가볼게요."

감기가 들어 한 며칠 동네 병원에 다니신다는 건 알고 있었지만 졸도라니 뜻밖이었다. 머리를 다치지는 않았는지, 병원에는 다녀왔는지, 전화를 끊고서야 그런 궁금증이 일었지만 그는 되묻기를 그만두었다. 약속 하나를 다른 날로 미루고 바로 본가엘 갔다.

"뭐 하러 왔노, 집에 바로 안 가고."

그가 방문을 열고 들어서자, 부친이 잠옷을 여미며 일어나 앉으면서 말했다.

"넘어지셨다면서요? 머리나 어디 뼈는 안 아프세요?"

"괜찮다." 그러면서 부친은 혼자 일어나 화장실로 갔다. 옆에서 어깨 밑을 부축하려고 하자 부친은 손을 저어 물리쳤다. 걸음도 예사로웠고 행동거지도 별로 다르지 않았다.

"병원엔 언제 가셨어요? 감기 때문에 요즘 병원 다니시잖아요."

다시 자리에 누운 부친에게 준섭은 말을 건넸다.

"어제 가서 주사 맞고 이틀치 약 타왔다. 이번 감기는 오래 간다더라."

그러면서 부친은 잔기침을 몇 번 했는데 숨이 조금 가쁜 듯했다.

"넘어지실 때 기억나세요?"

"화장실 갔다 나오는데 조금 어지럽더라. 벽을 붙잡고 그대로 주저앉았는데 부딪힐 데가 어데 있노."

"내가 가보니 반듯하게 누워 있던데요." 모친이 나섰다.

"그때는 내가 바로 누웠을 때지."

"쿵 하고 무슨 소리가 난 건 아니니까 앞으로나 뒤로 넘어지지는 않았을 거다. 아나 어른이나 밥심이 있어야 하는 긴데 감기 들고 나서는 한 공기를 못 자시니 무슨 힘을 쓰겠노? 그래서 넘어졌는지도 모르지."

"내가 앉았다 안 하나."

부친이 말했다. 양친의 말이 서로 크게 다른 건 아니니 그쯤 해두는 수밖에 없을 것 같았다.

"김내과에서 열이 있다 합디까?"

"조금 있지. 숨이 한 번씩 가쁘네."

형이 전화를 한 건 10시가 지나서였다. 모친상 당한 친구 문상 왔다 지금 출발한다고 했다. 준섭은 부친의 상태를 대충 설명하고는 내일이라도 대학병원에 가보는 게 좋을 것 같다는 말을 보탰다.

"왜 졸도를 했는지는 알아봐야지. 그런데 감기로 쇠약해져 있는 상태에서 찬바람 쏘이고 몇 시간 기다리는 게 어떨지는 모르겠다."

형은 그 말과 함께 부산에 몇 시에 도착할지, 그리고 본가에 늦지 않게 도착할 수 있을지 모르겠다는 말을 했다. 형제간에 오가는 말을 듣고 있던 모친이 그에게서 전화기를 넘겨받아 오늘 밤에는 오지 말고 바로 집으로 가라, 그리고 내일 시간을 내서 대학병원에 모시고 가보라는 말을 하고 전화를 끊었다.

“니도 그만 가거라. 내가 밤에 오줌 누러 몇 번은 일어나니 그때마다 방에 가 보몬 된다.”

결국 그는 거실과 부친 방을 오가다 11시 지나 집으로 돌아갔고 다음날 눈을 뜨자마자 본가로 전화를 해서 별일 없었다는 모친의 말을 들었다. 그러고는 출근을 한 뒤 형과 통화했다. 형은 대학병원에 가 보기로 했다고 말했는데 그길로 입원까지 하게 된 것이다.

병실이 갑갑했지만 모친 혼자 두고 나갈 수도 없고, 나가 보아야 복도나 서성거릴 수밖에 없을 테니 그것도 금방 따분할 것이었다. 모친이 눈치를 챘는지 “언제까지 서 있을 거고? 여기 앉아 요구르트나 하나 마셔라.” 하면서 냉장고에서 음료수 두 개를 꺼냈다.

옆 침대 가족의 물결이 잠시 술렁인다 싶었는데 동시에 “여기가 연산동 사는 상민이 할아버지 입원실이 맞는기요?!”라는 목소리가 병실을 가득 채웠다. 준섭의 누나였다. 동생과 눈이 마주친 그녀는 “우리 아버지 병실이 맞네!”라면서 다른 침대를 둘러싼 이들에게는 눈길 한 번 주지 않고 곧장 안으로 들어왔다.

“야야, 목소리 낮차라. 어디 잔칫집 왔나. 다른 환자도 있는데.” 모친이 딸을 나무랐다.

"중환자실도 아니고 신경과 병실인데 뭐. 아버지 눈 떠보이소."

딸의 호들갑에 부친은 마지못한 듯 눈을 잠시 뜨고는 "괜찮다, 뭐하로 왔노."라는 말만 했다.

"감기라드만 무슨 졸도고. 의사 말은 누가 들었노, 니는 모르제? 현기애비는 어데 갔노?"

"잠시 나갔다. 폐렴에 심장이 안 좋단다. 사진 찍고 검사하고 그랬으니 내일이나 모레나 좀 더 자세한 게 나오겠지."

모친의 말에 딸은 동생의 팔을 잡고는 "엄마 말만 들어 가지고 되나. 간호사실에 가서 더 물어보자."라면서 몸을 돌렸다. 준섭도 끌리듯이 제 누나 뒤를 따랐다.

"아이구, 무슨 식구들이 저리 다 몰려 나왔노. 아버지가 제대로 잠이나 주무시겠나."

"뇌경색이 왔는지 테레비 보다 쓰러졌대요. 수술하고 오후에 나왔나 본데 의식이 돌아왔는지 숫자 세고 자식 얼굴 확인하고, 그런 거 물어보데. 말문은 아직 안 열렸고."

"저 나이에 저러면 우짜노. 그게 비하면 아버지는 환자도 아닌 것처럼 보인다."

남매는 병동 간호사실 앞에 섰지만 아무도 보이지 않아 말을 더 나눌 수 있었다.

"어쨌거나 노인들은 겨울을 잘 넘겨야 한다. 그러면 한 해는 또 무사히 보내는 기다. 그나저나 한 병실에서 저 많은 식구들

하고 어찌 지낼지 그기 걱정이네."

간호사 둘이 서로 반대되는 방향에서 걸어왔다. 준섭의 누나가 그들이 서 있는 쪽으로 들어선 간호사에게 말을 걸었다.

"바빠도 할 수 없고 안 바쁘면 더 좋고, 912호실에 임재구 할아버지 가족인데 상태가 어떤가요? 그리고 병명은 뭐예요?"

안경을 낀 둥근 얼굴의 간호사는 책상 위에다 의료기구들을 내려놓고는 차트를 찾았다.

"할아버진 순간 졸도를 하셨는데 그건 검사결과가 나와 봐야 원인을 알 수 있을 테고, 폐렴에 부정맥이 있어요."

"폐렴요? 열은 높아요?"

"좀 높은 편이네요."

"심장이 안 좋다는 거는?"

"좀 불규칙하다는 거죠."

간호사는 차트를 제자리에 넣어두고는 자리로 돌아갔다. 남매가 바로 병실로 돌아갈 것인지 어쩔지, 무슨 말을 나누어야 할지 망설이고 있을 때 맞은편 엘리베이터 문이 열리고 준섭의 형 건섭이 나왔다.

"형님 오시네."

"현기애비야!"

세 남매가 복도에 모여 섰다. 감색 반코트를 입은 건섭은 동생에 비해 체구가 좀더 크고 이목구비가 반듯했다.

"진찰받고 입원시킨다고 고생했재. 아버지가 폐렴에 심장도 안 좋다면서?"

누나의 말에 건섭은 "그렇다네요."라고 간단히 답하고는 "저쪽 복도에 의자들이 있던데, 그리로 가지요. 참 어머니가 병실에 계시재?"라고 동생을 돌아보며 말했다.

엘리베이터를 마주보고 있는 로비에서 오른쪽으로 꺾자 넓은 공간이 나왔고, 환자들과 가족들이 모여 있었다. 환자들은 대부분 휠체어를 타고 있었지만 환자복을 안 입었으면 멀쩡하게 보이는 사람들도 눈에 띄었다.

"나는 커피 한 잔 해야겠다. 누구, 마실래?"

누나가 자판기 쪽으로 걸어가자 건섭이 "나도 한 잔." 하고 부탁했다. 두 사람은 종이컵을 든 채 의자에 앉았고 준섭은 링거팩을 매단 채 게임에 열중해 있는 초등학생 옆에 붙어 앉기가 애매해서 서 있기로 했다.

"오늘 신경과에 가서 초음파로 뇌혈류 측정검사 하고 시티도 찍고 여러 가지 검사를 했어요. 검사 결과는 나와 봐야 알겠지만 크게 걱정은 안 해도 될 것 같다고 말하더군요. 그런데 입원 수속하고 나서는 내과의사가 와서 가슴 사진에 침윤이 보이고 열도 높고, 심장도 많이 약하다고 그럽디다."

"내과로 갈 걸 신경과로 갔단 말이가?"

누나가 묻자 건섭은 "동네병원에 가서 졸도 이야기를 했더니 신경과로 의뢰서를 떼어준 거지요."라고 말했다.

"아버지가 저번 목요일에 목욕하고 나서 다음날 한기가 들었다면서. 그런데 김내과에서 폐렴인 줄도 몰랐단 말이가? 단골병원인데.”

“그럴 수도 있겠지요. 엄마 말씀이 요즘은 밥도 많이 못 자신다 하니 이래저래 쇠약해진 상태에서 넘어지기도 하고 그런 거겠지요.”

제 누나 말을 준섭이 받으며 그렇게 의견을 내놓았다.

“나이 든 사람한테는 폐렴이 무서운 거 아닙니까. 우선 열부터 잡아야 한다는데……. 지금 쓰는 약이 들으면 다행인데 안 그러면 또 다른 약을 써야 하고 그러면 그만큼 내성이 생기고, 그렇답니다.”

건섭이 다 마신 종이컵을 손으로 구기며 말했다.

형제들은 잠시 시선을 마주치지 않은 채 침묵했다. 그동안에도 “다음 주에” “백 팔십 만원” “내일 서울 간다고?” 등의 통화 소리들이 휴게실을 떠돌았다.

“뭔가 크게 잘못돼서 졸도한 게 아니라면 폐렴 잡고 기력 도우면 되는 거 아니겠나. 아버지가 본래 저혈압이지.”

“누나가 의사네요. 진단도 하고 처방까지 하니.”

준섭이 웃으며 말하자 “하긴 아버지 연세로 보면 탈 안 날 데가 어디 있겠노. 그동안 그래도 건강하게 지내오신 거지.” 하고 건섭이 받았다.

“나이가 있으시니 고비도 오겠지. 그나저나 병실부터 옮겨야 안 되나? 저리 소란스러워서야 어디.”

"오늘 수술하고 나와서 저렇지 매일 저러겠어요. 내과하고 신경과하고 서로 의논해서 치료를 하겠지요."

"별의별 환자 다 모이는 내과병동에서 어떤 고약한 사람 만날지 모르는데 차라리 숫자나 세면서 말없이 누워 있는 사람이 나을지 모르잖아요."

형제들은 돌아가며 한마디씩 했다. 누나는 "그건 그렇겠다. 오늘은 누가 잘래? 현기애비가? 어머니 기다리시겠다."라면서도 쉬 엉덩이를 들지는 않았다.

"참, 내과에는 특진 신청을 안 했지요?" 하고 준섭이 말을 꺼냈다. 잠깐 무엇을 생각하는 표정이던 건섭이 "신경과에는 특진 신청을 했지만 내과에는 무슨 의논을 했던 건 아니고……."라고 답했다.

"참, 고모집 종순이 남편이 이 대학 교수 아니가. 거기 한번 알아보지. 폐렴이 호흡기가 순환기가? 그쪽 전문 교수가 있을 거란 말이다."

"그건요."

그제야 제대로 정리가 되었는지 건섭이 말했다.

"아버지를 보는 의사가 호흡기내과 전문의랍니다. 교수만 아니다 뿐이지 전문의인데……."

"그래도 교수가 나은 거 아니가?"

"담당의사를 바꾸는 건 곤란할 텐데……."

준섭이 말했다.

"그건 내가 종순이 동생한테 부탁해 볼게. 의사를 못 바꾸더라도 교수가 한번 살펴봐 줄 수는 있는 거 아니가. 제 남편이 교수라고 심심하면 자랑하던데 이번에 덕 좀 보지 뭐."

"고모집네 매형은 공대에 있는데 잘 아는 의대교수가 있을까? 같은 대학이라 해도 교수가 오백 명이 넘을 텐데."

"아이구, 야야. 우리나라는 두 다리만 건너면 다 알게 되어 있다. 부탁해보는 거지 어데 억지로 꼭 되게 해라카나. 난 병실에 가 볼란다."

누나가 일어선 뒤 남동생 둘은 별 나눌 말도 없이 서고 앉은 채 그렇게 잠시 시간을 보냈다.

다음 날, 새벽 5시 좀 지나 간호사가 열과 혈압을 재고 링거팩을 바꾸면서 "여섯 시 되면 일층 방사선과에 가서 가슴사진을 찍으세요."라고 말했다. 건섭은 간호사를 따라 나가 "열은 어떻습니까?"라고 물었다.

"39도 2부, 별 차이가 없네요." 간호사는 차트를 보지도 않은 채 말하고는 옆방으로 들어갔다.

건섭은 밤에 여러 차례 물을 찾고 또 화장실에 가는 부친 때문에 잠을 설쳐 머리가 무거웠다. 그래도 면도를 하고 머리까지 감고는 밝은 얼굴로 부친을 일으켜 화장실로 데리고 가서 세면하는 걸 도왔다.

옆자리 환자 가족은 지난밤 11시 지나 한 차례, 자정을 넘기고 또 한 무리가 빠지더니 큰 사위라는 친구가 남아 제 장인을 지키고 있었다.

엑스레이를 찍고 병실로 올라오니 옆자리의 환자 부인이 그새 와서 아침 준비한다고 부산을 떨고 있었다.

8시쯤 회진이 있었는데 신경과 교수는 크게 걱정하지 않아도 된다는 말만 했다. 30분 뒤에 어제 오후에 보았던 내과의사가 왔다. 들을 말은 그쪽이 더 많았다.

"연세가 계시니까 시간이 좀 걸리겠습니다. 금방 좋아지는 건 아니니까 많이 자시고 마음 느긋하게 잡수세요." 차트를 살피고 청진기를 등에 대본 뒤 의사가 말했다. 건섭의 부친이 갈증이 나고 입이 자주 마른다고 하자 의사는 그건 걱정할 게 아니라고, 미지근한 물이나 차지 않은 주스를 드시고 싶은 대로 드시라고 말했다.

건섭은 복도에서 의사를 붙잡았다.

"열이 안 내리는데, 가슴 사진은 어떻습니까?"

"하루 만인데 큰 차이가 있겠습니까, 심장도 그렇고. 드러나는 것만 우선 얘기할 수 있겠지만 전체적으로 모든 기능이 떨어지실 연세라는 걸 감안하셔야죠. 사진은 괜찮습니다."

결국 노환이구나, 건섭은 그렇게 결론 내릴 수밖에 없었다.

회진이 끝나자마자 기다렸다는 듯이 누나와 동생에게서 전화가 왔고 건섭은 보고 들은 대로 말했다.

그리고 10시쯤에 그는 고향에 전화까지 하게 되었다.

9시 지나 10분 정도 간격으로 병실에 들어선 모친과 누나는 집에서 각자 해온 깨죽과 전복죽을 번갈아 내밀었지만 부친은 제대로 들지를 못했다.

"의사 선생님이 많이 자시라 안 합디까. 아침도 국에 말아 조금 자셔놓고……."

건섭이 걱정을 하자 부친은 "안 땡기네."라고만 하고는 입을 닫았다.

얼마 뒤 부친이 잠든 걸 알고는 모친이 딸과 아들에게 밖으로 나가자는 눈짓을 보냈다. 그러고는 어젯밤 세 남매가 모였던 휴게실로 가서 이야기를 나누었다.

"이게 고비든 아니든 미루었던 걸 이번에 결정지아라."

모친은 묏자리를 이야기하고 있었다.

"입원했다고 야단 지기는 게 아니라 오히려 늦었다고 봐야 한다. 어차피 해야 할 일이니 이번에 결정을 봐라."

"어제 입원했는데 와 이리 서두노, 엄마."

누나가 건섭을 살피며 말했다.

"설 쇠면 여든다섯 되시는데 서두는 것도 아니지요. 그보다……."

선산이 있어 부친은 당연히 그리로 가도록 정해져 있었지만 장소가 애매했다. 부친이 쓰러지셨다는 전화를 받고 건섭이 맨 먼저 생각한 것도 그 문제였다.

건섭의 부친은 7남매, 5형제 중의 넷째였는데 형제분들이 순서대로 가신 게 아니다 보니 묘역을 효과적으로 쓰지 못하고 말았다. 맨 먼저 돌아가신 분은 셋째 숙부였는데 자리를 너무 아래쪽으로 쓰다 보니 위의 백부와 중부 자리는 거리도 있고 넉넉했지만 5년 전에 돌아가신 막내숙부는 거의 길가로 내려오게 되어버렸다. 위로 올라갈 수는 없으니 셋째 숙부와 막내 숙부 사이 어디로 정해야 하는데 공간이 너무 협소했다.

추석에 성묘 갈 때마다 자리가 나지 않는다는 데는 부친도 동의하고 있었지만 다른 장소를 딱 부러지게 결정짓지는 못하고 있었다. 모두가 생각을 모으고 있는 방안은 두 가지였다. 하나는 건섭의 원 종가에서 쓰는 선영 발치의 어느 자락에 드는 것이고 다른 하나는 백부나 숙부들이 누워 있는 곳 바로 옆의 등성이에서 자리를 찾는 일이었다. 거기에서도 두 곳 정도가 말이 나와 작년에는 지관을 데리고 가 보기도 했지만 결정을 지은 건 아니었다.

부친이 건강상 큰 탈 없이 지내다 보니 성묘 때나 집안의 기제사 때 어쩌다 한번씩 말이 나왔다가 들어가고, 그렇게 한 해 한 해를 보내오고 있었다.

"성묘 가서 아버지하고 나눈 이야기는 있을 거 아이가?"

모친은 이야기까지 서둘고 있었다.

"큰집 선산하고 우리 선산, 그걸 먼저 정하라면 뒤쪽으로 해야 될 거 같네요. 그건 저번에 동생들하고도 대충 이야기가 되었고, 아버지도 당신 혼자 너실 큰집 쪽으로 갈 마음은 없으신

듯하니까. 우리 선산 쪽은, 아버님도 장소를 알고 계시는데, 둘 중 어디로 해야 할지 그것만 이번에 결정짓죠."

"그래라. 오늘이라도 주 지관한테 언제 시간 나는가 알아보고 내일이라도 가서 정해라."

모친의 목소리는 느리고 낮았지만 완강함이 묻어났다.

건섭의 고향 옆 마을에 사는 주씨는 풍수도 보고 묘역 일을 하는 이였다. 진작부터 주 지관의 연락처는 그의 수첩과 핸드폰에 들어 있었다. 주씨는 일요일과 월요일에는 일이 잡혀 있고 내일 토요일 오후면 좋다고 했다. 화요일이나 수요일은 평일이라 자신이나 동생도 시간 내기가 어렵고 그러다 보면 일주일이 그냥 넘어갈 것이었다. 그는 약속을 토요일로 잡고는 아래 동생에게 전화해서 내일 오후 시간을 비워두라고 일렀다. 그러고 나서 자리에서 일어서려는데 모친이 또 이야기를 꺼냈다.

"이건 그냥 흘려들어라. 며칠 전 꿈에 니 아버지가 좌천동 옛날 살던 집을 나서는데 대문 놔두고 담을 넘어가는 기라. 내가 그걸 보고, 와 멀쩡한 대문 놔두고 그리 가요, 하고 불렀더니 다리 하나를 담장에 걸치고 돌아보면서 어디로 나가든 나가기만 하면 되지 뭐, 그러는 거라."

"아이구, 우리 엄마 백포도사한테 또 돈 갖다 주겠네. 전에 우리 상민이 혼사 자리 났을 때 물어보니 꼭 되는 혼사라 하드만 되기는 뭐가 돼. 백포 아니라 만포가 용하다 해도 물어볼 것 없어요. 나이 들면 병이 오고 병이 오면 의사 찾아 고치는 거지. 그라고 한 다리는 집 안에 두셨다니 영 나쁜 것도 아니네."

"그래도, 저리 한 번 누우면 당장 내일을 모른다. 준비는 하잔 말다."

"그래서 현기애비가 내일 시골 가잖아요. 아버지한테나 갑시다. 귀 간지러우시겠다. 현기 니는 내일 임이 애비하고 둘만 살짝 다녀온나."

모친의 손을 끌며 딸이 동생에게 말했다.

"가만 있어봐라, 이것아." 모친이 딸에게 잡힌 손을 빼며 말했다.

"사람이 백 살 넘게 살 수는 없는 거고 어차피 한 번은 가야되니 니들 아버지가 내보다 먼저 가야 하는 기 이치다. 남자가 나이 들어 혼자되면 정승 아니라 임금님이라도 궁상스럽다."

"됐다, 엄마. 폐렴 갖고 와 이래쌓노." 딸이 다시 손을 잡았지만 모친은 또 할 말이 있었다.

"오는 길에 화산 들러 외숙모한테 수의 받아오너라. 내가 조만간 너희들이 들를 거라고 아침에 전화해놨다."

화산은 건섭의 외가였다.

"그건 언제 준비해 놨는데?"

이번엔 딸이 모친의 어깨를 다정스레 잡으며 물었다.

"니 큰외삼촌 수의 지을 때 내가 외숙모한테 부탁했다. 진주서 제일 잘한다는 집에서 본견으로 했는데 인제 집에 가져올 때도 됐나 보다."

모친이 딸보다 먼저 의자에서 일어났다.

"나이 들면 준비만 하고 사네."

누나와 어머니가 병실로 가는 걸 바라보며 건섭은 막연하면서도 한편으로는 또렷하게 잡혀오기도 하는 앞으로의 일들을 생각하며 의자 뒤로 목을 기댔다.

다음 날 오후, 형제는 고향에서 주 지관을 만났다.

건섭이 출발 전에 전화를 다시 내서 집으로 모시러 가겠다고 했지만 지관은 그럴 것 없이 시간 맞춰 나갈 테니 선산 밑에서 만나자고 했다. 바람은 차가웠지만 겨울 햇살치고 볕은 넉넉했다. 골짜기에서부터 산을 양옆으로 끼고 펼쳐진 마른논 어딘가에 얼음장이라도 더러 앉았는지 하얀 무엇이 햇빛에 반짝이며 눈을 찔렀다. 그들이 서 있는 시멘트 도로는 안쪽으로 당곡이라 부르는 막다른 마을에서 끝나기에 다니는 차도 한 대 없이 한가하고 썰렁했다.

"우리가 한 십분 빨랐네."

건섭이 시계를 보며 말했다.

"근데, 형님. 감기 끝에 입원한 지 하루 만에 산소 잡고 수의까지 챙기다니 일이 좀 이상하게 돌아가네요. 마치 무얼 기다리는 듯이 움직이고 있으니."

차를 타고 오는 동안 외가에 들러 수의를 가져가야 한다고 건섭이 말하자 동생은 놀라는 눈치를 보였는데 그 생각에서 아직도 맴돌고 있는 모양이었다.

"그렇제. 나도 그런 마음이 들기는 한다. 그렇지만 산소는 아버님과 의논해서 미리 정해두었어야 할 일이니 우리가 지금 무얼 잘못하는 건 아니다. 수의도 미리 지어놓는 풍습을 따른 것이고. 그걸 이번 기회에 집에 갖다 두자는 거 아니겠나. 그러니 아버님 병환과 너무 붙여서 생각지 말도록 하자, 그리고."

건섭은 동생과 단둘이 넉넉하게 이야기를 나눌 시간도 자주 없을 것 같아 말을 이었다.

"사람들 말 들어보면 지병도 없이 수를 누린 어른들이 돌아가실 때는 아주 장난같이 수월하게 가신단다. 아버님도 그런 쪽일 수도 안 있겠나."

형의 말을 다 듣고 난 준섭은 "고생하지 않고 돌아가시는 복보다 더한 복이 없다고 합디다만."이라고 말하며 고개를 끄덕였다.

그들이 조금 전 타고 온 도로에서 차 소리가 가까워지더니 진한 주홍색 오토바이가 구비를 돌았다.

지관이었다. 그는 형제가 타고 온 승용차 뒤에 오토바이를 세웠다. 헬멧을 벗고 선글라스까지 벗자 상고머리에 혈색 좋은 노인의 얼굴이 나타났다. 겨울철 한데를 나다니는 사람의 입성답게 그는 두툼한 잠바에 검은 누비바지를 입고 있었다.

"내가 늦었네."

인사를 나누고 세 사람은 곧장 산으로 올랐다. 도로에서 가까워 힘든 것도 없었고 시간도 걸리지 않았다.

"전에 얘기 나온 데가 두 곳인데 가까운 데부터 보세."

겨울이라 백부와 숙부들의 산소는 풀도 없이 황량하기는 했지만 그래서 오히려 단정해 보이기도 했다.

지관이 먼저 걸음을 멈추었다.

"여기지."

소나무가 서너 그루 모여 있는 둔덕에 서서 주 지관이 말했다. 형제도 저번부터 부친과 사촌들이 이야기했던 장소라는 걸 쉽게 확인할 수 있었다.

"자네들 백부 숙부님들 자리로 바짝 붙이면 두 자리는 충분하고, 어디 방위를 한 번 더 볼까."

지관은 마른 흙 위에 앉아 잠바 안주머니에서 패철을 꺼냈다. 건섭이 지관 옆에 같이 앉았고 준섭은 선 채로 앞산과 좌우를 살폈다. 선 자리에서 왼편의 묏자리를 보니 백부보다 조금 위고 숙부 두 분보다는 훨씬 윗자리였다. 준섭은 발로 마른 잎들을 걷고 땅을 비벼보면서 수맥이 흐르지 않기를, 그리고 암반이나 잡석이 나오지 않았으면 했다. 오후 시간인데도 해가 아직 들고 있다는 게 마음을 편하게 했다.

"전에도 말했지만 방위는 괜찮네. 지금은 앞에 나무나 덤불에 가려 그렇지만 나무 치고 자리 만들어 놓으면 앞도 트이고 괜찮아. 그리고 이 정도 경사는 경사도 아니고, 땅 고르고 석축 쌓으면 반듯하게 자리가 날 걸세."

"수맥은 어떻습니까?"

건섭이 일어나며 물었다.

"여기는 물 없다. 두 번째 얘기하던 저쪽 등에는 더러 물 짊이는 곳이 있지만 요 둘레엔 없어. 마사는 아니더라도 흙 빛깔도 영 안 붉고 괜찮지 않은가."

지관은 일어나며 운동화 뒤꿈치로 땅을 후볐다. 약간은 거무레한 빛에 퍽퍽한 토질이었다.

"그냥 무난하면 됩니다."

"그렇지. 선산에 무슨 명당이 따로 있겠나."

건섭과 지관이 그런 말을 주고받았다.

"백부님 자리보다 높기는 높네요."

이번에는 준섭이 말했다.

"방위가 다르면 아무 관계없네. 전에 자네 사촌형도 괜찮다고, 지금 이 자리를 의논했다면서? 좀 더 내려가려면 자네들하고 열 촌 되나 모르겠는데 가례띠 집인가, 저 자리 밑에 써야 할걸. 앞에 바위가 있지, 저기 보이네. 자리를 내려면 저 집 산소 쪽으로 붙여야 한단 말일세. 의논 없이 써도 되겠지만 그래도 말을 넣어야 마음이 편할 거고, 그쪽에서 양해할지 어떨지 또 마음 써야 되고. 자리 쓰는 데 부탁 넣고 의논하는 그거 별로다. 자리는 말없이 괜찮은 데 쓰는 게 제일 무난하지."

형제는 가례 할아버지 자리를 바라보았다. 준섭은 그리로 걸음까지 옮겨 주위를 살폈지만 입을 열지는 않았다.

"그럼 여기 자리는 됐고, 저 등으로 가볼까요. 온 김에 결정을 지어야겠습니다. 일도 바로 시작해 주시고요."

"여기는 포크레인이 들어오니까, 일은 빠르지."

건섭의 말을 받으며 지관이 앞서고 세 사람은 마른나무 가지들을 헤치며 걸음을 옮겼다.

외가를 들러 병원에 오니 밤 8시였다.

병실에 형제가 같이 들어서는 게 부친이나 주위의 시선을 끌까 해서 시간을 두고 들어가기로 했다. 수의는 물론 차에 두었다.

매형은 그렇다 하더라도 연락도 하지 않았던 사촌들까지 와 있어 건섭은 잠시 당황했다.

"제가 내려오면서 다른 일로 전화하다 아버님 입원 이야기를 했더니……. 전 연락들을 한 줄 알았습니다."

대구에서 온 건섭의 막내 동생이 말했다.

"니 보고 잘못했다는 사람 아무도 없다."

누나 말에 가족들이 모두 웃었다.

"어버진 좀 어떠세요?" 건섭은 부친의 얼굴을 보려 침대 쪽으로 몸을 당겼다.

"난 괜찮다. 병을 알았으니 집에 가서 통원 치료하면 되지, 왜 바쁜 사람들 오게 하노."

낮았지만 또렷한 목소리라 건섭은 그래도 기분이 좋았다.

매형이 큰집 장형과 자리에서 일어서자 건섭도 뒤따랐다.

"열이 안 잡힌다니 걱정이다. 그래, 시골 갔다면서?"

복도로 나와서 큰집 형이 말했다.

"네. 이번 참에 장소를 정해야지 싶어서."

"그래야지, 그래야지."

그들은 휴게실 의자에 앉았다.

"저번 추석 땝니까, 형님도 말씀하셨던 바로 옆 등성이로 했습니다."

"그래, 알지."

두 번째 보러 간 장소는 백부와 숙부님이 누워 계시는 데서 없는 길을 헤쳐 직선으로 십여 분 넘게 걸렸을 뿐더러 주위에 널려 있는 바위들이 신경 쓰였다.

"백부님보다 직선으로 보면 조금 위라서……."

"그건 저번에 다 이야기된 거 아니가."

큰집 형은 수월하게 넘겼다.

"숙부님이 노인치고도 상노인 아니가. 가묘 쓰는 일이 하나 어색할 것 없다. 주씨하고 그렇게 의논했나?"

"예. 처음엔 길 내고 터만 닦아 석축만 한두 단 올리려고 했는데, 면(面)에서 보면 지적당한다고 해서 성분도 하기로 했습니다. 다음 화요일에 시작하겠다고 했습니다."

"잘했다. 너도 알다시피 사흘 장이면 정말 시간 없다. 돌아가신 시에 따라서는 하루밖에 안 난다."

"그렇죠."

건섭도 조문 가서 더러 보고 듣는 소리였다.

"없던 나흘 장도 더러 하지 않습니까."

건섭의 매형이 한마디 거들었다.

"그런데, 형님."

막내 동생이었다. 언제 뒤따라 나와 얘기를 듣고 있었던 모양이었다.

"병환부터 잡아야지예. 병만 잡으면 몇 년을 더 사실 수도 있는데, 그냥 노환이라 여기고 뒷일만 생각하시는 것 같아 기분이 좀 그렇습니다."

동생은 서운한 표정까지 감추지 않았다.

건섭은 잠시 머쓱해졌다. 마음은 알겠지만 큰집 형과 매형이 있는 자리에서 터놓고 하는 말이었기 때문이다. 그때 큰집 형이 나섰다.

"동생, 봐라. 지금 누구도 허술하고 수월한 마음 안 가진다. 가족 모두가 꼼짝도 않고 숙부님 침대 둘러싸고 있어서 병환이 낫는다면 그렇게 하지. 대학병원까지 와서 의사들이 살피고 있는데 더 이상 무얼 어떻게 하겠나. 여든 중반 상노인이니 거기에 맞는 준비를 한다고 네 형이 어디 잘못하는 건 아니다."

큰집 형은 그쯤에서 웃음을 지으면서 말을 끝냈다.

"동생 네가 아쉬워서 하는 소린 줄 내가 왜 모르겠노. 네 기대대로 이번에 숙부님이 쾌차해서 퇴원하실 거다, 허허."

"알지예, 저도 압니다."

막내가 쑥스러운 표정을 지었다.

"근데, 아까 형님들 오시기 전에 아버님이 집에 큰 형님을 찾았습니다. 어머니가 볼일이 있겠지요, 하고 입막음했지만 아버님이 무슨 눈치를 읽으셨는지 아무 말씀도 안 하십디다. 저렇게 누워 계시면 온갖 생각이 다 안 나시겠습니까."

이번에도 큰집 형이 말했다.

"생각해보면 지금 숙부님 연세에 무얼 헤아리지 못하시겠나. 이것저것 자식들이 뭘 걱정하고 뭘 의논하는지 다 헤아리고 계신다고 봐도 된다."

건섭은 그 말을 들으면서 앞으로 누구의 무슨 말이라도 좋게 받아들여야 할 거라고 생각했다. 그때 복도 저편에서 준섭이 다가왔다. 큰집 형이랑 매형과 인사를 나누고는 "형님들하고 매형은 이제 들어가시죠. 오늘은 제가 자겠습니다."라고 말했다.

"몇 시라고 벌써?"

"막내가 자도 되지."

그들은 그런 말들을 나누면서 병실로 걸음을 옮겼다. 한 걸음 늦추어 걷던 종형이 건섭의 소매 자락을 잡았다. 둘은 잠깐 멈추어 섰고, 형이 "임종을 어디서 볼지도 미리 의논해 두어라." 하고 말했다. 그럴 거였다. 병세에 따라 뭔가 결정하고 준비할 일이 계속 생길 것이었다. 건섭은 고개를 끄덕이며 "네, 네."라고 혼자 다짐하듯 말했다.

막내 동생이 자기로 하고도 건섭은 조금 더 남았다. 어디서 그렇게 전화가 많이 오는지 동생의 핸드폰은 연방 울렸고 이야기가 길어지면 복도로 나가 한참이나 있다 들어오기도 했다. 건섭은 이리저리 신경 쓰고 찬바람 속에 산을 헤집고 다녔으면서도 몸이 무겁지 않은 게 이상스러웠다.

그는 의자에서 일어나 소변도 보고 세수도 할 겸 화장실로 걸어갔다. 옆 침대의 환자는 한참 전에 휠체어를 타고 밖으로 나가서는 돌아오지 않고 있었다.

건섭은 찬물만 틀어 천천히 세수를 했다. 수건으로 얼굴을 닦다 그는 거울 속에 비친 자신의 얼굴을 물끄러미 들여다보았다. 자기 나이 때 부친은 어떤 모습이었을까, 거울 속에서 부친의 얼굴을 찾고 있는 자신을 보며 그는 크게 놀라지 않았다.

화장실에서 나왔을 때 부친이 손을 들어 그를 불렀다. 너무나 작은 움직임이었지만 부자(父子)는 신기하게도 서로 알아보게 손짓을 했고 또 그걸 알아보았다. 아들은 아주 천천히 조용하게 침대로 다가가 부친의 마른 손을 잡았다. 부친은 다른 손으로 마스크를 벗겨달라는 신호를 보냈다. 플라스틱 마스크를 들고 콧속에 든 두 가닥 줄을 빼내자 부친이 잠시 숨을 고르고 나서 소곤댔다.

"야야, 오늘 내 자리는 정하고 왔나?"

아들은 놀라지도 않고 가만히 고개만 끄덕였다.

"니 백부 등 옆에?"

"예. 바로 옆, 처음 이야기 있던 데."

부친은 뭔가를 헤아리는 것 같더니 만족한 웃음을 마른 입술 사이로 지어 보였다.

"물 좀 주고 이제 가거라. 니 동생이 지금은 저리 들락거려도 니 가고 나면 꼼짝없이 내 옆에 붙어 있을 끼다."

아버지와 아들은 소리 없이 웃었다. 부친은 푸 하고 숨을 한 번 가쁘게 몰아쉬고는 산소마스크를 다시 썼고, 건섭은 부친의 손과 스치며 그걸 거들었다. 자정이 막 지난 시간의 병실은 밝고 고요했다.

_ 해설

막연하면서도 구체적인 일상

– 조갑상의 신작에 부쳐

김경수 (문학평론가)

조갑상은 과작의 작가다. 첫 소설집 『다시 시작하는 끝』을 펴낸 게 1990년이고 두 번째 작품집 『길에서 형님을 잃다』가 간행된 것이 1998년이므로, 그는 거의 10년 간격으로 작품집을 묶어내는 셈인데 이런 활동은 그와 동시대 작가들의 활발한 활동에 비하면 무척 소극적이라고 할 수도 있을 것이다. 두 번째 작품집에 수록된 단편 「거세된 사랑」을 확대 개작한 장편 『누구나 평행선 너머의 사랑을 꿈꾼다』가 중간에 발표되긴 했어도, 사정이 크게 달라질 것은 없다.

이런 사정 탓에 그의 작가적 면모는 평단은 물론 일반 독자들 사이에도 그다지 알려져 있지 않은데, 하지만 그 이유가 반드시 그의 과작 때문이라고만은 할 수 없다. 일정 부분 그것은 그가 견지하고 있는 소설관이 우리의 독서환경 혹은 독자들의 요구와 부합하지 않았기 때문으로도 볼 수 있는데, 사실상 이 부분은 우리 소설의 환경적 한계를 일깨워주는 중요한 측면이라고 할 수 있다. 소설에 대한 일반의 수요와 독서체험의 심화에도 불구하고 이른바 고급독자의 수가 좀처럼 늘지 않는다고 하는, 그래서 그것이 독자와 작가 사이의 작품을 매개로 한 의사소통의 수준을 고양시키는 결과로 이어지지 못하는 것이 우리 소설 특유의 환경인 것이다.

주지하는 것처럼, 소설은 허구의 장르다. 이른바 있음직한 현실을 담아내는 이야기 창조의 관습이 소설인 셈인데, 그 이해의 과정에서 우리 소설만큼 어떤 긴박한 플롯의 강박에서 자유롭지 못한 것도 없는 것 같다. 누군가의 눈에 띄고 또 쉽게 기억되기 위해서 요구되는 게 소재의 신기성(新奇性), 긴박한 전개, 사건의 중첩과 놀라움, 혹은 반전의 결말 등이라고 한다면, 조갑상의 요구는 초기부터 줄곧 이런 손쉬운 독자 편의 요구와 일정한 거리를 유지함으로써 스스로를 절연시킨 감마저 있다. 그의 소설을 몇 편이라도 접해본 독자라면, 어떤 삶의 변전이나 급박한 현실 따위란 애초부터 그의 몫이 아니라는 것을 쉬 알 수 있을 것이다. 그의 소설에 어떤 사회적 현실의 편린이 개재되어 있지 않은 것은 아니지만, 그가 소설을 통해 추구하는 것은 어떤 거시적인 사회 진단이나 분석도 아니며, 애써 숨겨왔던 진실을 작품의 끝에 가서 드러내는 폭로의 플롯도 그의 소설과는 거리가 멀다.

그렇다면 조갑상의 소설은 무엇을 그리고, 또 어떤 서사의 목적론을 견지하고 있는가. 이번 작품집에 수록된 여덟 편의 작품만 보아도, 조갑상의 소설이 겨냥하는 바가 무엇인지는 분명히 드러난다. 이 작품집에 수록된 이야기들은, 그 소재나 줄거리가 범상하다면 아주 범상하다고 할 수 있다. 그도 그럴 것이, 이번 작품집에도 오랜 세월 함께 살았던 아내의 갑작스러운 사고사, 젊은 시절 한순간 사랑에 빠졌었던 여인의 죽음, 노환에 걸린 부친의 죽음을 예비하는 가족, 보증 잘못 선 탓에 가정파탄의 위기에 내몰린 중년의 사내의 이야기 같은 것들이 주조를 이루고 있기 때문이다. 예외적으로 1970년대에 여러 작가들에 의해 활발하게 쓰였던, 보도연맹을 둘러싼 우리 사회의 이념적 상처를 다루고 있는 「어느 불편한 제사에 대한 대화록」 같은 작품이나, 식민지 시절 부산에서 있었던 한 자그마한 살인사건을 소재로 하고 있는 「누군들 잊히지 못하는 곳이 없으랴」와 같은 작품이 있다고 해도, 그 접근의 시각에 있어서만큼 조갑상은 그만의 방법론을 견지하고 있기 때문이다.

삶이 소설을 모방하는지 아니면 소설이 삶을 모방하는지는 여전히 이론의 여지가 많은 문제이지만, 한 가지 분명한 것은 조갑상은 삶이 어떤 정형의 플롯으로는 온전히 포착될 수 없으며, 오히려 선험적으로 이해되고 있는 플롯을 위반하기 일쑤이고, 또한 우리들의 삶에는 그다지 의미 있는 기복이 있다기보다는 인간 개개인이 곱씹어가면서 스스로 해명하지 않으면 안 될 수수께끼 같은 문제가 반복해서 제기되는 것일 뿐이라는 전언을 전달하고 있다는 점이다. 따라서 어떤 의미에서 조갑상의 소설은 문제적인 현실과 현시점에서 맞서는 그런 대결의 이야기라기보다는, 사건이 완료된 시점에서, 자신의 의지와 무관하게 벌어졌으면서도 그 사람의 현실에 개입하려 드는 어떤 힘의 실체가 과연 무엇일까 하는 의문을 곱씹는, 그런 회상적 반추의 문법을 즐겨 취한다. 그러니 그의 소설에 어떤 파격적인 결말이 있을 수가 없고, 어떤 대안이나 답이 제시될 수 없는 것은 오히려 당연한 일이다.

이를 단적으로 보여주는 두 편의 소설이 「통문당」 과 「겨울 五魚寺」라는 작품이다. 이 두 작품은, 대학 시절 알고 지냈던 한 여인의 죽음을 접한 사내의 마음의 근황을 그리고 있다는 점에서 서로 연결되어 있는데, 두 작품의 주인공은 모두 죽은 여인의 빈소를 찾지 못하고, 오히려 주차장에서 담배를 피움으로써 조문한 것으로 생각하거나, 아니면 정작 빈소가 있는 도시를 찾아 먼길을 왔으면서도 "영안실을 찾지는 않되 여자가 잠들어 있는 이 도시도 쉬 떠나지 않는 것"을 선택하고, 뜬금없이 겨울 오어사를 찾는다. 이 두 작품의 주인공이 공히 한때 사랑했던 여인의 부고를 받고도 그들의 빈소를 찾지 않고 다른 방식의 조문을 취하는 이유는 작품에 설명되어 있지 않다. 그것을 설명하는 대신, 작가는 그의 인물들로 하여금, 오랜 지기(남 선생)나 길에서 만난 정체불명의 사내에게 자신과 고인의 관계를 술회하게끔 한다. 따라서, 오가다 길에서 만나게 된 사내나 교제가 오래된 단골손님에게 불쑥 자신과 죽은 여인의 관계를 털어놓는 행위가 어떤 동기에 의해 촉발되었는지를 이해하는 것이어떤 의미에서는 이 두 작품의 수수께끼라고 할 수 있을 것이다. 이에 대한 가능한 답변은 아마 자신의 현재와 연결되어 있는, 과거의 한 삶의 풍경에 대한 해석의 당위이거나, 아니면 당시 여러 이유로 자신이 취하지 못했던 행동에 대한 회한 등, 다양할 것이다.

그런데 여기에서 더 나아가 작가는 「통문당」의 듣는이인 남 선생의 말을 빌려 다음과 같이 말한다.

> "이렇게 하루 종일 비가 오는 날에는 이집 저집 할머니들이나 어머니들이 모여서 정구지든 묵은 김치든 그런 걸로 부침개 부쳐 먹으며 궁금한 입을 달랬잖아요. 궁금한 입이 뭐겠어요. 주전부리도 주전부리지만 평소에는 하지 못했던 얘기, 가슴에 막힌 이야길 한다는 거지. 누구 이야기든, 무슨 이야기든, 또 지어낸 얘기처럼 에둘러 한들 어때요. 제 나름으로 하고 싶은 말, 가슴속에 묻어두었던 이야기를 한다는 게 중요한 거지."

이 지점에 이르면, 우리는 위 두 작품에서 작가가 전하고자 하는 메시지가 무엇인지 분명하게 확인할 수 있게 된다. 삶의 매 순간에서 그 자체의 행위와 사건의 의미를 알 수 있는 사람은 없다. 삶은 반추를 통해서만 의미를 지니게 되고, 그런 회상 행위를 통해서만 현재 존재하고 있는 자아의 현재로 편입될 수 있는 성질의 것이다. 해석되지 않은 과거란, 정체를 알 수 없는 일종의 수하물 같은 것으로, 현재 삶에 균열을 일으킬 수 있는 잠재력을 가지고 있는 것이다. 이런 소설적 인식론 말고도, 작가는 또 하나의 인식을 더불어 제시하는데, 그것은 바로 이야기의 효용이다. 사실상 소설이 그려내는 주제론은 무척 제한되어 있다. 탄생과 성장, 결혼과 사랑, 이별과 죽음, 질병과 고통, 이런 주제 정도가 이야기라고 불리는 모든 종류의 장르가 취급해온 삶의 국면으로서, 여기에 어떤 새로움이 배가될 가능성은 애초부터 존재하지 않는다. 따라서 남는 것은 이야기의 방식의 새로움 정도일 뿐이라는 인식이 여기서 가능해지는데, 이런 기초적인 인식을 위반하고자 하는 순간 소설은 더 이상 소설이 아니게 된다.

조갑상의 소설은, 인생을 살아가는 사람이라면 누구나 직면하게 되는 크고 작은 사건들의 우연성 및 그것이 현재를 살아가는 존재에게 가하는 막연하지만 결코 도외시할 수 없는 삶의 간극 혹은 공동 같은 것의 의미를 찾아나선다. 이를테면 그것은 「아내를 두고」의 주인공이 그야말로 뜻하지 않은 아내의 죽음 앞에서 느끼는 다음과 같은 자각과 유사한 것이다.

나름대로 단단하게 쌓았다고 믿는 삶의 제방을 언제든 무너뜨릴 수도 있는 크고 작은 빈틈을 눈여겨보지 않고, 그간 살아오며 체득한 지혜와 습관대로 살 수 있으리라고 생각한 나는 어리석은 사람이었다. 어쩌면 아내조차, 그렇게 서두르며 맞이한 믿음의 세계에 자신을 무방비로 노출시켰던 것은 아닐까.

예기치 않은 사건과 조우한 조갑상의 인물들이 보이는 위와 같은 자각은 결코 일회적으로 성취되지 않는다. 그것은 많은 우회로를 거쳐, 자신의 상념은 물론 자신과 유사한 상처를 간직하거나 그 상처에 갇혀버린 타인들에 대한 이해의 과정을 거쳐서 힘들게 성취된다. 앞서 언급한 두 편의 작품에서, 문제가 된 인물들의 삶이 공교롭게도 자신과는 무관한 듯 보이는 타인들의 삶을 거울로 삼아, 마치 무한상조를 거듭하듯 하는 가운데 희미하게나마 어떤 진정의 실마리를 찾는다는 것도 이를 반증한다.

조갑상의 소설에서 이런 국면은 결국 장삼이사들의 삶이란 것이 절대적으로 개별적이기는 하지만 동시에 삶의 어느 국면, 이를테면 갱생과 재생을 위한 삶의 국면의 반복이라는 점에서는 피차 동일하다고 하는 인식과도 연결되어 있는데, 이를 가장 잘 보여주는 작품이 「테하차피의 달」이란 작품이다. 저마다 드러내 놓고 말 못할 이유와 동기로 미국으로 건너간 유민(流

民)들의 삶을 그리고 있는 이 작품에서, 작가는 비록 절대적인 고립자라는 유한성을 지니고 있더라도, 그런 인생 자체가 생판 남인 사람들에게 감각되고 이해되고 결국은 공유될 수 있는 바탕이 있음으로 해서 개체의 한계를 극복할 수 있는 단서를 얻게 된다는 것을 말한다. 처고모에게 속아 무모하게 미국행을 결행하여 결국은 어머니마저 잃고 실의에 빠져버린 민성태란 인물과, 월남전의 상처로부터 헤어나지 못한 남시우와 차상렬 등 주변인물들이 서로의 남루한 삶을 직접 겪으면서 자신의 미국행을 어떤 숙제로 인식하게 되는 의식의 전환이 이를 단적으로 증거한다.

이 과정에서 우리가 눈여겨 보아야 할 또 하나의 특징은, 그런 문턱에 도달한 이들이 공통적으로 겪는 신체적 증상들이다. 조갑상이 창조해낸 소설 속의 인물들은 한결같이 자신이 해명하고 해득해야할 삶의 비의 앞에서, 으스스한 몸떨림을 겪거나 요의를 느끼고, 어수선한 마음의 상태를 겪는 등의 육체적 이상 현상을 경험하는데, 이런 증상은 안개와 비, 혹은 혹독한 한기와 같은 기후 분위기와 병행하거나 결합하면서 그들이 직면한 삶의 한 순간 순간의 치명적인 위기감을 육화시켜 내보이는 것이다. 「테하차피의 달」에 그려져 있는, 인물들이 자신의 의식을 잃는 행위도 이 연장선상에 있을 것이다.

「어느 불편한 제사에 대한 대화록」에서 그려지는 것처럼, 보도연맹에 가입한 탓에 억울한 죽음을 당한 아버지의 기억이 환기하는 상처라고 예외는 아니다. 아니, 오히려 「어느 불편한 제사에 대한 대화록」은 여기에서 더 나아가, 역사로 인해 빚어진 사람살이의 상처와 같은 것을 치유할 수 없는 제도적 반성이라든가 문화적 치유의 가능성이 전무한 세계야말로 현세적인 삶을 부박하게 만들고 덜 유의미한 것으로 만드는 것은 아닐까 하는 의문을 제기함으로써, 그의 소설이 맡고 있는 최소한의 소임에 제의적 형상까지를 부여한다. 그런 세상에 소설마저도 없다면 사람은 무엇으로 상처를 치유할 것인가 라는, 자의식적인 질문이 그의 소설에는 깔려 있는 것이다. 그런 만큼 그의 소설은, 소소하지만 나름대로 절실함을 담고 있는 우리 일상의 곤혹스러움의 정체와 맞서고 있는 것이다. 「섣달그믐날」에 그려지는 것과 같은 삶의 막장과도 같은 풍경이, 도무지 앞이 보일 것 같지 않은 풍경이 소설로 존재할 수밖에 없는 이유도 바로 그 때문이다. 말을 뒤집으면, 삶의 막장이란 바로 인디언들의 성지(聖地)와 다름없는 것이다.

이 글에서는 충분히 다루어지지 않았지만, 조갑상의 일련의 작품을 읽어본 독자들이라면 몇 가지의 테마가 삶이란 수수께끼를 바라보는 그만의 현실안의 바탕이 되고 있다는 것을 알고 있을 것이다. 월남전과 가까운 지인의 죽음과 같은 과거의 기억이 그것인데, 그것이 작가 조갑상의 개인사와 얼마나 관련이 있는지는 알지 못하지만, 최소한 그것이 삶과 짝을 이루는 죽음과의 연관 속에서 삶의 수수께끼를 조명하고자 하는 그만의 방법론이 되고 있는 것은 분명해 보인다. 「어렵고도 쉬운 일」 처럼 죽음에 대한 예비가 넉넉한 동의를 얻고 있는 작품은 조금 예외이긴 하지만, 「테하차피의 달」을 위시한 일련의 작품들 속에서 이런 본질을 묻는 작업은 아직까지는 다소 불가지론자의 그것과 같은 관점이 유지되는 것으로 보이는데, 이 부분에서의 선택이 어떨지는 전적으로 작가의 몫일 것이다. 하지만 분명한 것은 조갑상의 이런 류의 천착이야말로, 어떤 의미에서는 좀더 진부한 일상 속으로 침잠해 들어가야 할 필요가 있는 우리 소설의 현주소를 가감 없이 반영하고 있다는 점일 것이다. 이 부분에 대한 작가의 보다 집요한 천착이 기대되는 이유가 여기에 있다고 나는 생각한다.

전쟁 때 부산으로 피난 내려왔던 아이들이 제 고향으로 돌아가는 일이 1950년대 후반까지 계속되었던 것 같다. 이상한 말씨를 쓰는 애들이 교실에서 점점 줄고 있다는 소리이기도 했다. 그 즈음에는 왜 그리 자습시간이 많았던지, 담임선생님은 애들 몇을 불러내 이야기를 하라고 시키고는 자기 볼일을 보았다. 서울 말씨를 쓰는 애 하나와 내가 자주 앞에 나가 책에서 읽은 이야기들을 뻥튀기하곤 했는데 그 애도 얼마 뒤 먼 도시로 떠나갔다. 중학교에 진학하고 내 소설이 『학원』에 실렸을 때 그 애에게서 편지가 왔다. 춘천시 후평동이 주소였다. 그리고 70년 어느 봄날, 십여 년 만에 우리는 다시 만나 미아리 내 하숙집에서 술을 아주 조금 마셨다. 친구는 며칠 뒤 해병대에 입대한다고 했다. 그 시절 해병대는 열에 아홉 먼 나라의 전쟁터로 간다고 알려져 있었다. 다음 날, 봄 햇살이 넘쳐흐르던 종로 어느 버스 정류장에서 헤어진 뒤로 친구를 다시는 만날 수가 없었다.

몇 해 전부터 먼저 떠난 이들이 자주 떠오른다. 기억 이상으로, 지금의 내 삶이 그들과 연결되어 있다는 생각도 한다. 우리는 그들이 떠난 세상에 살고 있을 뿐은 아닌지. 책으로 묶고 보니 그런 내 마음의 흔적이 몇 편 작품에 묻어 있는 듯하다.

2009년 9월

조갑상

테하차피의 달

초판 1쇄 펴낸날 2009년 10월 12일

지은이 조갑상
펴낸이 강수걸
펴낸곳 산지니
등록 2005년 2월 7일 제14-49호
주소 부산광역시 연제구 거제1동 1493-2 효정빌딩 601호
전화 051-504-7070 | **팩스** 051-507-7543
sanzini@sanzinibook.com
www.sanzinibook.com

ISBN 978-89-92235-74-7 03810

값 10,000원

* 이 도서의 국립중앙도서관 출판시도서목록(CIP)은
e-CIP 홈페이지(http://www.nl.go.kr/cip.php)에서
이용하실 수 있습니다.(CIP 제어번호 : CIP 2009002958)